Ingrid
Kaltenegger

Das Glück ist
ein Vogerl

Roman

Hoffmann und Campe

1. Auflage 2017
Copyright © 2017 by Hoffmann und Campe Verlag, Hamburg
www.hoca.de
Vermittelt durch die Literaturagentur im Verlag der Autoren,
Frankfurt am Main
Satz: Dörlemann Satz, Lemförde
Gesetzt aus der Chaparral
Druck und Bindung: Friedrich Pustet, Regensburg
Printed in Germany
ISBN 978-3-455-00149-5

HOFFMANN
UND CAMPE

Ein Unternehmen der
GANSKE VERLAGSGRUPPE

Für den Martin,
den Viktor und die Leni

Der Franz glaubte nicht an Geister. Und wenn man jetzt seine Frau, die Linn, schnell gefragt hätte, dann wäre ihr womöglich überhaupt nichts eingefallen, woran der Franz glaubte. Dafür war es aber auch noch sehr früh.

1

Sehr früh

Das war kein gewöhnliches Gitarrespielen, mehr göttlich. Der Franz träumte sich eine Halle – riesig. Ihm war nicht ganz klar, ob er Gitarre spielte oder ob er vielleicht selber die Gitarre war. Er hätte genauso gut die Band sein können, die Boxentürme, die Bühne, sogar die Musik, alles war eins im Scheinwerferlicht. Genau zu erkennen war nur die Begeisterung der Menge. Sie schwitzte, hüpfte auf und ab, streckte ihm tausend Hände entgegen und rief seinen Namen: »Franz! Franz! Franz! Franz! Franz!«

Eine Singdrossel begann zu zwitschern. Den Franz, vorn an der Rampe, wunderte das überhaupt nicht. Alles war genau so, wie es schon immer hatte sein sollen. Er breitete die Arme aus und ließ sich fallen. Fallen. Fallen. Fallen. Fallen.

Die Linn, neben ihm, wachte davon auf, dass sie strampeln konnte, soviel sie wollte, es half nichts. Sie kriegte die Bettdecke einfach nicht über ihre Füße gezogen, weil etwas Schweres darauf lag. Das war der Franz.

Die Arme quer über das ganze Bett gebreitet lag er da, aber einen Ausdruck im Gesicht, dass sie ihre kalten Füße vergaß und sich diesen Ausdruck genauer anschaute, weil wach hatte die Linn den Franz schon lang nicht mehr so glücklich gesehen. Sie beugte sich zu ihm, um ihn zu küssen.

Er drehte sich weg.

»Lass mich in Ruh, ich träum grad.«

Mit einem gezielten Schlag brachte die Linn die Singdrossel zum Schweigen. Sie fiel zurück in ihre Polster und griff nach dem Buch auf ihrem Nachttisch, aber zum Lesen war es zu dunkel. Draußen vor dem Fenster war Dezember. Von Singdrosseln weit und breit keine Spur. Der Regen tropfte von der Straßenlaterne, die durch den kahlen Birnbaum genau in ihr Schlafzimmer schien. Das Zwitschern kam von einem Wecker, der in verschiedenen Vogelstimmen zwitschert, damit man leichter aufwacht, mehr im Einklang mit der Natur. Solche Sachen waren der Linn wichtig. Trotzdem schaffte sie es jeden Tag, eine Minute vor dem armen Vogel wach zu werden und ihm beim ersten Mucks den Garaus zu machen.

Sie stand auf und ging hinüber in die Küche. Dabei hielt sie die Bettdecke vom Franz fest, gerade lang genug, dass er abgedeckt und aufgeweckt liegen blieb, in seiner zerschlissenen Boxershort und dem Smashing-Pumpkins-T-Shirt. Ein Außenstehender hätte das leicht für ein Versehen halten können, aber es war halt gerade kein Außenstehender dabei.

Der Franz schnappte sich ihre Decke, zog sie sich über den Kopf und versuchte, unten die Füße hineinzukriegen, dann oben wieder den Kopf, was sich auch deshalb nur schwer bewerkstelligen ließ, weil er immer noch halb drauflag. Wie sollte er denn so zurückfinden in einen Traum, an den er sich jetzt schon nicht mehr richtig erinnern konnte?

Heute war Dienstag. Am Dienstag musste der Franz erst in der sechsten Stunde unterrichten, und die Linn wusste das genau. Folglich gab es nicht den geringsten Grund, ihn um sieben Uhr früh um einen Traum zu bringen.

Aus der Küche klapperte sie mit der Kaffeedose herüber, und gleich im Anschluss auch noch das Radio.

»Geht das vielleicht auch ein bissl leiser?«, schrie der Franz gegen die Wand.

Mehrmals.

Vergeblich.

Drüben hörten sie ihn nicht. Die Linn hatte zum Radio noch den Wasserkocher eingeschaltet, und die Julie, die gerade fröstelnd in ihrer Pyjamahose und einem Kapuzensweatshirt in die Küche kam, war vierzehn und verschwendete möglichst wenig Aufmerksamkeit an Informationen, die ihr nicht auf elektronischem Weg zugetragen wurden. Es kostete sie genug Anstrengung, ein zernudeltes Lateinheft auf den Tisch zu legen und sich vor dem Orangensaft, den die Linn ihr hingestellt hatte, auf die Bank plumpsen zu lassen. Ihr verschlafener Blick fiel auf das Buch, das umgedreht aufgeschlagen auf der Tischdecke lag: *Wünschen Sie sich Sex?*

Die Julie wurde munter. Aus den Augenwinkeln schaute sie zu ihrer Mutter, die gerade dabei war, acht Löffel Kaffee in die Bistrokanne zu zählen. Wie überhaupt alles, nahm die Linn auch das Kaffeekochen ausgesprochen ernst. Sie bedeckte das Pulver knapp mit kochendem Wasser und schwenkte das Gemisch andächtig eine von ihr festgelegte Zeit, aus Gründen, die nur sie selbst kannte, womöglich religiös.

Das Buch hieß *Der Fahrstuhl zum Glück.* Außer *Sex* stand neben dem *Wünschen Sie sich* auf der Rückseite noch *Spiritualität, Selbstverwirklichung, Anerkennung, Liebe, Erfolg* und *Geld,* also ein Rundumschlag an allem, was man sich wünschen konnte. Die Liste war untereinandergeschrieben, um die Anfangsbuchstaben jeweils so ein oranger Punkt, der wohl einen Druckknopf im Fahrstuhl darstellen sollte. Vorn auf dem Umschlag ging über ein paar Wolkenkratzern die Sonne auf, hinten lächelte der Autor von einem geschickt ein wenig untersichtig aufgenommenen Schwarz-Weiß-Foto auf die Welt hernieder.

Scott Acton, gefeierter Life-Coach aus den USA, legt sein international erfolgreiches Workshop-Konzept The Elevator to Happiness™ *nun als umfangreiches Hands-on-Workbook vor. Drücken Sie die richtigen Knöpfe und erreichen Sie Ihr persönliches Happiness-Level!*

Die Julie drückte auf das *S* von *Sex.* Nichts passierte. Nur die Linn kam mit ihrem Kaffee zum Tisch herüber.

»Was für ein Scheiß.« Mit einem verächtlichen Lächeln schubste die Julie den *Fahrstuhl zum Glück* von sich.

Die Linn atmete tief ein und setzte sich langsam. Nicht zu urteilen war eins der Basics des international erfolgreichen Konzepts. »Es ist gar nicht schlecht«, rechtfertigte sie sich und ärgerte sich noch im gleichen Augenblick darüber. Rechtfertigen war genauso schlecht wie Urteilen, aber ärgern sollte man sich dann auch wieder nicht. Sie war einfach nicht ganz auf der Höhe heute, rein fahrstuhlmäßig. »Es steht zum Beispiel drin, dass du wen anderen nicht dafür verantwortlich machen kannst, wie du dich selber fühlst«, sagte sie.

Die Julie zog mit dem Mund den Stöpsel von ihrer Füllfeder. »Echt?« Trotz des Stöpsels war glasklar zu verstehen, wie wenig es sie interessierte, was die Linn oder der gefeierte Life-Coach aus den USA ihr zu sagen hatten.

»Du entscheidest selber, ob du sauer wirst. Du könntest dich in dem Moment ja auch dagegen entscheiden«, erklärte ihr die Linn, »wart einmal«, sie blätterte ein paar Seiten zurück, »ich les es dir vor, dann verstehst du's leichter.«

Die Julie nickte abwesend, als würde eine alte Frau, die sich im Bus zufällig neben sie gesetzt hatte, auf sie einschwafeln. Sie blätterte durch ihr Lateinheft, und als ein leiser Summton in ihrem Sweatshirt ertönte, holte sie ihr Handy aus der Tasche.

Die Linn ließ das Buch sinken. Die Zeiger der alten Porzellanuhr über der Tür standen auf Viertel nach sieben, und genau zu diesem Zeitpunkt entschied sich die Linn dafür, sauer zu werden, obwohl sie sich ja auch dagegen entscheiden hätte können. Sie schnappte sich das Handy von der Julie und klopfte damit auf das Lateinheft: »Da schau hinein, wennst so obergescheit bist.«

»Du bist – « Die Julie fand kein Wort, das ausdrückte, was die Linn war. Sie schüttelte nur stumm den Kopf, griff hinter sich und drehte das Radio lauter.

Die Linn hatte immer geglaubt, die Pubertät von der Julie würde milde verlaufen, milder wenigstens als ihre eigene, und die Julie schrie auch nicht viel und knallte wenig mit den Türen. Sie verachtete ihre Eltern einfach, ohne viele Worte darüber zu verlieren. Die Linn wäre der Julie gern beigestanden bei den Kämpfen, die sich in ihrem Inneren abspielten, oder hätte wenigstens gern in Erfahrung gebracht, ob sich dort überhaupt welche abspielten, aber das Einzige, was sich mit Sicherheit darüber sagen ließ, war, dass sie nichts gemeinsam hatten mit denen des Julius Caesar. Seit dem Sommer schrieb die Julie in Latein nur Fünfer. Das Angebot, mit der Linn zu lernen, lehnte sie ab, lieber simste sie den ganzen Tag mit der Tamara oder bastelte und saugte die nötigen Kenntnisse für die nächste Schularbeit aus ihrem Pelikano-Stöpsel. Diese stumme, desinteressierte Halberwachsene fraß ihr aufgewecktes, pausbäckiges Mädchen auf und ließ nichts übrig als einen explodierenden Busen und Hintern und ein paar Pickel auf der Stirn. Die Linn drückte das Sieb der Kaffeekanne hinunter. Wenigstens der Kaffee tat, was man von ihm erwartete.

Dem Franz reichte es jetzt endgültig. So vorwurfsvoll wie möglich stapfte er hinüber in die Küche und stellte sich in die Tür.

Sie bemerkten ihn nicht. Da saßen sie, die Linn nippte an ihrem Kaffee, die Julie malte ansatzweise Buchstaben in ein Heft und wippte mit dem Kopf zur Musik. Erst als die abbrach, blickten beide zu ihm auf.

»Vielleicht seids *ihr* taub, *ich* nicht!«

Er stand da, den Stecker als Mahnmal in der Hand, und wartete auf eine Entschuldigung, aber alles, was die Julie zu sagen hatte, war: »Das war Wanda?«

Es ging dem Franz so dermaßen auf die Nerven, dass sie jeden Satz mit einem Fragezeichen beendete. »Will ich wissen, wie die Band heißt?«, schrie er.

»Spinnst du?«, fragte ihn die Linn.

Ihn erst aufwecken und dann entgeistert schauen, ja, das konnten sie. »Jetzt hab ich Kopfweh«, gab er bitter zurück. Keine Viertelstunde war der Franz jetzt wach und der Tag im Grunde gelaufen.

Die Julie schaute ihm immer noch nach, als er sich längst wieder ins Bett fallen lassen hatte. Sie nahm sogar den Füllfederstöpsel aus dem Mund, um langsam eine Frage zu formulieren: »Warts ihr eigentlich schon immer so?«

Die Linn öffnete den Mund zu einer Antwort. Und schloss ihn wieder. Die Julie hatte eigentlich auch nicht wirklich sie gefragt, sondern mehr sich selber, als versuchte sie mit aller Kraft, zu begreifen, wann genau aus ihren Eltern diese völlig abartigen Gestalten geworden waren, nachdem sie doch irgendwann angefangen hatten wie alle anderen auch, als hoffnungsvolle junge Menschen.

2

Hoffnungsvolle junge Menschen

Dreihundertzweiundzwanzig Kilometer vom Franz entfernt, in einem barrierefreien Zimmer im betreuten Wohnen am Rennbahnweg in Wien, bearbeitete der Herr Egon Stachowiak sein linkes Bein. Er selbst lag schon ein Weilchen wach und sah den Lichtern zu, die die vorbeifahrenden Autos an die Decke warfen, aber sein Bein schlief noch fest. Das Klopfen und Schlagen diente dazu, es aufzuwecken und wenigstens ein bisschen beweglich zu machen.

Zirka eine Stunde später hatte der Herr Egon dann auch die restlichen, mittlerweile fast genauso steifen Knochen aus dem Bett und ein Stückchen die Straße hinunter ins Café Hackl verfrachtet, wo er zum ersten Mal am Tag aufatmete.

Im Hackl tranken manchmal abgerissene Gestalten um sieben Uhr in der Früh schon ein Bier an der Bar, es gab blinkende Spielautomaten und eine Vitrine mit einem Kuchenangebot, das verdächtig selten wechselte. Das störte den Herrn Egon aber nicht. Für seine Zähne und sein Cholesterin war Kuchen sowieso nichts, und das Hackl hatte andere Qualitäten. Die Besitzerin, die Frau Gerti, sperrte früh auf, das war dem Herrn Egon wichtig. Sie redete wenig Blödsinn, das war ihm fast noch wichtiger, und bestellte extra für ihn die *Salzburger Nachrichten*, eine Zeitung, die im Hackl nur er las. Täglich servierte sie sie ihm mit einem freundlichen Lächeln zum Frühstück: zwei Eier im Glas und einen Verlängerten. Als Erstes studierte der Herr Egon immer den kleinen Lokalteil, weil der noch hinter dem Frühstück auf den Tisch passte. Und da, gerade in dem Moment, als er einen Löffel Ei an seinen Mund führte, sah er sie. Er erkannte sie sofort auf dem Foto, zwischen den Geburten und den Todesfällen, unter Jubiläen. Trotzdem holte er die Brille heraus, weil es das nicht geben konnte.

Ihren 85. Geburtstag feiert heute Frau Amalia Hirsch in der Seniorenresidenz Amadé.

Der Mund blieb ihm offen stehen. Ein bisschen Eidotter tropfte heraus, genau auf die Krawatte. Der Herr Egon bemerkte es nicht. Er war viel zu sehr damit beschäftigt, jetzt keinen Infarkt zu kriegen.

Die Mali! Also tatsächlich in Salzburg. Seit er in Pension war, hatte er immer wieder mit dem Gedanken gespielt, zurück nach Salzburg zu ziehen, aber stattdessen war er voriges oder vorvoriges Jahr ins betreute Wohnen gezogen und hatte bei der Frau Gerti jeden Tag die neuesten Salzburger Neuigkeiten gelesen. Amalia Hirsch. Hirsch? Amalia. Die Mali.

»Zahlen bitte«, seine Stimme überschlug sich, als er der Frau Gerti schrie. Gleichzeitig stand er auf. Das überraschte die Frau Gerti, weil der Herr Egon sonst immer mindestens zwei Stunden hinten im Eck bei seinem Verlängerten und der Zeitung sitzen blieb. Neugierig kam sie an seinen Tisch und holte ihr Portemonnaie unter der Spitzenschürze heraus. Der Herr Egon schnaufte und war ganz blass.

»Ist Ihnen nicht gut, Herr Professor?«

»Doch, doch. Ich muss telefonieren.« Er zwang sich, wieder ruhiger zu atmen und sogar zu lächeln, und er merkte, dass das seinem wildgewordenen Herzen guttat. Suchend klopfte er sich über sämtliche Anzugtaschen. »Haben Sie einen Stift?« Natürlich hatte die Frau Gerti einen Kuli für ihn, sie hätte ihm auch einen Zettel von ihrem Rechnungsblock spendiert, aber der Herr Egon steckte den Stift ein, leerte hastig seinen Kaffee und faltete die kleine Serviette von der Untertasse in seine Brusttasche.

»Haben S' einen Termin vergessen?«

Zuerst sah er sie erschrocken an, dann nickte er feierlich: »Ja, einen Termin.« Er holte den Lodenmantel vom Haken. Dabei fiel ihm etwas ein: »Hab ich überhaupt mein Auto noch?« Mit großen Augen schaute er die Frau Gerti an, die diese Frage nicht beantworten konnte. Es war das erste Mal überhaupt, dass sie den Herrn Egon gedanklich mit einem Auto in Verbindung brachte.

»Na ja, da hätten S' doch vielleicht einen Schlüssel«, sagte sie. Die Frau Gerti war praktisch veranlagt. Auch das schätzte der Herr Egon an ihr.

Er zog ein abgegriffenes blaues Ledertäschchen aus der Manteltasche, an dem ein großer und ein kleiner Schlüssel klimperten. General für Haus- und Zimmertür im betreuten Wohnen und Briefkasten womöglich, aber kein Auto. Es hätte die Frau Gerti ehrlich gesagt auch gewundert. Der Herr Egon hinkte nämlich stark, das linke Bein schien ganz steif zu sein, vielleicht sogar eine Prothese, hatte sie sich manchmal gedacht, weil er den Fuß beim Gehen so schief aufsetzte. Fragen getraut hatte sie sich aber nicht, und der Herr Egon hatte diesbezüglich auch nie von sich aus etwas gesagt, so nach dem Motto: Heute hab ich aber wieder schlimme Phantomschmerzen, was ja recht eindeutig auf eine Prothese hingewiesen hätte.

Er drehte das Schlüsseltascherl um. Mit zitternden Fingern öffnete er einen Reißverschluss auf der Rückseite. »Wer sagt's denn«, presste er hervor, während er weitere Schlüssel herauswurstelte. Einen normalen und – er hielt ihn ihr entgegen und strahlte – einen Autoschlüssel.

»Ja, wo wollen S' denn hinfahren?«, fragte sie besorgt.

»Nach Salzburg«, sagte der Herr Egon, und mit der Antwort bekam die Frau Gerti einen Zwanziger in die Hand gedrückt.

So eilig hatte er es an diesem Dienstagmorgen, aus dem Café Hackl zu kommen und das passende Auto zu seinem Schlüssel zu finden.

Als der Franz zum zweiten Mal an diesem Tag wach wurde, hörte er draußen den Regen auf die Straße tropfen, so still war es im Haus. Heller würde es heute nicht mehr werden, und langsam wurde es Zeit zum Aufstehen, wenn er vor seiner ersten Stunde noch einen anständigen Kaffee trinken wollte. Sonst würde er den trinken müssen, der seit Stunden in der Kaffeemaschine von der Schule vor sich hin kokelte und dessen eigentlicher Zweck es war, dem Lehrerzimmer seine unverwechselbare Duftnote zu verleihen. Noch drei Wochen bis zu den Weihnachtsferien.

Er setzte sich auf und strich sich mit beiden Händen die Haare zurück, eine Geste, die er seit jeher beim Aufwachen machte. Früher war sie nötig gewesen, um seine Mähne zu bändigen. Jetzt war sie nicht mehr nötig, aber immer noch da. Irgendwo hatte er gehört, dass Menschen über vierzig beim Aufstehen Geräusche von sich geben. Am nächsten Tag in der Früh hatte er festgestellt, dass es stimmte. Er stöhnte und gähnte ausführlich, rieb sich die Augen und kratzte sich am Bauch. Auf diese Weise schaffte er es meistens am Spiegel vorbei, ohne sich genauer anschauen zu müssen.

Er holte die Kaffeedose aus dem Regal und erkannte schon an ihrem Gewicht, dass heute kein frischer Kaffee mehr drin war für ihn. Unter anderem deshalb, weil die Linn ungefähr einen halben Meter Pulver in ihre Kanne hatte schütten müssen, die noch drei viertel voll auf dem Küchentisch stand. Also holte er sich einen Topf, um den kalten Kaffee aufzuwärmen.

Auf der Küchenuhr, die die Linn noch von ihrer Oma hatte, war es zwanzig nach zehn. Viele Sachen im Haus waren von der Oma, das Haus hatte der Oma gehört, und obwohl sie nur die schönsten Möbel – weit weniger als die Hälfte – behalten hatten, lebten sie umgeben von Sachen, die nicht ganz reibungslos funktionierten. Die Schubladen klemmten, die Stühle gingen aus dem Leim, die Uhren mussten aufgezogen werden. Die Linn hatte noch zwei ältere Schwestern, die aber beide bereits einwandfrei funktionierende Häuser hatten und bereit gewesen waren, ihr und dem Franz das winzige Haus von der Oma – drei Zimmer, Küche, Keller und ein kleiner schattiger Garten – gegen einen, wie sie sich ausdrückten, finanziellen Ausgleich zu überlassen, den sie gern als symbolische Summe bezeichneten. Haben wollten sie die symbolische Summe dann aber doch sofort. Deshalb hatten der Franz und die Linn einen Kredit aufgenommen, und seither überwiesen sie jeden Monat das gesamte Einkommen vom Franz an die Bank. Dafür kamen die Schwestern hin und wieder mit der Mama von der Linn auf einen Sprung vorbei und waren sich alle einig, dass es höchste Zeit war für eine umweltfreundliche Außendämmung oder eine kleine Solaranlage oder neue Kellerfenster oder etwas anderes, was einen Haufen Geld kostete, den der Franz und die Linn nicht hatten, dank ihnen. Der Franz schaltete das Radio ein, um den Gedanken daran loszuwerden. Und das Scheißding funktionierte nicht.

Es dauerte ein bisschen, bis er sich erinnerte. Wie er den Stecker einsteckte, plapperte sofort und viel zu laut ein spritziger Moderator auf eine muntere Meteorologin ein. Die Quintessenz dieser Unterhaltung war, dass es bis Weihnachten in Salzburg nicht schneien würde, weil zu warm für die Jahreszeit, dafür regnen.

Die letzten zwei Tropfen Milch, die sich aus dem Tetrapack wringen ließen, das er gestern, in der Hoffnung, dass es jemand anderer in den gelben Sack schmeißen würde, leer in den Kühlschrank zurückgestellt hatte, absorbierte der Kaffee auf dem Herd, ohne auch nur ansatzweise seine Farbe zu ändern. Der Franz feuerte die Kühlschranktür zu, dass einer der Magnete quer durchs Zimmer flog und die Weihnachtskarte, die seit Jahren damit daran befestigt war, zu Boden segelte.

Ewig hatte der Franz sie nicht mehr angeschaut. Eine vielleicht fünfjährige Julie hielt darauf eine Ukulele, ein noch nicht einmal vierzigjähriger Franz seine Gitarre und eine albern glückliche Linn ein Triangel in der Hand.

Er schüttelte den Kopf. Wie lang war das her, dass ihn jemand so angehimmelt hatte, für ein paar Akkorde? *Kling, Glöckchen* hatte er der Julie beigebracht. Die Linn hatte diesen stolzen Moment festhalten wollen und alle daran teilhaben lassen. Darum lachten sie ein hellblaues *Fröhliche Weihnachten und guten Rutsch* in den Selbstauslöser.

Wie lang hält eigentlich so ein Magnet, fragte sich der Franz, während er den Boden nach ihm absuchte. Er wusste, dass das T-Shirt von der Karte in seinem Kasten war, aber wo war eigentlich das Gesicht hin, das er auf der Karte noch hatte? Er fuhr durch die graumelierten Zotteln auf seinem Kopf und entdeckte den Magneten hinter dem Fuß der Eckbank, neben etwas, das entweder ein vertrockneter Champignon war oder ein staubiges Plektrum, und befestigte die Karte wieder am Kühlschrank. Im Radio wiesen sie auf die nachfolgende Sendung über ungewöhnliche Wetterphänomene hin: »Erdbeben, Tsunamis, Hurricanes, was kommt noch?«

Ja, was kommt noch, fragte sich auch der Franz.

»Zwölf Uhr«, sagte der Radiosprecher, »die Nachrichten.« Der Franz schaute zur Uhr von der Oma. Auf der war es immer noch zwanzig nach zehn. Dafür, fiel ihm jetzt auf, tickte sie aber auch nicht. Im gleichen Moment roch er, dass sich sein Kaffee in eine stinkende, zähflüssige Masse verwandelt hatte, die langsam mit dem Topf verschmolz, ganz ähnlich der, die im Gymnasium auf ihn wartete, in das er jetzt ungeduscht und unrasiert fahren musste, um dort den ganzen Nachmittag unbegabten Jugendlichen Gitarrenunterricht zu erteilen.

Papierfetzen und Blätter wirbelten durch die Luft, das linke Bein vom Egon schmerzte und das andere auch. So weit war er schon lang nicht mehr gewandert. Bis du heutzutage erst einmal eine Telefonzelle findest. Früher hatte er hier gewohnt, im 18. Bezirk. Wie von einem unsichtbaren Faden gezogen, hinkte er kreuz und quer durch die Straßen, ganz durcheinander von der Vorstellung, die Mali wiederzusehen. Fünfundsechzig Jahre hatte er davon geträumt.

Die ersten zehn, fünfzehn Jahre hatte er sich noch bei jeder Straßenecke, um die er gebogen war, vorgestellt, gleich mit ihr zusammenzustoßen. Dann nur noch bei jeder zweiten, und irgendwann hatte er aufgehört, ständig an sie zu denken. Das An-sie-Denken beschränkte sich auf besondere Gelegenheiten, im Sommer, wenn er sich auf den Weg zum Heurigen machte, was für den Egon einer Bergtour gleichkam, oder zu Weihnachten, wenn er vor dem Fernseher saß und in der *Peter-Alexander-Show* die Mädchen mit den langen Beinen tanzen sah, aber die hatten sie auch schon lang nicht mehr gesendet.

Zwischendurch hatte er studiert, einen Beruf gehabt, das war auch schon wieder Jahre her, zwanzig, fünfundzwanzig. Und in der Zeit hatte er immer Autos gehabt. Und eine Frau sogar. Die Irmi. Jedenfalls nicht unglücklich, das nicht. Es war nicht die Schuld von der Irmi.

Die Autos waren Automatik, wegen dem Bein. Er hatte einen eigenen Parkplatz in der Firma dafür bekommen und war nach Italien gefahren damit und nach Goldegg.

Die Mali hätte überall sein können. Auf der ganzen Welt. Frauen änderten ihren Nachnamen. Hirsch. Wie soll man denn darauf kommen? Sie war eine alte Frau, schon lang, wie er schon lang ein alter Mann war. Womöglich hätte er sie nicht erkannt, selbst wenn er an der nächsten Straßenecke mit ihr zusammengestoßen wäre. Oft erkannte er sich nicht einmal selber, und die Mali war für ihn immer noch ein junges Mädchen mit zwei um den Kopf geflochtenen Zöpfen, aus denen sich einzelne Locken befreiten, wenn sie tanzte, auf diesen langen Beinen, die hinauswollten, hinaus in die weite Welt. In den letzten Jahren war er so sentimental geworden. Schon bei der Vorstellung, dass die Mali gestorben sein könnte, hatte er nasse Augen gekriegt und trotzdem irgendwann angefangen, die *Salzburger Nachrichten* zu lesen, auf der Suche nach einem Hinweis. Jedes Jahr, wenn die neuen Telefonbücher herauskamen, schaute er nach, aber er fand immer nur eine A. Reisinger in der Priesterhausgasse, aber die hieß Annemarie und sagte, dass sie nicht die Richtige war. Sie kannte keine Amalia, nein, sie war nicht verwandt, und er sollte doch bitte nicht mehr anrufen.

Jeden Tag studierte er unter den Jubiläen die Todesfälle und fand immer weniger, die er kannte oder die ihm bekannt vorkamen, jedenfalls war die Mali nie darunter. Und heute auf einmal war sie kein Todesfall, sondern am Leben und feierte Geburtstag. Apropos. Wie sah das denn aus? Nach fünfundsechzig Jahren auftauchen, am Geburtstag, und dann kein Geschenk. Also noch einmal zurück. Vor ein paar Minuten, zwanzig, fünfundzwanzig, war da ein Blumengeschäft gewesen. Die Mali liebte Blumen. Die Mali liebte alles, was schön war. Die Musik, die Berge und die Blumen.

Er drehte um und humpelte zurück, und keine zwei Stunden später stand er schon mit einem Dahlienstrauß in der schwitzigen Hand vor einer Toreinfahrt, *Nur für Mieter!,* mit Rufzeichen, stand auf einem rot gerahmten Schild, und der Egon wusste, das war die richtige.

Auf dem Garagenhof polierte ein junger Mann um die sechzig ein Mercedes Coupé. Er hatte eine Glatze, die beinah noch schöner spiegelte als sein Auto. Der Herr Egon ging an ihm vorbei, auf die Garage rechts neben der offenen zu, aus der der Mann sein Coupé zum Polieren herausgefahren hatte. Er ärgerte sich über den Schlüssel, der zwar ins Schloss ging, sich aber nicht und nicht drehen lassen wollte.

»Hamma das Schild übersehen?«, fragte der Mann. Er fragte recht unfreundlich, aber darauf konnte der Egon keine Rücksicht nehmen.

Neben dem Mercedes standen zwei Kübel, im einen Seifenlauge, im anderen ein umfangreiches Arsenal an Putzmitteln. Der Egon holte die Brille aus dem Etui, nahm eine blaue Sprühdose aus dem Kübel, sagte »Geh, bitte«, und ging damit zum Garagentor.

Skeptisch wischte sich der Coupé-Polierer die Hände an seinem Fetzen ab und folgte ihm. Der Egon sprühte einen kleinen Stoß ins Schloss und gab dem Mann lächelnd die Dose zurück. Dann steckte er den Schlüssel hinein, der sich darin drehte wie in Butter. Quietschend öffnete sich das Garagentor, und als er sah, was sich dahinter befand, öffnete sich der Mund vom Coupé-Polierer in etwa genauso weit.

»Ist das ein Opel Voyage?«, fragte er ehrfürchtig.

»Möglich«, sagte der Egon. Ein Opel war es. Ascona Kombi. Er hatte etwas erfunden für Opel, ein Metall, das sie für die neuen Katalysatoren verwenden konnten, und die hatten ihm dafür den blauen Ascona Kombi geschenkt, ohne Kat, aber mit Automatik. Und den hatte der Egon nie verkauft.

Mit zwei exakten Sprühstößen, die der Coupé-Polierer nun für den Egon ausführte, ohne dass der ihn extra darum gebeten hätte, wurden das Türschloss und das Zündschloss gängig gemacht und gleich nachpoliert mit dem Fetzen. Der Egon stieg ein, drehte den Zündschlüssel, und der Voyage sprang an wie ein Glockerl.

»Fünftausend«, stieß der Coupé-Polierer heiser hervor, ganz als hätte der Egon zähe Verhandlungen mit ihm geführt.

»Wie bitte?«

Der Mann kämpfte mit sich. »Na gut, sieben!«

»Ja, was ist damit?«, fragte der Egon.

»Achttausend Euro, letztes Angebot«, ließ sich der andere breitschlagen.

»Aber nein«, der Egon schüttelte den Kopf, »ich hab ja was zu erledigen.«

Enttäuscht musste der Coupé-Polierer zuschauen, wie der Herr Egon den Ascona vorsichtig aus der Garage hinausmanövrierte, haarscharf vorbei am blitzblanken Mercedes, und aufbrach zu seiner letzten Voyage.

3

Voyage

Wieso *ihr*?«, fragte die Elisabeth, die ein Ohr für sprachliche Feinheiten besaß, genau wie die Linn. Die zwei teilten sich ein kleines Büro in einem der wenigen Hochhäuser von Salzburg, wo sie Gebrauchsanweisungen, Kochbücher und Urkunden aus fast allen gebräuchlichen und ein paar ungebräuchlichen Sprachen ins Deutsche übersetzten. Was sie für die Aussicht auf die Stadtberge ausgeben mussten, sparten sie an der Ausstattung wieder ein. Den grauen Spannteppich und die zwei Schreibtisch-Ungetüme hatten sie von den Vormietern übernommen und nach etlichen Versuchen, das Chi in dem kleinen Zimmer unterm Dach nach Feng-Shui-Gesichtspunkten ins Fließen zu bringen, wieder so hingestellt, wie diese sie hinterlassen hatten, leicht schräg und einander gegenüber. Darauf befanden sich, je nach Auftrag, wechselnde Elektrogeräte, aufgeschlagene Bücher und stapelweise Papier.

»Möchte ich auch gern wissen.« Die Linn schob einen Porenreiniger zur Seite und lehnte sich mit ihrer Tasse an den Schreibtisch von der Elisabeth, dass ihr Kaffee überschwappte. Es war ihr fünfter an diesem Tag, um kurz vor zwölf. Der Teppichboden hatte ihn eigentlich nötiger als sie.

Sie starrte auf den Bildschirm, auf dem auf Chinesisch, Spanisch und Deutsch zu lesen war, wie kinderleicht die neue Innovation auf dem Gebiet der Gesichtsreinigung zu gebrauchen war.

Die Elisabeth war immer bereit, sich bei ein paar fremden Familienproblemen von ihren fesselnden Aufgaben zu erholen. Aus einer Schublade holte sie ein Packerl Manner-Schnitten und fuhr mit dem Stuhl zurück, um der Linn ihre volle Aufmerksamkeit zuteilwerden zu lassen.

»Eine Innovation ist immer neu, oder?«, fragte die Linn.

Die linke Augenbraue von der Elisabeth verschwand in ihrem asymmetrischen Haarschnitt. Per Fingernagel aktivierte sie den Bildschirmschoner, eine Diashow aus Sonnenuntergängen am Meer, Bergpanoramen und zufälligen Begegnungen mit Berühmtheiten, die sich alle mehr oder weniger freiwillig mit der Elisabeth oder ihrem Mann, dem Bernie, fotografieren ließen. Immer schafften sie es, mit der einen Hand den Auslöser zu drücken, während sie den Daumen der anderen hochgestreckt ins Bild hielten. Die Elisabeth neben der Senta Berger und dem Ding, dem Ex von der Anna Netrebko, der Bernie mit dem Beckenbauer und zwischendurch immer wieder einer oder beide mit dem Scott Acton, bei einem Workshop im Sommer, seit dem die Elisabeth praktisch über nichts anderes mehr redete als über den *Elevator to Happiness*.

Sie war es auch, die der Linn das Standardwerk der Selbsthilfeliteratur, wie sie den *Fahrstuhl zum Glück* gern nannte, feierlich zum Geburtstag überreicht hatte. Vom Autor signiert. *Best Wishes, Scott Acton,* hatte er auf die erste Seite geschrieben, sie musste sich ja bloß die Schrift anschauen, hatte die Elisabeth gesagt, ein Strich durch alle drei T, also bitte.

»Du bist aber manchmal schon ein bisschen kleinlich, oder?«, fragte sie jetzt freundlich.

Darauf war die Linn nicht gefasst. »Ich bin doch nicht kleinlich!«

»Versteh mich nicht falsch«, sagte die Elisabeth, »ich mein das konstruktiv.«

Die Linn verstand sie schon richtig, aber egal wie konstruktiv, Kritik ist eben immer auch Kritik, und Kritik wollte die Linn jetzt gerade überhaupt keine hören. Sie wollte hören, wie undankbar Teenager im Allgemeinen sind und was für ein Glück die Julie im Besonderen hatte, ausgerechnet sie zur Mutter zu haben.

»Ich glaub nicht, dass *ich* das Problem bin.« Das kam nicht so locker heraus, wie sie beabsichtigt hatte.

»Sondern der Franz«, sagte die Elisabeth. Es war eine Feststellung, keine Frage.

Das Lächeln von der Linn stürzte sich zum verschütteten Kaffee auf den Boden.

Die Elisabeth kaute an ihrem Wafferl, wobei es ihr nur halb gelang, ihre Lust am Tratschen mit einem verständnisvollen Ton zu überdecken. »Ist er wieder beleidigt, weil das Leben so ungerecht zu ihm ist?«

Die Linn hatte guten Grund, anzunehmen, dass die Elisabeth den Franz für einen verantwortungslosen Spinner hielt, der nicht darüber wegkam, dass aus ihm kein Rockstar geworden war. Unter anderem deshalb, weil sie sich selbst oft genug in diese Richtung äußerte, wenn sie sich über ihn ärgerte. Anschließend ging die Elisabeth mit ihr auf einen Kaffee oder auf ein Achterl, und dann lachten sie darüber, dass sich der Bernie in seinem ganzen Leben noch nie eigenhändig Unterhosen gekauft hatte und der Franz seine Haare eisern schulterlang trug, obwohl sie immer weniger wurden, und sie gern zu Tour-T-Shirts von Bands kombinierte, deren verwaschene Konzerttermine irgendwann im Eozän stattgefunden hatten.

Doch das war alles vor dem *Elevator*. Seit ihrer Begegnung mit dem Scott Acton klagte die Elisabeth weit weniger über den Bernie und lachte dementsprechend auch weit weniger über den Franz.

»Überleg einmal, wenn die Außenwelt nur ein Spiegel deiner Innenwelt ist, was sagt das dann über dich?«, fragte sie stattdessen.

Das stand auch im *Fahrstuhl zum Glück*. Sie würde in Zukunft vorsichtiger sein müssen, was sie der Elisabeth erzählte, dachte die Linn. Der *Elevator* empfahl für diesen Fall, über einen Menschen nur Gutes zu sagen, wobei man davon aber auch ehrlich überzeugt sein musste.

»Der Franz hat's auch nicht ganz leicht«, probierte sie es, »das Unterrichten – «

Dem Gesichtausdruck von der Elisabeth nach war das Leben vom Franz ungefähr so schwer wie die Waffelblättchen, die ihr verächtliches Schnauben in die Heizungsluft wehte, aber schon fand ein neuer Gedanke ungebremst seinen Weg durch ihren Mund: »Glaubst, dass er dir die Schuld gibt, dass aus ihm nichts geworden ist, insgeheim?«

Zum zweiten Mal an diesem Tag war die Linn sprachlos, und die Elisabeth nutzte die entstandene Pause, um den Gedanken auszubauen: »Oder der Julie?«

»Nein.« Sie ging zu ihrem Platz zurück und arbeitete drauflos. »Wieso? Und es ist auch nicht nichts aus ihm geworden.«

»Kinder haben feine Antennen, sagt der Scott«, zog sich die Elisabeth aus der Schusslinie.

»Die Julie ist kein Kind mehr.«

Die Elisabeth schaute ihr tief in die Augen und zeigte mit ihrem Wafferl auf sie: »Linn, bei euch ist es höchste Zeit für'n Elevator.«

Die Linn hörte nicht auf zu tippen, musste aber wirklich lachen bei der Vorstellung, den Franz zu einem Selbsthilfeworkshop überreden zu wollen.

»Die Begegnung mit dem Scott verändert die Menschen«, sagte die Elisabeth.

Die Linn tat, als müsste sie sich wahnsinnig konzentrieren, einen Textbaustein in ihre Datei einzufügen. In Wahrheit kam ihr zum ersten Mal in den Sinn, dass die Elisabeth und der Bernie mit ihren wechselnden Ernährungskonzepten und Prominentenfotos und Sonnenuntergängen mehr gemeinsam haben könnten als sie und der Franz. Der Franz und sie redeten nicht mehr oft miteinander, sie lachten nicht mehr oft miteinander, und sie schliefen auch nicht mehr oft miteinander.

»Vielleicht hilft's ja auch, wenn ich ihn anruf«, überlegte die Elisabeth mit vollem Mund.

»Den Franz?«, fragte die Linn verwundert, worauf die Elisabeth ebenso verwundert die Stirn runzelte: »Nein, den Scott. Manchmal gibt's Nachrückerplätze.«

Obwohl sich die Linn direkt verschrieb, so beeindruckt war sie, dass die Elisabeth die persönliche Telefonnummer vom Scott Acton hatte, schüttelte sie den Kopf: »Das tut der Franz nie.«

Doch die Elisabeth gab noch nicht auf. Während sie mit dem angefeuchteten Zeigefinger die Manner-Schnitten-Brösel aus der Packung wischte, sagte sie ganz nebenbei: »Na ja, der Bernie jedenfalls ist wie ausgewechselt seither.«

Die Linn hörte auf zu tippen. Nachdenklich sah sie dem ausgewechselten Bernie zu, wie er langsam, den Daumen nach oben, über den Bildschirm von der Elisabeth schwebte. Dann löschte sie den ganzen blödsinnigen Absatz, den sie gerade geschrieben hatte, und sagte: »Vielleicht hab ich eine Idee.«

Der Franz hatte wenig bis gar nichts übrig für Kinder, die nur den Musikzweig wählten, weil sie zu schlecht für alle anderen Gymnasien waren. Meistens waren sie dann auch zu schlecht für ihn. Es gab Ausnahmen. Die kamen vom Land.

An der Jäger Sonja zum Beispiel war an diesem, für die Jahreszeit zu warmen, Dezembernachmittag nichts auszusetzen. Sie hatte geübt, anständig gespielt und nach seinem überschwänglichen Lob – »Na also, geht doch« – bescheiden gelächelt.

Der Johannes Metzger war sechzehn und erst seit diesem Schuljahr in der Klasse. Also waren ihm die anderen schon zwei Jahre in Gitarre voraus, und vom Land kam er auch nicht. Der Franz ließ ihn seit Oktober die *Spanische Romanze* wiederholen, ganz einfach weil ihm der Bub so unsympathisch war. Das lag nicht ausschließlich an seinem deutschen Akzent. Es spielte auch hinein, dass er es offenbar nicht nötig hatte, vorbereitet zum Unterricht zu erscheinen, und sein fehlendes Talent mit derselben Überheblichkeit spazieren trug wie seine erlesene Western-Gitarre. Die Mutter vom Johannes Metzger, eine Frau Doktor, hatte mit ihrer Freundin Anke, die zufälligerweise die Direktorin vom Franz war, entschieden, dass ihr Sohn diese Schule besuchen würde. Der Franz wurde auserkoren, dafür ein spezielles Training zu entwickeln, das dem Johannes erlaubte, in Windeseile den versäumten Stoff aufzuholen, aber bitte spielerisch. Das also hatten die Frau Doktor und die Frau Direktor gemeinsam beschlossen, aber weder der Franz noch der Johannes waren emotional in diesen Prozess involviert.

Es war eh kaum möglich, auf den Stahlseiten eine anständige *Spanische Romanze* hinzukriegen, aber in der Metzger'schen Interpretation musste man sich ernsthaft Sorgen um den Fortbestand der spanischen Bevölkerung machen. Der Johannes entschied einfach, dass es, wenn's nach der durchschnittlichen Spieldauer der anderen ging, jetzt genug war, und hörte auf.

»Was soll das?«, fragte der Franz.

»Ich kann das nicht.«

»Was du nicht sagst.«

Der Johannes rieb sich die Fingerkuppen und schaute unbeteiligt zum Fenster hinaus.

»Wie wär's mit Üben? Schon einmal gehört?«

Wie gewohnt sprang ihm die Sonja zur Seite: »Er ist doch neu, Herr Professor«, gab sie zu bedenken. Dabei sprühten ihre Augen vor Inbrunst. Der Johannes vermied es, sie anzuschauen. Es war ihm unangenehm, jede Stunde von einer pummeligen Landpomeranze in Schutz genommen zu werden, dabei hätte er froh sein sollen darüber, fand der Franz.

»So neu auch wieder nicht«, sagte er. »*Wo* warst du vorher?«

Überrascht, dass er immer noch nicht vom Haken war, ließ der Johannes die Gitarre sinken und sagte: »Auf einem humanistischen Gymnasium in Köln.«

Er hatte es schon vieltausendmal erzählt, und sogar der Franz wusste es. Er wollte es nur noch einmal hören, um zu einer kleinen Demütigung auszuholen, die dem verzogenen Schnösel guttun würde. Und wenn nicht, dann würde sie wenigstens dem Franz guttun.

»Humanistisch? Warum bist du dann nicht auf den Rainberg gewechselt?«

Weil es nach Pisa und allem, was man von den deutschen Schulen so hörte, unmöglich für ihn gewesen wäre, auf dem anspruchsvollsten Gymnasium der Stadt mit den Gleichaltrigen mitzuhalten.

Der Johannes zuckte bloß die Schultern.

»Ὁ μὲν βίος βραχύς, ἡ δὲ τέχνη μακρά«, sagte der Franz. Es war der einzige altgriechische Satz, den er kannte. Er hatte ihn von einem durchgedrehten Mitbewohner in seinem Grazer Studentenwohnheim gelernt, der ihn so lang immer und immer wiederholt hatte, bis der Franz in eine WG übersiedelt war. Den Satz hatte er mitgenommen. Das Leben ist kurz, die Kunst ist lang.

Der Johannes Metzger sah aus den Augenwinkeln zu den anderen. Sollte er das jetzt übersetzen, oder was? Aber der Franz hatte nur eine Kunstpause gemacht.

»Ist eh super, Altgriechisch. Geht halt nur schlecht auf der Gitarre.«

Der Max und der Pascal, beide musikalisch mehr so Stadtrandgebiet, grinsten unentschlossen über diesen Witz, aber die Mutter Theresa vom Oberstufenrealgymnasium hatte eine Idee: »Vielleicht, wenn Sie es ihm einmal vorspielen?«, fragte sie. »Damit er hört, wie's richtig ist.«

Die Sonja hatte schon recht. Ihr und anderen – musikalischen – Kindern half es manchmal, ein Stück zu hören. Beim Johannes Metzger hatte der Franz da wenig Hoffnung. Trotzdem nahm er seine Gitarre und spielte ihm das Stück vor. Die ersten paar Takte schaute er ein paarmal bedeutsam in die Runde, sie sollten aufpassen, wie er die Stellen spielte, die ihnen immer Schwierigkeiten machten. Und seine Schüler taten ihm den Gefallen, setzten brav ihre aufmerksamen Gesichter auf, denn alle wussten, was gleich passieren würde.

Der Franz schloss die Augen und verlor sich. Selbst in dieses leichte, zu oft schlecht gehörte Stück. Er konnte ihnen nichts beibringen. Sie mussten es selber wollen und zuhören. Es drehte sich darum, den Klang nicht zu unterbrechen. Alles andere war Lärm.

Die Sonja schaute schüchtern zum Johannes. Fast jede Stunde verschaffte sie ihm auf diese Weise eine kurze Auszeit, und nichts als ein flüchtiges Lächeln war ihr Lohn.

Es klopfte. Alle Schülerköpfe fuhren neugierig herum, um

zu sehen, wie die Ehefrau von ihrem Lehrer vorsichtig die Tür öffnete und gebannt stehen blieb, ohne dass ihr Mann sie bemerkte.

Wenn der Franz spielte, unterbrach die Linn ihn nicht. Er sah dann auf eine verletzliche Art aus, als wüsste er genau, was er tat. Das war eine unwiderstehliche Mischung für die Linn, die ihr außerdem Hoffnung machte für das, was sie vorhatte.

Die Schüler begannen zu kichern, doch auch das hörte der Franz nicht. Er öffnete die Augen und spürte dem letzten Ton nach, bevor er sich bewusst wurde, wo er sich befand und dass die Linn in der Tür eigentlich nicht in dieses Bild gehörte.

»Hallo«, sagte sie, »ich war grad in der Nähe.«

Als würde das etwas erklären. Sie verließ ihr Büro praktisch nie während der Arbeitszeit, aber selbst wenn sie in der Nähe zu tun hatte, gab es keinen ersichtlichen Grund, einfach in seinen Unterricht zu schneien.

»Kann ich dich kurz sprechen?«

Dem Franz fiel auf, dass seine Schüler dieses Intermezzo mit einem Interesse verfolgten, das er von ihnen sonst nicht kannte. Unschlüssig blickte er in die Runde, bevor er sich mit einem »Ja, ist eh wurscht« erhob und der Linn auf den Gang folgte.

Aus einigen Zimmern drang gedämpfter Musikunterricht. Ansonsten war es leer und still, wie eine Schule nur an einem Winternachmittag sein kann. Die Linn stand am Fenster, sah hinaus in den Regen und atmete sich Mut an.

»Was ist denn so dringend?«, fragte der Franz.

Die Anke, die Direktorin vom Franz, kam auf ihrem Weg nach unten an ihnen vorbei. Als sie den Franz sah, fiel ihr etwas ein, doch im Gegensatz zur Linn, die ihr freundlich zunickte, ignorierte er sie so geflissentlich, dass die Anke ihr Anliegen lieber auf später verschob.

Die Linn wartete, bis sie außer Hörweite war, dann zog sie eine Karte aus rotem Pappkarton aus ihrer Handtasche. »Erinnerst du dich?«, fragte sie.

Natürlich erinnerte sich der Franz an den Gutschein. Er hatte ihn selbst gebastelt, gerade einmal zwei Wochen war es her. Er hatte nicht gewusst, was er ihr zum Vierziger schenken sollte, außer der CD-Sammlung von Wes Montgomery, die sie erwartungsgemäß nicht vom Hocker gerissen hatte. Er hatte, als die Gäste mit ihren Champagnerflaschen, Glücksratgebern und Vogelstimmenweckern eintrafen, noch schnell eine nette Kleinigkeit gebraucht, und ein Gutschein war eine nette Kleinigkeit, fand der Franz, außerdem praktisch. Weder musst du dir etwas einfallen lassen noch durch die überfüllten Geschäfte ziehen, um es zu finden, noch es bezahlen. Vor ein paar Jahren zu Weihnachten hatte er der Linn schon einmal einen geschenkt, und sie hatte sich sehr gefreut darüber damals. Zu seinem Entsetzen zauberte sie diesen nun ebenfalls aus ihrer Tasche hervor.

»Wir machen am Wochenende einen Workshop.«

Der Franz lehnte sich leicht vor. Er hatte sie nicht richtig verstanden – hoffte er.

»Der Fahrstuhl zum Glück.«

»Bitte nicht«, sagte er.

»Doch«, sagte die Linn, »wir haben Nachrückerplätze gekriegt.«

Sie sah ihn so außergewöhnlich fest an, dass er eine Ausflucht brauchte, um ihrem Blick zu entkommen. Er nahm ihr die Gutscheine aus der Hand und studierte sie eingehend. *Gutschein*, stand auf beiden, *für einen Tag deiner Wahl*. Auf dem einen außerdem: *Happy Birthday, Baby, ich liebe Dich*. Und auf dem anderen stand statt dem *Happy Birthday* groß

Frohe Weihnachten, und der Bastelkarton, den er sich von der Julie geborgt hatte, war blau statt rot, ansonsten waren sie identisch.

»Es steht keines drauf«, sagte die Linn.

Er schaute fragend auf.

»Ablaufdatum«, sagte sie angriffslustig.

Sie hatte recht. Wie konnte er nur so blöd sein? Er hatte kein Ablaufdatum draufgeschrieben und auch keine Ausnahmen. Aber wie sollte der Franz auch ahnen, dass die Linn nicht auf ein Konzert gehen wollen würde oder, bitte, von mir aus, in eine fremde Stadt fahren, sondern zu einem geschissenen Glücksworkshop? Wer sollte ahnen, dass sie diese Gutscheine überhaupt je einlösen würde?

Sie fischte die Karten aus seiner Hand, drehte auf dem Absatz um und ging. Der Franz stand nur da und hörte ihren Schritten drei Stockwerke beim Hinunterlaufen zu.

»Hast du kurz Zeit?«

Woher tauchte denn jetzt auf einmal die Anke auf?

»Ah, nein, ich bin mitten im Unterricht.«

Warum er mitten im Unterricht einsam auf dem Flur stand, erklärte er nicht. Sie schaute zur Tür seines Klassenzimmers, dann auf ihre Armbanduhr und verglich sie mit der Uhr auf dem Gang.

»Okay, dann morgen?«

»Sicher, jederzeit«, behauptete der Franz.

Sie blieb noch einen eigenartigen Moment stehen – wie bei einem Schüler, bei dem sie sich lieber persönlich davon überzeugen wollte, ob er auch wirklich in seine Klasse zurückging und die elendige Stunde zu Ende brachte.

Die Meteorologin hatte recht behalten, was den Regen betraf. Von ›zu warm für die Jahreszeit‹ war allerdings nichts zu spüren, als der Franz aus der Schule kam. Er verabschiedete sich von der Silvia, einer gut aufgelegten Kollegin, die ihren bunten Schirm aufspannte und in die Dämmerung verschwand, schlug den Kragen seiner alten Lederjacke hoch und ging so schnell wie möglich mit der Gitarre und seiner Tasche Richtung Auto. Hinter ihm stöckelte etwas. Der Franz kannte dieses Stöckeln. So engagiert. Das engagierte Stöckeln einer vielbeschäftigten, besorgten Mutter, die über ihren Sprössling reden will und über dessen Förderung Schrägstrich Entwicklung Schrägstrich Talent. Seine einzige Hoffnung war, dass dieses spezielle Stöckeln nicht ihm galt.

»Herr Brandstätter?« Die Hoffnung starb. Jetzt blieb ihm nur noch, so zu tun, als hätte er sie nicht gehört.

»Herr Brandstätter?« Sie hatte ihn eingeholt. Sportlich. Er setzte eine gehetzte Miene auf. »Nein, jetzt ist es ganz schlecht«, sagte er und schwang sich noch zu einem nachgeschobenen »leider« auf, weil der erste Teil so irrsinnig genervt herausgekommen war.

Das Stöckeln gab nicht auf. Auch deshalb, weil der Franz einfach weiterging und es mitsamt der dazugehörigen Frau weiterstöckeln musste, um mit ihm reden zu können.

»Mein Name ist Metzger. Es geht um meinen Sohn. Johannes.«

Natürlich. Das hätte er sich gleich denken können. Die Frau Dr. Metzger aus Deutschland. Schon weil sie ihn einfach mit seinem Namen ansprach und nicht mit Herr Professor. Natürlich war er kein Professor, und eigentlich war es ihm auch egal, wie die Eltern ihn ansprachen, solange sie damit nicht gleich seinen ganzen Status in Frage stellten, aber bei der Frau Dr. Metzger aus Deutschland hegte der Franz genau diesen Verdacht.

»Soll ich mich lieber an Ihre Vorgesetzte wenden?«, fragte sie, was den Verdacht vom Franz erhärtete.

Er blieb stehen, aber nur, weil er quasi schon am Auto war, und sah sie an. Trenchcoat mit passendem Schirm. Rote Haare, weißes Lächeln, insgesamt der gutsituierte Eindruck von Leuten, die sich mit Anliegen lieber an Vorgesetzte wenden.

»Ihre Direktorin hat mir versichert, dass Sie ein Programm entwickeln, damit Johannes den Stoff der letzten zwei Jahre aufholen kann.«

»Aha.«

»Darf ich fragen, wie weit Sie damit sind?«

Der Franz musste den alten Peugeot erst auf der Fahrerseite aufsperren, bevor er seine Gitarre auf dem Rücksitz verstauen konnte. Die Zentralverriegelung war kaputt. Er schürzte die Lippen beim Überlegen. »Mit dem Programm für'n Johannes?«, sagte er, »recht weit.« Er warf die hintere Tür schwungvoll zu.

»Okay?«, sagte sie mit einem Nicken.

Das konnte der Franz nicht leiden, dieses ›Okay?‹. Nicht Gut oder Schlecht oder Ja oder Nein, sondern ›Okay?‹, was nur eine Art verbale Bestätigung war, dass man etwas gesagt hatte. Ich verstehe, hieß das, beziehe deshalb aber noch lang keine Stellung zu dieser Aussage. ›Okay‹ beinhaltete die arrogante Weigerung, selbst ins Gespräch einzusteigen. Das ging ihm so auf die Nerven, dieses ›Okay?‹.

»Wir müssten halt noch überlegen, wer's für ihn übt«, sagte er und sah sie an, »Sie oder ich?«

Jetzt sagte sie nicht mehr ›Okay?‹. Jetzt sagte sie gar nichts mehr. Einzig ihr linkes Auge verengte sich ein wenig. Der Franz stieg ein, parkte aus und ließ sie im Regen stehen mit ihrem Burberrymantel und ihrem Burberryschirm und ihrem Burberryblick.

Auf der Ignaz-Harrer-Straße war wegen der Baustelle wieder ein einziges Stop-and-Go, wobei, von Go konnte eigentlich nicht die Rede sein. Es war ein einziges Stop. Der Franz hatte keine Ahnung, was für eine Art Doktor die Metzgerin war, womöglich Juristin, eine Parteifreundin vielleicht von der Anke. Mit der Linn brauchte er gar nicht darüber reden, die würde sofort anfangen, um seinen Job zu fürchten, und ihm Tipps geben, wie er bitte ruhig bleiben und sich diplomatisch verhalten sollte, wenn ihn die Anke morgen zusammenpfeifen und daran erinnern würde, wie wichtig die Zufriedenheit der Eltern für einen reibungslosen Ablauf des Schullebens war. Besonders die der einflussreichen Eltern, die die Anke persönlich kannte.

Die Scheibenwischer kamen kaum noch nach damit, den Regen von der Windschutzscheibe zu wischen, und mit der Lüftung stimmte auch irgendetwas nicht. Wenn der Franz überhaupt etwas sehen wollte, musste er die Fenster aufmachen, und das bedeutete wieder, sich vollregnen zu lassen. Er schlug mit beiden Händen zu Rage Against the Machine aufs Lenkrad und hasste jeden und alles und ganz besonders die, die ihm sagten, was er zu tun oder zu lassen hatte. Von dem Gedanken war es dann nicht weit bis zum Workshop, und der versaute ihm sogar die Aussicht aufs Wochenende, das erst in vier verdammten Tagen anfing. »Was schenk ich ihr auch keine Blumen oder einen Gutschein vom Douglas?!«, schrie er sich selber an.

Manchmal ist man ganz sicher, dass es nicht mehr schlimmer kommen kann – und dann wird man überrascht.

Der blaue Ascona Voyage mit dem alten Wiener Nummernschild blinkte. Er stand in der Rechtsabbiegerspur, neben dem Franz. Der Mann darin, älter als der Ascona und sein Nummernschild zusammen, hatte das Fenster heruntergedreht und deutete den anderen Verkehrsteilnehmern, dass sie ihn einfädeln lassen sollten.

»Bleib daheim!«, murmelte der Franz und schloss zum Auto vor ihm auf. Der Alte hatte leicht Zeit. Die nächste Grünphase war seine, das schwor sich der Franz. Der Ascona hupte. Schiefe, gelbliche Zähne lächelten ihn aufgelöst daraus an. Der Franz hob die Schultern in falschem Bedauern und sah, wie sich etwas im Gesicht des Alten veränderte. Das Lächeln verschwand und machte einer wilden Entschlossenheit Platz. Bitte, wenn er einen Kampf wollte, den konnte er haben. Der Franz klebte an der Stoßstange seines Vordermannes, die Augen stur auf dessen Rücklichter gerichtet. Vorn wurde es grün. Als er sich in Bewegung setzte, war die Ampel schon wieder gelb. Der Alte im Ascona startete auf gleicher Höhe, aber dort, wo seine Spur rechts abbog und die Straße wegen der Baustelle schmaler wurde, fuhr er einfach weiter. Neben dem Franz geradeaus. Vor Schreck verriss der Franz das Lenkrad und würgte den Motor ab, hupte dafür aber umso lauter. Aber der verrückte Alte nutzte seine Chance. Er setzte sich ungerührt vor ihn und fuhr triumphierend in die Kreuzung ein. Dass die Ampel rot war, störte ihn dabei nicht. Er hatte sogar die Zeit, sich umzudrehen und an einen unsichtbaren Hut zu tippen.

Dass er dabei den weißen Lkw übersah, der von links kam, war dem Franz sofort klar, ebenso klar, wie dass sich das mit dem Bremsweg bei dem Wetter nicht mehr ausgehen würde. Jetzt tuscht's, dachte er, und dann tuschte es. Laut. Und nirgends, wirklich nirgendwo im Franz fand sich der Gedanke, dass es dem eigensinnigen Alten recht geschah, wie er mitsamt seinem Ascona von der Fahrbahn radiert wurde. Dafür war vor lauter Schreck kein Platz. Sachen flogen durch die

Luft, ein Blumenstrauß landete auf der Windschutzscheibe vom Franz und wurde im nächsten Moment von den Scheibenwischern weggewischt, als wäre er nie da gewesen.

Der Franz wusste nicht, wie lange er im Auto sitzen geblieben war. Als er ausstieg, blinkten auf jeden Fall Blaulichter. Die ersten Schaulustigen und die, die als Erstes ihre Zivilcourage parat gehabt hatten, entfernten sich schon wieder von dem, was vom Ascona noch übrig war. In diesem Fall war nämlich mit Zivilcourage nicht mehr viel auszurichten.

Eine Klorolle, die vermutlich in den siebziger Jahren umhäkelt worden war und seitdem auf der Hutablage gestanden hatte, saugte sich in einer Pfütze mit Regenwasser voll. Der Franz näherte sich vorsichtig den Trümmern, bis er auf der kaputten Fensterscheibe der Beifahrerseite einen Blutfleck sah. Die Fahrerseite sah er nicht. Die war unter dem Lkw. Er drehte um und stieg auf ein Brillenetui. Grünes Kunstleder mit Goldeinfassung. Er hob es auf. Als er es aufmachte, schaute ihn eine schwere Lesebrille daraus an. Dunkle Fassung, die Bügel aus Metall. Ein kleiner Polizist ging an ihm vorbei. Höchstens einmal die Woche musste der sich rasieren, so jung war er, aber keine Spur von Hilflosigkeit in seinem Blick, ganz im Gegensatz zu dem vom Franz.

»Wenn Sie was gesehen haben, bleiben S' da«, sagte er so zackig, dass der Franz nickte und dabei unwillkürlich das Etui einsteckte.

Es war dunkel, als er vorm Haus parkte. Es war nicht seine Schuld, dass der alte Mann gestorben war. Mindestens zehn Unfallzeugen hatten gesehen, wie der Ascona unversehens in die Kreuzung gefahren war, hatten gehört, wie jemand zur Warnung gehupt hatte, und fanden, der Lkw sei ganz schön schnell dran gewesen. Der Franz hatte nicht viel gesagt bei seiner Aussage. Der milchgesichtige Polizist hatte die Personalien vom Franz aufgenommen und ihn nach Hause geschickt. Die ganze Welt um ihn war stumm, als hätte jemand das Volume runtergedreht. Nur in seinem Kopf fragte andauernd eine Stimme, ob er jetzt unter dem Lkw läge, wenn ihm der Alte nicht zuvorgekommen wäre.

Stattdessen stand er vor dem Haus und schaute zu, wie die Julie am Fenster in ihrem Zimmer wild tanzte. Er winkte ihr. Sie übte ungerührt weiter ihre Moves, bis der Franz begriff, dass sie gar nicht aus dem Fenster schaute. Sie sah nicht ihn, sie sah ihr eigenes Spiegelbild. Er wischte sich den Regen aus den Augen und lachte. Ob der Alte ihm nicht vielleicht doch einen Vogel gezeigt hatte im letzten Augenblick?

Er legte seinen Schlüssel auf den kleinen Tisch unter dem Vorzimmerspiegel und zog sich die Schuhe aus. Aus dem Wohnzimmer hörte er den Fernseher und die Linn, die etwas fragte. Beides verschwamm zu einem undeutlichen Rauschen. »Ah, nix«, sagte er und hoffte, diese Antwort würde halbwegs zu ihrer Frage passen. Von einem gerahmten Schwarz-Weiß-Foto an der Wand lächelte der Franz stolz neben dem Lemmy Kilmister von Motörhead. Der Lemmy war tot. Der Alte im Ascona – tot. Der Franz brauchte ein Bier.

Er zog seine Jacke aus und spürte dabei etwas Fremdes in der Tasche. Das Brillenetui. Er drehte es ratlos in seiner Hand, legte es schließlich neben den Schlüssel und ging zum Kühlschrank. Darin standen außer Bierflaschen je zwei volle

Milch- und Orangensaftpackerl, es gab Wurst und etwas, das wie Wurst aussah, aber keine war, und kleine bunte Joghurtbecher, für jeden etwas. Der Franz nahm sich ein Bier. Die Linn kam herüber, holte ein Glas aus dem Geschirrspüler und nahm ihm die Flasche aus der Hand, um sich einzuschenken. Der Ton war wieder da.

Sie erzählte von der Elisabeth und dem Bernie. Der Franz wusste, dass er wusste, wer die waren, und sich nur im Moment nicht daran erinnern konnte.

Als sie ihm die halbe Flasche wieder zurückgab, schaute sie ihn so von unten an, als erwarte sie eine Antwort. Er wusste aber nicht, was sie gefragt hatte.

»Hast du auch einen Kaffee gekauft?«, fragte er deshalb, um Zeit zu schinden. Sie nickte, schaute aber immer noch gleich. Der Franz sah den schwarzgebrannten Topf vom Mittag wieder silber auf dem Abtropfgitter glänzen.

Er nahm die Linn in die Arme und hielt sie fest.

Etwas überrascht erwiderte sie seine Umarmung, so gut es eben ging, ohne ihr Bier zu verschütten.

»Was ist denn los?«, fragte sie.

»Ich muss sterben.«

Sie trat einen Schritt zurück und starrte ihn an. Seine Haare hatten auf ihrem T-Shirt nasse Flecken hinterlassen.

»Also, nicht jetzt gleich«, beeilte er sich zu erklären, doch es hatte nicht die beruhigende Wirkung, die er sich davon erhofft hatte.

»Du bist ja ganz bleich. Sagst du mir bitte, was los ist? Bist du krank?« Sie fühlte seine Stirn mit der Hand.

»Nein, nein, mir geht's gut, ich hab nur«, er drehte sich weg, als wollte er gehen, blieb aber stehen, »ich hab gerade einen Unfall gesehen.«

Sie verstand erschrocken und hielt sich die Hand vor den Mund. »Nein, ehrlich? Schlimm?«

Er leerte zur Bestätigung die Flasche auf einen Schluck.

»Warst du irgendwie verwickelt?«

Der Franz schüttelte den Kopf. Das fiel ihm nicht leicht, aber weit leichter, als ihr von seiner unseligen Verwicklung zu erzählen. Ein einziges Mal an diesem Tag, ein einziges Mal hatte er nicht klein beigeben wollen, aber der andere dummerweise auch nicht, und jetzt war einer von ihnen tot.

Sie lächelte verwirrt, machte einen Schritt auf ihn zu und umarmte ihn wieder, zum Trost oder weil sie sich freute, dass er nicht verwickelt war oder tot.

»Du hast einen Schock«, sagte sie.

Er schüttelte den Kopf. »Mir geht's gut.«

»Wirklich?«, fragte sie gedämpft in seine Schulter.

Er nickte.

»Und das Auto?«

Vor ihm war gerade ein Mensch gestorben, und alles, was sie interessierte, war das geschissene Auto?

»Dem Auto geht's auch gut«, sagte er.

Die Julie kam in die Küche. Sie hatte immer noch die Kopfhörer in den Ohren, die irgendwo unter ihrem Pullover zu ihrem Handy führten. Deshalb schrie sie ihre Eltern an: »Ich muss da hinein?«, weil die den Kühlschrank blockierten. Die Linn und der Franz lösten sich aus ihrer Umarmung, damit das Kind an die Fruchtzwerge kam. Der Franz schaute der Julie zu, wie sie die Alufolie von dem lächerlichen Becher zog und einen Löffel suchte, der klein genug war, um hineinzupassen. Mit der gleichen Andacht hatte er ihr als Baby beim Trinken zugeschaut.

Die Julie pflückte sich alarmiert einen Stöpsel aus dem Ohr. »Was ist?«

»Nix«, sagte er schnell, bevor die Linn vielleicht den Unfall erwähnte. Er warf ihr einen Blick zu, sie sollte freundlicherweise das Thema wechseln.

»Der Papa und ich fahren übers Wochenende weg«, sagte die Linn.

Im ersten Moment war der Franz genauso überrascht wie die Julie, wenn auch weniger freudig, aber dann fiel er ihm wieder ein, der Fahrstuhl zum Glück.

4

Der Fahrstuhl zum Glück

Seit sie durch den Katschbergtunnel durch waren, hatten sie den Regen hinter sich gelassen. Die Linn fuhr so vorsichtig, dass sie nicht einmal eine Gefahr für die Weinbergschnecken darstellte, geschweige denn für die Lkws. Sie saß nah an der Windschutzscheibe und redete für dem Franz seinen Geschmack ein bisschen zu aufgekratzt darüber, was für ein unglaubliches Glück sie gehabt hatten, dank der Elisabeth die Nachrückerplätze zu bekommen, wo der Scott in Österreich doch nur dieses eine Seminar abhielt, und wie sie sich freute, dass der Franz mitkam. Hin und wieder sah sie ihn nachdenklich von der Seite an und fragte, ob alles okay war.

»Schau bitte nach vorn«, sagte er dann.

Die letzten drei Tage hatte der Franz mehr oder weniger im Bett verbracht, in durchsichtige Watte verpackt. Die Linn hatte ihn zu ihrem Hausarzt geschickt, einem alten Schulfreund von ihr, dem Harald.

Der Hals vom Harald warf eine kleine Speckfalte über den Kragen von seinem Button-down-Hemd. Er redete schnell, checkte den Franz durch und riet ihm dringend, weniger zu saufen und sich mehr zu bewegen. »Wie wär's mit Walking?«, sagte er, und der Franz nickte, so als könnte er sich das durchaus vorstellen. Nachdem sie das hinter sich gebracht hatten, schrieb der Harald ihn die nächsten drei Tage krank und gab ihm für jeden Tag eine große rosa Tablette mit, zur Beruhigung, und schöne Grüße an die Linn. Die erste nahm der Franz, gleich nachdem er die Zeitung gelesen hatte. Und dann jeden Tag eine. Sie wirkten super, besonders in Verbindung mit Bier. Das merkte der Franz unter anderem daran, dass er anfing, sich auf den Glücksworkshop zu freuen. An den Unfall erinnerte er sich wie an etwas, das er nur aus der Zeitung kannte.

Salzburg – Am Dienstagnachmittag verlor ein 87-jähriger Lenker aus Wien die Kontrolle über seinen Opel Ascona. Der offenbar geistig verwirrte Mann fuhr unvermittelt bei Rot in die Kreuzung und wurde von einem Lkw erfasst. Der 87-Jährige überlebte die Kollision nicht. Während seines letzten Atemzugs zeigte er dem Brandstätter Franz einen Vogel.

Der Franz schreckte aus dem Schlaf und wischte sich über den Mund.

»Na, was sagst?«, fragte die Linn.

Wenn das keine Gelegenheit zum Wow-Sagen war.

»Wow«, sagte er.

Genauso majestätisch wie die Landschaft im Hintergrund stand vor ihnen der Sonnenhof, ein Berg von einem Hotel.

Die Linn stellte den Motor aus und zog die Handbremse an. Dann schaute sie den Franz eindringlich an und sagte: »Mir ist das wirklich wichtig.«

Er nickte. Sie hatte das in den letzten Tagen mehrfach deutlich gemacht. Eigentlich konnte er sich nicht erinnern, dass sie in den letzten Tagen irgendetwas anderes gesagt hatte.

»Es muss sich was ändern zwischen uns.«

»Ja eh.« Er war hier, bereit, mit ihr in den Fahrstuhl zum Glück zu steigen. Was wollte sie denn noch?

»Ich mein nur«, antwortete sie auf die Frage, die er nicht ausgesprochen hatte, »zieh bitte nicht alles ins Lächerliche, nur weil es dich vielleicht ängstigt. Versprichst du mir das?«

Bei dieser Ansprache spannten sich die Kiefermuskeln vom Franz bedenklich an. Er wollte gerade nachfragen, wovor er sich ihrer Meinung nach mehr ängstigte, vor dem *Tuch der Weisheit*, mit dem der Scott Acton laut Flyer ihr Leben auf Hochglanz polieren würde, oder vor der veganen Vollpension, da schlug sich die Linn beide Hände aufs Herz, so über Kreuz, und sagte: »Ma, das ist er!«

Scott Acton stand live vorm Eingang zum Sonnenhof und telefonierte. Er sah exakt aus wie auf dem Foto in seinem Buch, nur in Farbe. Gepflegte weiße Haare, eine gesunde Bräune, er hatte sogar den gleichen Pullover an. Den hatte er vielleicht öfter. Er war bestimmt sechzig, vielleicht auch älter, schwer zu sagen. Der Franz musste schon zugeben, dass er eine gewisse Vitalität ausstrahlte, aber die Linn machte ein Gesicht, als wäre sie überraschend dem Dalai Lama begegnet oder dem Elvis.

»Es war irgendwie anzunehmen, dass er da ist«, meinte der Franz, aber sie ließ sich nicht stören in ihrer Begeisterung, zog den Schlüssel ab und stieg aus. Sie holte ihre Tasche vom Rücksitz und grüßte den Scott mit einem schüchternen Winken. Dann drehte sie sich zum Franz um und fragte per Gesichtsausdruck, ob er heute irgendwann auch noch auszusteigen gedachte. Als sie am Scott Acton vorbei ins Hotel ging, zwinkerte der ihr mit beiden Augen zu. Zugleich redete er schnell und bestimmt in sein Telefon.

Der Franz wusste nicht genau, was es war, das sich tief drin in der durchsichtigen Watte regte. Er hatte der Linn versprochen, nicht zu urteilen, obwohl er sich nicht sicher war, wie er das bewerkstelligen sollte. Er wollte ja das Glück per Knopfdruck finden. Am liebsten wäre er sofort wieder umgedreht.

»Bist du so weit?«, fragte die Linn.

Der Lift öffnete sich genau gegenüber dem Seminarraum. Der Scott Acton stand, schon wieder mit dem Handy am Ohr, an der geöffneten Doppeltür, die in den Saal führte.

»I don't care«, sagte er, »we have a contract and I need a replacement. Now.«

Er beendete das Gespräch und tippte in unglaublicher Geschwindigkeit eine SMS. Dem Franz seiner Ansicht nach machte er dabei keinen sehr glücklichen Eindruck. Die Linn und er und zirka vierzig andere gingen lächelnd an ihm vorbei in den großen Raum, musterten sich unauffällig, versuchten sich ihr Fremdeln nicht anmerken zu lassen und stürzten sich deshalb auf die vorbereiteten Keks- und Obstteller und den Kaffee. Durchs Panoramafenster grüßte Kärnten herein. Einige kannten sich schon untereinander und stellten sich dann gegenseitig vor. Sie nannten sich Wiederholungstäter und hatten die Schuhe ausgezogen. Wie auf Knopfdruck fielen dem Franz massenhaft nette Kleinigkeiten ein, die er der Linn statt dem Gutschein hätte schenken können, eine Funkuhr, eine Yogamatte, ein Musikinstrument, vielleicht eine Melodica.

Außer ihnen selbst gab es noch drei oder vier Paare, einen einzelnen Mann, ansonsten war das Publikum stark frauenlastig. Die meisten waren ungefähr in ihrem Alter, so Anfang, Mitte, Ende vierzig, mit ein paar Ausreißern nach oben oder unten. Eine Schwangere, die extra aus Frankfurt angereist war, verlangte empört nach Verbenentee, das sei doch das Mindeste. Es war kurz nach zehn. Ihr Freund sagte einer kleinen Hotelangestellten Bescheid, die sich den Namen des Tees zweimal wiederholen ließ und dann versprach, in der Küche nachzufragen.

»So!« Scott Acton hatte sein Handy weggesteckt und kam leichten Schrittes in die Mitte des Raumes gefedert. »Hello, everybody. Before we start: I'm afraid we have a little problem.«

Dann sagte er etwas, was der Franz für eine schamanische Beschwörungsformel hielt. Sogar die Linn, die sonst immer jeden verstand, hatte Schwierigkeiten herauszuhören, dass es sich dabei um Deutsch handelte. Es war wie bei der stillen Post, jeder verstand ein bisschen etwas anderes, aber am Ende kristallisierte sich heraus, dass die gebuchte Übersetzerin im Spital war, weil sie beim Skifahren oder auch beim Gehen umgeknickt war und sich einen Bänderriss oder Bruch im Knie oder Knöchel zugezogen hatte. Sie würde jedenfalls nicht kommen und hatte obendrein die Narkose verschlafen und sich erst aus dem Aufwachraum gemeldet. Jetzt war natürlich weit und breit kein Ersatz zu finden, der rechtzeitig hier war. Deshalb würde der Scott das Seminar heute auf Englisch oder in wichtigen Phasen auf Deutsch halten. »Ick spreke German, eine little bitzkin.« Es schien ihm erwähnenswert, dass ein entfernter Zweig seiner Familie seinerzeit aus den Niederlanden in die USA emigriert war.

Die störrische Schwangere erkundigte sich, was Preisnachlass auf Englisch hieß, schließlich habe sie die Übersetzerin mitbezahlt.

»Scott?«, das war die Linn. »Vielleicht kann ich dir da behilflich sein.« Sie hatte genau den richtigen Moment abgewartet. Gerade war es ein bisschen unangenehm still geworden. Der Scott drehte sich zu ihr, und das Funkeln, das sich schon aufgemacht hatte, seine Augen zu verlassen, kehrte in einem Feuerwerk zurück.

»You're a translator«, sagte er mit solch einer ruhigen Überzeugung, dass es sogar dem Franz imponierte.

Die Linn nickte bescheiden und lächelte in die Runde: »Ich bin Übersetzerin«, und dann wieder zum Scott: »My name is Linn.«

»Nice to meet you, Linn«, sagte der Scott, »I'm Scott.« Das war natürlich ebenso überflüssig wie charmant. Die übrigen Teilnehmer wirkten erleichtert, dass der Scott nicht mehr Deutsch reden musste. Einige fingen sogar an zu klatschen, als er ihnen erklärte, dass es sich bei Linns Erscheinung um eine Synchronizität im Sinne von C. G. Jung handelte, was die Erscheinung im Sinne von C. G. Jung selbst sofort souverän übersetzte.

Die Linn warf dem Franz immer wieder Blicke zu, um sich zu vergewissern, ob auch er langsam Gefallen an der Sache fand. Dabei gab es eigentlich noch gar nichts, was dem Franz hätte gefallen oder nicht gefallen können. Bloß die eifreien Kekse, die schmeckten erstaunlich gut, das musste er zugeben.

»So, let's start.« Der Scott klatschte in die Hände, schließlich hatte er schon ein paar Minuten von ihren restlichen Leben vergeudet, die ja von nun an ganz wunderbar wurden. Die Linn tauchte in einen zweisprachigen Modus ein, und obwohl die meisten im Raum halbwegs gut Englisch konnten, war der Franz beeindruckt, wie gewandt sie schwierige Ausdrücke, Wortspiele und spontane Scherze so ins Deutsche übersetzte, dass alle das Gefühl bekamen, sie hätten von Anfang an verstanden, was der Scott gesagt hatte.

In der Aufwärmrunde sollten sie sich überlegen, im wievielten Glücksstockwerk von eins bis zwölf sie sich momentan befanden, und dieses mit Filzstift auf Klebeband neben ihre Namen schreiben.

Der Franz wanderte nicht rückwärts aus dem Kuppelraum hinaus, beispielsweise an die Hotelbar, und bestellte sich auch kein Bier.

Wie glücklich war er? Er fühlte sich schon von dieser simplen Aufgabe überfordert. Er suchte in seiner Hosentasche nach einer Antwort und stach sich an der leeren Verpackung seiner rosa Tabletten. Zwölf mögliche Stockwerke erschienen ihm ziemlich hoch. Wenn er alles, was ihm einfiel, mit einbezog – er war nicht tot, und die eifreien Kekse schmeckten gut –, kam er auf eine optimistische Zwei. Die Frau neben ihm malte gerade einen Sechser neben ihren Namen. Der Franz schaute hilfesuchend zur Linn, die sich durch die Übersetzerei von ihm entfernt hatte und am anderen Ende des Seminarraums stand. Eine zu hohe Zahl würde sie ihm als Sarkasmus auslegen, eine zu niedrige vielleicht persönlich nehmen. Er fing an, einen Dreier zu schreiben, wollte dann lieber einen Vierer, das ging aber wegen der Kurve oben nicht mehr, deshalb machte er aus seiner Drei einen fetten Sechser. Egal, auf diese Weise war immerhin Spielraum nach oben und unten. Die Linn schaute herüber und lächelte. Auf dem Tesakrepp neben ihrem Namen stand ein ungenierter Zweier.

Der Scott wartete, las jedes einzelne Klebeband und fragte in die Runde, ob sie denn bereit dazu wären, höher auszusteigen, als sie eingestiegen waren. Alle lachten voller Hoffnung, und der Scott sagte, alles, was sie dazu brauchten, würden sie in sich selbst finden: Engagement, Energie und den unbändigen Willen zum Erfolg.

Dem Franz schien, als würde der Scott ihn und das Phantasiegebilde neben seinem Namen bei diesen Worten argwöhnisch anschauen. Er nahm sich noch einen Keks.

»Who would like to start? Linn?«, fragte der Scott.

»Ah, yes, I'd love to«, ließ sie sich überrumpeln. Sie jedenfalls hatte genug Energie und Engagement und unbändigen Erfolgswillen mitgebracht.

»Do you have a dream?«

Einen Traum sollte sie erzählen, nicht irgendeinen, einen großen. Und der Scott würde dann im Laufe des Wochenendes schauen, wie sie ihn verwirklichen konnte.

»Ich würde gern die ganze Welt sehen.« Sie hatte keine Sekunde nachdenken müssen.

»Cool.« Der Scott wandte sich dem nächsten Teilnehmer zu, der Gernot hieß, Happiness-Level 4, und ein Jahr freihaben wollte.

Klar. Die blöde Welt wieder. Der Franz hatte nichts gegen einen Urlaub am Meer oder eine Reise nach London oder Barcelona, solange die Linn das Hotel buchte und das Essen bestellte, aber er sah wirklich keinen Grund, warum irgendjemand in den Dschungel, nach Thailand oder ins Death Valley reisen musste, wenn man zu Hause zur selben Zeit nicht von Skorpionen gebissen oder von Tsunamis und Hitzeschlägen dahingerafft werden konnte.

Nacheinander offenbarten alle ihre Träume. Wie aus der Pistole geschossen wussten sie, was sie wollten: die Cordula, Happiness-Level 6, innerhalb des nächsten Jahres oben auf dem Himalaya stehen, die Herta, Happiness-Level 3, einen Katzenroman veröffentlichen und Frieda, Happiness-Level 5, ihre Blockaden in puncto Finanzen überwinden und reich werden. Die Schwangere, Lilly, Happiness-Level 8, wollte eine Eins-a-Mutter werden, und ihr Freund, der Stefan, Happiness-Level 5, ein erfolgreiches Start-up gründen und, nach einem strengen Blick von der Lilly, außerdem ein guter Vater werden. Die Steffi, Happiness-Level 7, wollte in den Jemen fahren und gut genug Arabisch können, um dort zu überleben, die Sibylle, Happiness-Level 2, wollte sich verlieben, die Christa, ebenfalls Happiness-Level 2, sich besser abgrenzen können. Der Hermann, Happiness-Level 6, wollte gemeinsam mit seiner Frau Annemarie, Happiness-Level 8, den Krebs besiegen, was die anderen fast so betont gelassen aufnahmen wie den Günther, Happiness-Level 7, der sich wünschte, einmal gleichzeitig mit mindestens zwei Frauen zu schlafen. Seine Frau, die Rosi, blieb cool, kein Wunder, auf Happiness-Level 8. Sie verdrehte die Augen – ›Er wieder‹ – und gab als ihren Wunschtraum den New-York-Marathon an. Nicht gewinnen, nur mitlaufen. Als der Franz an der Reihe war, wusste er noch immer nichts. Der Keks in seinem Mund wuchs auf ungeahnte Ausmaße, er musste ihn mit einem Schluck Kaffee hinunterspülen. Er fragte sich, warum alle hier waren und nicht längst auf dem Berg, am Meer oder im Bett, wenn sie doch so genau wussten, was sie wollten.

»Franz? Would you tell us your dream?«, fragte der Scott. Die Linn sah angespannt aus. Anscheinend wurde er schon zum zweiten oder dritten Mal gefragt.

»Stagediven.« Er hustete.

Die Linn lächelte überrascht, doch am überraschtesten war der Franz selber. Weil er die Wahrheit gesagt hatte. Der Scott hatte ihn nicht verstanden, obwohl er ja praktisch Englisch geredet hatte.

»Ich würd gern einmal von der Bühne in eine jubelnde Menge diven, bevor ich sterb«, sagte er zur Linn, die das für den Scott übersetzte, ohne ihr Lächeln vom Franz zu lösen.

Der Franz lächelte zurück.

Der Scott machte den Mund auf, wie es manche Leute machen, um besser zu verstehen. Dann fragte er: »Would you just *like* to do that? Or do you *want* it with all your heart?«

Der Franz schaute zur Linn. Was sollte der Blödsinn jetzt?

Bei niemandem sonst hatte der Scott lang nachgefragt. »Würdest du nur gern, oder willst du es wirklich von ganzem Herzen?«, übersetzte sie.

Der Franz sah ihr an, dass sie ihm die richtige Antwort – Letzteres – mit ihrem Blick nahezulegen suchte. Er wollte weg.

»So you want to be a musician, Franz?«

»Nein. Bin ich schon.«

Der Scott warf der Linn einen skeptischen Blick zu.

Sie nickte, »music teacher«, schränkte sie seine Antwort mit der Übersetzung ein.

Der Franz wunderte sich, warum ausgerechnet sein unerklärlicher Ausbruch an Selbstoffenbarung Anlass bot für die esoterische Inquisition.

»Was ist jetzt an meinem Traum schlechter als an einer Scheiß-Weltreise?«, fragte er die Linn.

Ihr Gesicht versteinerte.

»Oh no, there's nothing bad about it,« sagte der Scott mit besorgter Miene und lispelte dann, mehr zu sich selber, »just seems a little prefab to me«, was den Franz umso zorniger machte, weil er nicht wusste, was das hieß.

»Es scheint ihm ein bisschen vorgefertigt, verstehst?«, die Stimme von der Linn hatte ihren beruhigenden Ton angenommen. »Wie etwas aus einer Werbung.«

Der Scott lächelte bedauernd und ließ den Franz damit stehen, um sich der nächsten Teilnehmerin zuzuwenden.

»Wär's euch lieber, ich würde mir was aus einem Porno wünschen?«

Ein kurzes Luftschnappen ging durch die Runde.

»Hey«, fiel dem Günther auf, der sich den flotten Dreier wünschte, »wie kommt das Arschloch dazu, dass er mich beurteilt?«

»War nur eine Frage«, sagte der Franz streitlustig. Die Wirkung der Watte-Pillen ließ langsam nach. Eindeutig.

Die Linn funkelte ihn aus ihren blauen Augen an. Der Günther wurde von der Marathon-Rosi zurückgehalten. Die beiden flüsterten miteinander.

Konsterniert, warum sich der Franz so aufregte, erklärte ihm der Scott, dass sich Träume nicht in gute und schlechte einteilen ließen, was der Linn Zeit gab, sich zu sammeln und ihm dasselbe noch einmal zu sagen. Auf Deutsch und ganz ruhig. Sie hatte inzwischen nicht nur die Sprachmelodie vom Scott, sondern auch seinen Gesichtsausdruck übernommen, und bei den Schlussworten am Ende der Runde bedachte sie alle mit einer exakten Kopie seines wissenden Lächelns: »Ein Traum ist ein Traum, aber Vorsicht: Er könnte in Erfüllung gehen.«

In die gespannte Stille, die auf diese Weissagung folgte, ertönte ein leises Klopfen. Die kleine Hotelangestellte öffnete vorsichtig die Tür und brachte eine Kanne dampfenden Verbenentee herein.

Die nächsten sechs Stunden lag der Franz auf dem Boden, er saß im Schneidersitz, lauschte seinem Atem und bemühte sich, fünf Sachen zu finden, die er nächstes Jahr, nächsten Monat, in der kommenden Woche, morgen und heute tun konnte, um seinen Traum zu verwirklichen. Er hörte sich an, was die Katzenbuch-Herta in dieser Hinsicht vorhatte, und gab sein Feedback dazu. Er bewegte sich zu Harfenmusik durch den Raum, um die Energie zu spüren, die von den anderen ausging. Die Christa berichtete, wie warm ihr wurde, die Cordula hatte das dringende Bedürfnis, Leute zu umarmen, es wurde viel gelacht, die Sybille und der Gernot schwirrten auffällig häufig umeinander. Der Franz spürte nichts. Die praktischen Übungen wurden von Scotts kleinen Vorträgen begleitet, die im Wesentlichen beinhalteten, dass du alles erreichen kannst, wenn es dir nur gelingt, deine inneren Blockaden aufzulösen. Der Franz hörte zu, machte alles mit und verstand einfach nicht, wie vierzig Erwachsene mühelos in ihren Glücksfahrstühlen von Etage zu Etage fuhren, während er noch immer irgendwo im Keller nach dem richtigen Knopf suchte. Der erste und einzige Punkt auf seinem Fünf-Punkte-Plan war, sich am Montag direkt eine Großpackung von diesen rosa Tabletten verschreiben zu lassen.

In der Kaffeepause am Nachmittag, die Linn wollte gerade den Arm um den Franz legen, kam der Scott zu ihr herüber und bat sie, bei der nächsten Übung bitte nur im Notfall zu übersetzen, damit sie selbst auch voll einsteigen konnte. Er hatte ja mehrere Verkaufsexemplare der deutschen Ausgabe seines Buchs dabei, daraus würde er die Übung einfach vorlesen. Den Franz bedachte er mit einem freundschaftlichen Klaps auf die Schulter, den der Franz gern erwidert hätte, aber fest.

Er versuchte festzustellen, ob es der Linn etwas ausmachte, aus ihrer privilegierten Stellung zu den Normalsterblichen zurückzukehren, doch sie drückte nur seine Hand und setzte sich im Schneidersitz auf den Boden.

»Alles klar?«, fragte sie.

Vor den Panoramafenstern färbten sich die Wolken rot. Der Franz zog hilflos die Mundwinkel nach oben und nickte. Alles klar.

Alles Scheiße. Die Knie taten ihm weh. Er schaute unauffällig auf die Uhr – Viertel nach vier, hoffentlich dauerte die Übung nicht so lang, spätestens um fünf sollte doch endlich Schluss sein – und wurde prompt vom Scott dabei erwischt.

»Close your eyes«, begann er. Er sprach sehr monoton, in einem tiefen Singsang, den er wohl als besonders trancefördernd empfand. Die Marathonläuferin saß kerzengerade und dehnte ihre Oberschenkel in Richtung Teppichboden, ihr Dreier-Typ hatte eine Meditationsposition wie aus dem Bilderbuch eingenommen, Daumen und Mittelfinger auf den

Knien zu einem Ring gefaltet. Mehrere andere machten es ihm nach. Einige waren es sichtlich nicht gewohnt, auf dem Boden zu sitzen, aber nur die Annemarie und der Hermann hatten sich Stühle geholt und hielten sich mit geschlossenen Augen an den Händen.

»Now, geh an diese Ort, wo du fuhlst wirklig super«, sagte der Scott.

Er zählte langsam rückwärts von zehn nach eins, dazwischen las er aus dem deutschen *Fahrstuhl zum Glück* und wiederholte sich so oft, dass der Franz überlegte, ob er nicht doch noch schnell aufstehen und sich einen Stuhl holen sollte. Die Stühle standen zu Türmen gestapelt in einer Nische hinter dem Buffet. Wie hatten sich die Krebsleute nur so schnell welche organisiert?

»Geh an deine absolute Lieblingsplatz, das Meer, die Himalaya, don't push it, lass ihm entstehen in dir –«

Er war einmal im Kreis herumgegangen. Nun ruhte sein Blick wieder auf dem Franz, der das erst bemerkte, als er sich vom Stühleturm zurückdrehte.

»You really need to close your eyes«, sagte der Scott.

Ein paar Augen blinzelten, um zu sehen, wer zu blöd war, die Übung zu kapieren. Der Franz spielte ein stummes ›Alles klaro‹, als hätte er das mit dem Augenschließen nur irgendwie nicht mitgekriegt, ein Theater, das er nur zu gut von seinen Schülern kannte. Der Scott lächelte milde durch ihn hindurch.

»Du fuhlst dich super.«

Als der Franz die Augen schloss, meinte er das Lächeln auf Scotts Gesicht ersterben zu spüren. Gleichzeitig lösten sich die weiß tapezierten Wände, die roten Wolken vor dem Fenster und die neununddreißig Glückssucherkollegen in nichts auf.

Der Franz stand in einer Halle. Er erkannte sie sofort, so oft hatte er im Traum in dieser Halle Konzerte gespielt. Wow. Es funktionierte. Das patentierte Konzept funktionierte. Beim Franz! Er wunderte sich nur ein bisschen, dass er allein im Zuschauerraum stand und nicht auf der Bühne. Wo war seine jubelnde Menge?

»Da sieß du weit entfernt am horizon eine Gestalt«, sagte der Scott.

Der Franz sah sich um und versuchte angestrengt in der düsteren Halle so etwas wie einen Horizont zu erkennen. Als hätte jemand den Hauptschalter umgelegt, richteten sich hundert Scheinwerfer auf die Bühne. Er brauchte ein bisschen, um sich an das Licht zu gewöhnen, dann erkannte er, dass von dort tatsächlich langsam jemand auf ihn zukam. Wahnsinn.

»Du erkennst, wer sie ist. Frau oder Mann? Alt oder young?«, sagte der Scott im weit, weit entfernten Seminarraum.

Die Gestalt war ein Mann. Ein sehr alter Mann. Er trug eine enge schwarze Jeans, den Oberkörper frei, und er hinkte ein wenig mit dem linken Fuß, was eventuell daran lag, dass er die Gitarre vom Eddie van Halen umgehängt hatte. Unerwartet leichtfüßig sprang er von der Bühne und bewegte sich weiter auf den Franz zu.

»Keine Angst«, hörte der Franz den Scott im Seminarraum sagen, der hatte gut reden, »diese Wesen ist ein weises Wesen, eine, das weiß die Antwort auf deine Fragen.«

Der Franz hatte Angst, er spürte, wie das Blut durch seine Halsschlagader pumpte, er war bereit, davonzurennen, denn je näher das weise Wesen aus seinem Inneren kam, desto besser erkannte er es. Ganz knapp vor dem Franz blieb es stehen, tippte sich an die Stirn und sagte grimmig: »Sie also.«

Es war der Alte aus dem Ascona.

Der Franz riss die Augen auf. Der Scott schaute direkt in seine Richtung. Wahrscheinlich weil er so keuchte. Alle anderen hatten die Augen geschlossen, manche reckten die Köpfe in die Höh wie die Hühner, andere waren ganz in sich zusammengesunken oder schaukelten sanft hin und her.

»You might find it difficult to let go«, sagte der Scott, »just take your time, son.« An der leichten Ermüdung in seiner Stimme erkannte die Linn, dass der Franz irgendwie involviert sein musste, und ordnete das unter Notfall ein. Wie eine Mutter, die ihr Kind ermahnt, sagen wir, in der Kirche, ohne dass sie die anderen Leute stören will, flüsterte sie: »Lass dir einfach Zeit, wenn's dir schwerfällt, dich einzulassen.«

Der Franz setzte an, ihr zu erklären, dass es ihm überhaupt nicht schwerfiel, sich einzulassen, sondern ganz im Gegenteil, aber die Linn hatte die Augen gar nicht geöffnet und war schon wieder zu ihrem eigenen inneren Wesen zurückgekehrt. Dafür kam der Scott mit ernster Miene auf ihn zu.

»Why are you here?«, wollte er wissen.

Der Franz sah ihn verwirrt an.

Das sei eine einfache Frage, sagte der Scott. Es könne doch nicht so schwer sein, die zu beantworten.

Der Franz überlegte, was Gutschein auf Englisch hieß und Unfall. Aus den Augenwinkeln schaute er zur Linn.

»Don't ask your wife«, sagte der Scott und stoppte mit einer Handbewegung den Impuls von der Linn, ihnen zur Seite zu springen, worauf sie brav die Augen wieder schloss.

Der Scott sprach leise, vertraulich, aber natürlich konnten ihn alle hören. Seit der Franz den Raum betreten hatte, spürte er hier eine ungewöhnlich negative Energie.

Der Franz musste nicht mitmachen, wenn seine Blockaden zu massiv waren, aber er sollte doch bitte allen anderen den Kurs nicht ruinieren.

»No«, widersprach ihm der Franz, »I see things.«

»Okay?«

Da war es wieder. »No, not okay!«, sprang ihm der Franz ins Gesicht. »Das ist voll unheimlich.«

Ein müder Schleier legte sich über die Augen vom Scott. »Well, it's not real, you know?«, sagte er.

Ja, natürlich, das wusste der Franz auch, dass das alles nicht wirklich passierte.

»It's your mind that frightens you.«

Die anderen lachten ihn aus.

Gottergeben machte er die Augen wieder zu und befand sich an genau der gleichen Stelle wie vorher, den zornigen alten Mann anderthalb Zentimeter von seiner Nasenspitze entfernt.

Der Scott im Seminarraum atmete erst lang und geräuschvoll aus, bevor er weitersprechen konnte.

»Wenn du kannst sehen die Wesen, du kannst es stellen eine Frage. Frag: Was soll ich tun?«, schlug er vor.

Das alles spielt sich nur in meinem Kopf ab, dachte der Franz. »Was soll ich tun?«, fragte er. Seine Stimme klang dünn.

»Woher soll ich das wissen?«, sagte der alte Mann grantig.

»Ja, aber –«, stammelte der Franz.

»Ja, aber –«, äffte ihn der Alte nach. »Was soll der ganze Zinnober?«, eine unwirsche Geste schloss die Halle, die Bühne und seinen lächerlichen Aufzug in den Zinnober ein.

Es war typisch. Einmal funktionierte etwas beim Franz, nur um gleichzeitig auf unglaubliche Art und Weise schiefzugehen. Sein weises Wesen war ein zorniger alter Mann und hatte ihm nichts zu sagen. Das hätte nicht einmal der Franz von seinem Inneren erwartet.

»Okay, wissen S' was?«, sagte er zur Erscheinung. »Ich bin einfach nicht der Richtige für so was. Ich glaub, das ist alles ein Missverständnis.«

Der Alte fixierte ihn mit seinem Blick. Genau so hatte er ihn an der Ampel angesehen, kurz bevor er, nur um ihn zu überholen, sein Leben aufs Spiel gesetzt und verloren hatte. Aber diesmal wusste der Franz Gott sei Dank ganz genau, wie er ihn abhängen konnte.

Er musste nur die Augen öffnen. Die anderen Workshop-Teilnehmer saßen halb oder auch ganz in Trance da und kommunizierten mit ihrem Inneren. Keiner von ihnen sah ängstlich aus. Der Franz beneidete sie. Sie bauten schwupp-diwupp ihre Blockaden ab und fragten ihre inneren weisen Wesen, was sie tun sollten, und ihre inneren weisen Wesen gaben bereitwillig Auskunft. Es lag nicht an der patentierten Methode. Es lag nicht am Scott. Es lag am Franz. Er war halt mehr der Bungalow-Glückstyp. Ein Stockwerk über null, das musste reichen für ihn. Vorsichtig kreiste er mit dem Fuß, der ihm eingeschlafen war. Der Scott zog die Augenbrauen hoch.

»Ich bin fertig«, sagte der Franz.

»Da wär ich mir nicht so sicher«, antwortete eine Stimme hinter ihm. Es war die Stimme des Alten.

Dem Franz entfuhr ein Schrei, und eine Sekunde später war er auf den Beinen. Bis auf zwei oder drei völlig Weggetretene wurden alle aus der Übung gerissen. Die Linn vergrub ihr Gesicht in den Händen.

Der alte Mann stand hinter dem Buffet, diesmal ohne Gitarre. Er trug einen braunen Anzug, gerade knöpfte er sein Jackett zu und machte dabei einen durchaus verlegenen Eindruck.

»Pfa, wa –«, stammelte der Franz. Er verlor den Verstand. Entweder. Oder das Ganze war ein unglaublicher, überhaupt nicht lustiger Trick. In seiner Not sah er hilfesuchend zum Scott, der in seiner ganzen Erleuchtung »What the fuck is your problem?« schrie.

»Wer ist das?«, schrie der Franz zurück. Er zeigte mit aufgerissenen Augen auf den alten Mann, der seine Hände beschwichtigend erhoben hatte. »Was ist das für ein kranker Scheiß?«

»Mein Name ist Egon Stachowiak«, sagte der Alte.

»Egon«, der Franz begann hysterisch zu lachen und schlug sich mit der Hand seitlich gegen den Kopf wie einer, der zu viel Wasser ins Ohr gekriegt hat.

»Franz?«, fragte die Linn leise und besorgt. »Bitte, reiß dich zusammen.«

»Sie hat recht, Sie sollten sich erst einmal beruhigen«, fand auch der Egon Stachowiak.

»Ich beruhig mich nicht, weil das gibt's nicht!« Der Franz zeigte auf den Scott: »Er hat gesagt, es ist nur in meinem Kopf!«

»I think you should leave. Now«, verlangte der Scott.

»Was ist denn bitte mit dir los?«, wollte die Linn wissen.

Der Franz zeigte zwischen dem Scott und dem Egon hin und her und fragte: »Wie macht der das?«

»Excuse me«, der Scott schaltete sein Lächeln und seine Souveränität wieder ein, »are you trying to sabotage my work?«

Die Linn blieb vor dem Franz stehen und fragte enttäuscht: »Ist das notwendig?«

Obwohl die Nerven vom Franz sukzessive zusammenbrachen, hatte er noch Zeit, sich wahnsinnig darüber aufzuregen, dass sie ihn dauernd Sachen fragte und nicht einfach zu ihm hielt.

»Mach deine Augen auf!«, schrie er sie an und drehte sie bebend in Richtung Egon.

»Das wird nichts nützen«, sagte der, »es sei denn, Sie wollen ihr die Thermoskannen zeigen und die Kekse.«

Der Franz lachte irr auf. Dann nahm er die Linn bei der Hand. »Wir gehen.«

Sie entzog ihm ihre Hand und sah fassungslos an ihm hinauf und hinunter, als wüsste sie nicht, wen sie da vor sich hatte.

Der Günther baute sich vor ihm auf. »Alter, du gehst mir langsam echt am Zeiger«, sagte er. Die Linn fragte er: »Was is'n mit ihm?«, um sich dann wieder an den Franz selbst zu wenden: »Du bist nicht allein auf der Welt, falls dir's noch nicht aufgefallen ist.«

Statt der passenden ironischen Bemerkung kullerte dem Franz nur Unverständliches aus dem Mund. Die Marathon-Rosi machte keine Anstalten mehr, den Günther zu beschwichtigen. Im Gegenteil, sie sah aus, als hielte sie es für gar keine schlechte Idee, wenn er den Franz notfalls mit einer Watschen zur Vernunft brächte.

»Ja genau, schmier mir eine. Bitte«, sagte der Franz.

Diese treuherzige Aufforderung brachte den Günther aus dem Konzept. Er zögerte eine Sekunde zu lang und verpasste seine Chance.

Die Linn haute nicht besonders fest zu, aber alle Anwesenden waren doch überrascht, dass sie es tat. Beinah so überrascht wie dankbar. Auch der Franz, denn als er den Kopf zum Buffet drehte, war der Geist weg. Verschwunden. Nie da gewesen vermutlich.

Er schaute noch unter den Tisch und hinter den Sesselstapel und sagte ihr dann, so ruhig er konnte, also nicht besonders, dafür ehrlich verzweifelt: »Ma, Entschuldigung. Ich muss gehen.«

Die Halogenstrahler spiegelten sich in der Linn ihren Augen. Wie ein Schiffbrüchiger auf ein weit entferntes Leuchtturmfeuer richtete der Franz alle Hoffnungen darauf, dass sie ihn aus diesem verwunschenen Gewässer retten würde. Sie würde ihn im Schneckentempo nach Hause fahren, dabei würde er ihr erzählen, was in seinem Kopf ausgehakt war, und sie würde es wieder einhaken. Und in nicht allzu ferner Zukunft würden sie lachen über diesen aberwitzigen Workshop und lachen über die Auswirkungen auf seine Phantasie und lachen über die Unsummen, die sie dafür bezahlt hatten.

Nur etwas stimmte nicht. Der Leuchtturmwärter schaltete das Licht aus. Die Linn verschränkte die Arme und machte die Augen zu. Sie weinte, so sehr genierte sie sich für den Franz. Er nickte und drehte sich um. »Also.« Der Scott wartete gespannt darauf, dass er den Raum endlich von seiner miesen Energie befreite. Ein Happiness-Level 4 half ihm, seine Schuhe und seine Jacke aufzuheben, der Franz schlüpfte in alles hinein, ohne es zuzumachen, und sein Finger zeigte ein letztes Mal wie von selbst in Richtung Buffet, wo der alte Mann aus dem Ascona gestanden hatte. Egon.

5

Egon

Der Franz ging durch die Flügeltür, ohne sich noch einmal umzudrehen, drückte im Fahrstuhl auf E für Erdgeschoss und taumelte an der Rezeption vorbei hinaus ins Freie. Kalte Luft schlug ihm entgegen. Wenn es doch endlich schneien würde, dachte er, eine weiße Decke, die alles sauber einpackte, das Hotel mitsamt dem Scott und dem Geist darin, das hätte ihm gefallen. Das hätte ihn beruhigt. *All Along the Watchtower* vom Jimi Hendrix ging ihm durch den Kopf. Das ging dem Franz oft so. Sein Kopf spielte den Soundtrack zu seinem Leben, ohne dass er ihn sich selbst aussuchte. Er musste irgendeinen Weg von hier fort finden und nicht auf einem windigen Parkplatz vergeblich auf Schneeflocken warten. Wie er beim Auto ankam, fiel ihm auf, dass er den Autoschlüssel nicht hatte. Den hatte die Linn, und die kam ihm nicht nach.

Der Gedanke, dass am Autoschlüssel auch seine Hausschlüssel dranhingen, kam dem Franz dann erst viel später, da saß er schon im Zug. Dabei hatte er noch Glück. Den winzigen Bahnhof der Gemeinde hatte er vom recht hochgelegenen Hotel aus schon sehen können, und als er unten angekommen war, erwischte er gerade noch die letzte von insgesamt zwei Zugverbindungen nach Villach an diesem Tag. Dort wäre vier Stunden später zwar ein Euronight direkt nach

Salzburg gegangen, aber der Franz zog es vor, sich am Bahnhofskiosk zwei Flaschen Bier zu kaufen und in den nächsten Regionalexpress zu steigen, der ihn bis Spittal am Millstätter See brachte, wo er dann tatsächlich nach nur zwei Stunden Wartezeit in einen anderen Euronight umsteigen konnte. Wurscht, Hauptsache, weg. Hauptsache, Bewegung, auch wenn es sich mehr um die Illusion einer Bewegung handelte, weil der Regionalexpress eigentlich öfter stehen blieb als nicht. Jedes Mal, wenn jemand ins Abteil kam, schreckte der Franz zusammen, aber weil es sich dabei nie um Geister handelte, sondern immer nur um andere Fahrgäste oder um den Schaffner, machte er die eine Bierflasche mit der anderen auf und beruhigte sich langsam, während er sie trank. Wie er kurz darauf die zweite Flasche öffnen wollte, fiel ihm dann das mit dem Schlüssel auf. Dass er nicht nur keinen Autoschlüssel dabeihatte, sondern überhaupt keinen.

»Super«, sagte er laut.

Eine Frau, die schräg vor ihm im Abteil saß, drehte sich um. Die sollte sich bloß um ihren eigenen Scheiß kümmern. Während er versuchte, die Flasche am Zugmülleimer aufzumachen, überlegte er, wie er ins Haus kommen würde. Die Julie schlief bei der Tamara. Er konnte dahin fahren und ihren Schlüssel holen, aber dann musste er ihr mitten in der Nacht seine überstürzte Abreise vom Glücksfahrstuhl erklären. Er rutschte immer wieder mit der Bierflasche von der Mülleimerklappe ab, die sich dann laut schloss. *Dong!* Das Glas unter dem Kronkorken knirschte, ansonsten tat sich nichts, was auf ein Öffnen der Flasche hindeutete. Die Frau vorn im Abteil drehte sich noch ein paarmal um, was den Franz aber nicht einmal kurzfristig von seinem Vorhaben abbrachte. Beim fünfzehnten *Dong!* stand sie auf, kam zu ihm herüber und hielt ihm wortlos ein Feuerzeug hin. Überrascht machte der Franz damit sein Bier auf und gab der Frau das Feuerzeug zurück. Sie setzte sich nicht wieder, sondern ging zur Zugtür, zündete sich eine Zigarette an und rauchte, bis sie am nächsten Bahnhof ausstieg.

Jetzt war der Franz allein im Abteil. Kein Mensch weit und breit – und auch sonst niemand. Am Zugfenster draußen fuhr sein Spiegelbild mit ihm mit. Er nahm das Handy aus der Tasche, drehte es ratlos in der Hand und steckte es wieder ein. Er würde die Linn später anrufen und ihr alles erklären. Bis dahin würde er vielleicht sogar wissen, wie er das anstellen wollte. Es musste schließlich eine Erklärung geben. Es gab immer für alles eine Erklärung. Womöglich hatte ihn der Unfall doch mehr mitgenommen, als er geglaubt hatte, und zusammen mit den gemeingefährlichen Tabletten vom Harald – der hatte zwar heute diese gutgehende Praxis, aber in der Schule war er nicht gerade der Hellste gewesen, das hatte die Linn selber einmal erzählt – und den verdammten Übungen vom Scott hatte das in seinem Kopf eine – eine – eine Vision ausgelöst. Insofern war die Linn maßgeblich beteiligt am Verhalten vom Franz. Das würde sie schon zugeben müssen. Das Spiegelbild am Zugfenster nickte, setzte den leicht angesplitterten Flaschenhals an den Mund und trank einen kräftigen Schluck.

Es war nach Mitternacht, als er zu Hause ankam. Das Gartentürl war nie abgeschlossen. Es öffnete sich quietschend, und der Franz ging über den Schotterweg in den hinteren Garten. Die Kellerfenster waren uralt. »Ein Einbrecher ist da in zehn Sekunden drin«, hatte die Mama von der Linn gesagt. Sie schaute gern *Aktenzeichen XY*.

Der Franz brauchte bedeutend länger als die Fernseh-Einbrecher. Nicht beim Öffnen, das ging wirklich schnell. Das Durchklettern bereitete ihm Schwierigkeiten. Die Lederjacke zog er aus und warf sie schon vor, hinunter in den

Keller, weil er Angst hatte, sie sonst an den rostigen Kanten vom Fenster zu zerkratzen. Es lag also nicht an dem dicken Leder, dass er in der Mitte stecken blieb – die Beine drin, der Kopf draußen –, und die Abschürfungen, die die Jacke nicht bekam, bekam jetzt sein Bauch. Trotzdem konnte er weder vor noch zurück. Das Handy war in der Jacke im Keller. Seine Hände wiederum draußen im Garten, wo es langsam wieder anfing zu nieseln.

Morgen früh würden ihn seine Tochter, seine Frau oder die Feuerwehr freimeißeln müssen, je nachdem, wer ihn als Erstes fand. Er ließ den Kopf auf die Arme sinken. Vielleicht gelang es ihm aber auch, der Demütigung zu entgehen, indem er vorher erfror. Er hatte mit Sicherheit niemanden kommen gehört.

»Bei Ihnen alles in Ordnung?«

Direkt vor dem Franz standen zwei abgetragene braune Herrenschuhe auf dem Rasen, einer höher als der andere, darauf fielen die leicht speckigen Aufschläge einer braunen Anzughose, darüber kamen das passende Jackett, ein beiges Hemd und eine ausgeblichene, blau-orange-beige gestreifte Krawatte, über der ein blasses, besorgtes Gesicht auf ihn herunterschaute.

Bei dem Schrei, den der Franz ausstieß, spannte sich sein Zwerchfell derart, dass der rostige Fensterrahmen an zwei entscheidenden Stellen splitterte und er durch die Luke nach unten rutschte. Der Stapel Musikzeitschriften, auf dem er landete, hielt dem Druck nicht stand und kippte seitlich weg und mit ihm der Franz. Sofort sprang er wieder auf und starrte in den Garten hinaus. Niemand.

»Tut mir leid, wenn ich Sie erschreckt hab.«

Da saß er. Der Egon. An der gegenüberliegenden Wand. Mit übereinandergeschlagenen Beinen auf der ausrangierten Couch von der Oma. Der Herzschlag vom Franz beschleunigte stufenlos auf 200 beats per minute, drüber womöglich. »Das spielt sich alles nur in meinem Kopf ab!«, schrie er.

»Das wäre eine Möglichkeit«, sagte der Geist.

Der Franz überlegte, wie er entkommen konnte. Durch das hochgelegene Fenster wieder hinaus war nach einem kleinen aussichtslosen Hüpfer definitiv keine Option, und oben die Haustür war abgeschlossen. Er war gefangen. In seinem eigenen Haus. Mit einem Geist.

»Was machen Sie auf meiner Couch?«, fragte er atemlos.

»Ich schweb zirka ein Ångström drüber«, antwortete der Geist.

Der Franz verstand kein Wort. »Geister gibt's nicht!«, schrie er stattdessen, als ließen sie sich davon vertreiben.

»Das brauchen Sie mir nicht sagen, das weiß ich besser als Sie!«, schnauzte der Geist zurück. »Oder haben Sie Physik studiert?«

Das hatte der Franz nicht. »Ja, aber«, stammelte er, »was machen S' dann da?«

»Das frag ich Sie«, antwortete der Geist.

»Wieso mich?«, fragte der Franz schwach.

»Weil es mich nicht gibt, nicht möglich, verstehen Sie?«

Der Franz nickte, obwohl er nicht wusste, was er mit dieser Information anfangen sollte. Ihm schien, als flackerte Hilflosigkeit in den Augen des Geists, als er den Blick senkte und leise sagte: »Sie müssen mir helfen.«

Der Franz schaute sich um, als hoffte er, hier unten im Keller noch jemand anderen zu entdecken, der gemeint sein konnte. Da war aber niemand. »Wieso ausgerechnet ich?«

Der Geist sah ihm fest in die Augen und richtete einen verbogenen Zeigefinger auf den Franz. »Sie«, sagte er, »sind der Einzige, der mich sieht.«

6

Der Einzige,
der mich sieht

Die Julie schlief nicht bei der Tamara, sie wartete mit ihr in der Schlange vor dem Sodaclub. An ihren Füßen, die in Schuhen von der Mama von der Tamara steckten, bildeten sich bereits Blasen. Diese Information war allerdings glücklicherweise noch nicht zu ihrem Gehirn vorgedrungen, wegen der Kälte und der Mixgetränke, die sie mit der Tamara zur Vorbereitung auf den Abend getrunken hatte. Davor hatten sie jede ein Schnapsglas Olivenöl gekippt, denn dann, wusste die Tamara, mussten sie im Club nur noch Cola bestellen. Das würde das Öl zersetzen und dem Alkohol freie Bahn in die Blutgefäße bereiten. Sie würden die Nacht der Nächte erleben, um drei Euro zwanzig.

Vor ihnen stand eine Wand aus drei Burschen, die in ihrer Freizeit entweder Eisen bogen oder sich Mittel zur Kälbermast ins Müsli mischten, so breite Kreuze hatten sie. Trotz ihrer Acht-Zentimeter-Absätze gelang es der Julie nicht, an ihnen vorbeizuschauen und herauszufinden, ob sich vorn an der Tür etwas tat. Über einem dünnen Oberteil (von der Tamara) und engen Jeans (ihre eigenen, in die von der Tamara passte sie nicht hinein) trug sie ein leichtes Wunderwerk an Design und Schnitt (von der Mama von der Tamara), in dem sie wie zwanzig aussah, mindestens, hatte die Tamara gesagt.

»Was ist, wenn er uns nach'm Ausweis fragt?«, fragte die Julie besorgt.

»Jetzt zitter nicht so.« Die Tamara zündete sich eine Zigarette an. Sie blies Rauch in die Nachtluft und verwedelte die Sorgen von der Julie. »Wir kommen schon eini.« Dann gab sie ihr die Zigarette. Nachdem sie daran gezogen hatte, unterdrückte die Julie einen kleinen Brechreiz und rollte mit den Augen, nicht weil sie genervt war, bloß um zu verhindern, dass sie in den Höhlen festfroren.

»Zittern verbraucht voll viele Kalorien, hast du das gewusst?«, sagte die Tamara.

Ja, das wusste die Julie. Es war nicht das erste Mal, dass die Tamara es ihr gegenüber erwähnte. Sie wollte einen eigenen Youtube-Kanal machen mit Beauty- und Ernährungs-Hacks – ihr Geheimtipp war: Wenn du Hunger hast, immer eine rauchen. Sie war sechzehn und eine Klasse über der Julie, und die beiden fuhren seit fünf Jahren jeden Tag mit demselben Bus. Die Tamara besetzte der Julie immer einen Sitzplatz, weil sie zwei Stationen vor ihr einstieg und der Bus da noch leer war. Mit der Tamara war es meistens lustig, nur manchmal kriegte die Julie ein Gefühl im Hals, als würde sie in ihrer Gegenwart mit dem Hintergrund verschmelzen, nur damit die Tamara daraus umso plastischer hervortreten konnte und ihren blonden Pferdeschwanz zurückschleudern.

Einer der Eisenbieger drehte sich zu ihnen um.

»Mach ein Foto, dann hast länger was davon«, schlug ihm die Tamara vor, was den Eisenbieger aber keineswegs aus dem Konzept brachte.

»Mit mir kommst hundertprozentig eini«, sagte er.

Wohldosiert fing die Tamara zu lächeln an, nur mit den Augen, aber die Julie sagte schnell: »Danke, das schaffen wir auch ohne dich.«

Der Bursch zuckte die Achseln und drehte sich wieder um. Die Augen von der Tamara lächelten nicht mehr. Ohne Ton fragte sie: »Was is'n mit dir los?«

»Was willst denn von *dem*?«, gab die Julie genauso zurück.

»Eini halt?«, sagte die Tamara verständnislos.

Der Grund, warum die Julie überhaupt so dringend in den Sodaclub wollte, hieß Lukas Niedermeier. Der Lukas war achtzehn, er machte dieses Jahr Matura in dem Gymnasium gleich neben ihrem Gymnasium. Dort unterrichtete auch der Franz, aber nicht den Lukas, denn der war in der Sportklasse, und die Julie sah ihn jeden Morgen um fünf vor acht vor der Schule. Der Lukas hatte die Julie vermutlich in seinem ganzen Leben weder gesehen noch einen Gedanken an ihre Existenz verschwendet. Dafür verbrachte die Julie seit Monaten genug Zeit für zwei damit, über den Lukas nachzudenken. Wenn er lachte, hatte er ein Grübchen, und seit dem letzten Sommer auch noch Dreads. Es brachte sie völlig aus dem Haus, wenn er morgens an ihr vorbeiging. Er hüpfte so ein bisschen bei jedem Schritt. Und während er so an ihr vorbeihüpfte, stellte sich die Julie gern allerhand vor, dass sie etwas Lustiges sagen würde zum Beispiel und das Grübchen hervorlocken. Über solche Sachen sprach sie dann im Bus mit der Tamara, und die Tamara hatte sich den Lukas Niedermeier angeschaut und ihn zu ihrem gemeinsamen Projekt erklärt. Innerhalb eines einzigen Vormittags hatte sie herausgefunden, dass er am Samstag gern mit seinem Freund, dem Basti, in den Sodaclub ging. Der Basti war dread- und grübchenlos, dafür Mitglied im Schwimmverein und sogar österreichischer Meister in irgendwas, was der Tamara erwähnenswert, weil körperlich vielversprechend erschien. Als die Julie ihr am Mittwoch die Neuigkeit vom Fahrstuhl zum Glück überbracht hatte, erzählten sie ihren Müttern die alte Geschichte, dass die Julie bei der Tamara und die Tamara bei der Julie übernachten würde, und damit stand der Liebe zwischen der Julie Brandstätter und dem Lukas Niedermeier nichts mehr im Weg.

An der Tür geriet etwas in Bewegung, ein paar Leute kamen aus dem Club und zogen lachend und lärmend an der wartenden Schlange vorbei. Der Türsteher grüßte die drei Breitkreuzigen mit einem stummen Nicken, sie sagten jeweils »Servus«, »Griaßdi« und »Servus, Charly« zu ihm, und dafür hielt er ihnen die Tür auf. Noch vor dem letzten Eisenbieger schlüpfte die Tamara am Charly vorbei. Der Julie wurde vor Freude fast warm. Sie schnippte die Zigarette weg, streckte sich inklusive Stöckel auf 1 Meter 68 und machte sich mental bereit, die Schwelle zur Nacht zu überschreiten, als sich vier dicke, kurze Finger auf ihr Brustbein legten.

»Ausweis?«, fragte der Charly mit seiner tiefen Stimme.

Aus. Vorbei.

Und die Tamara? Verschluckt vom Sodaclub.

Hinter der Julie warteten schon die Nächsten und sahen sie zum einen Teil mitleidig, zum anderen Teil schadenfroh an.

Die Julie spielte das Spiel tapfer zu Ende. Sie wurschtelte mit klammen Fingern in ihrer Tasche, machte große, runde Augen und sagte den obligatorischen Text: »Vergessen?«

Der Charly seufzte leise, als hätte er nichts anderes erwartet. Auf ihr Flehen und die Erklärung, dass ihre Freundin aber doch schon drinnen war, reagierte er, indem er sie eigentlich wirklich nett darum bat, auf die Seite zu gehen, damit die anderen Leute an ihr vorbeikonnten, hinein in den Club.

Als sie aus dem Scheinwerferlicht trat, das die Tür beleuchtete, sank sie in sich zusammen. In ihrer Tasche erklang ein dumpfes Summen.

Wo bist du???, schrieb die Tamara von drinnen.

Draußen, schrieb die Julie zurück, mit einem traurigen Smiley.

Die Tamara schickte noch einmal drei Fragezeichen, und die Julie antwortete: *Mir ist kalt.*

Schon unterwegs, schickte die Tamara zurück.

Es begann zu nieseln. Die Julie lehnte sich gegen die feuchte Hauswand. Als die Tür aufging und ein paar erhitzte Gestalten ausspuckte, war die Tamara nicht dabei.

Der Franz schob einen Schuhkarton mit Lackdosen und eingetrockneten Pinseln vom Schreibtischsessel, der hinter ihm stand. Er musste sich hinsetzen. Der Sessel kippte nach links, weil ihm eine Rolle fehlte, aber das bemerkte der Franz nicht einmal, so gut passte das schiefe Bild in seine neue Welt. »Wieso bin ich der Einzige?«

»Vielleicht ein genetischer Defekt?«

Dem Franz war in seinem ganzen Leben noch kein genetischer Defekt an sich aufgefallen.

Der Geist raufte sich die kurzen weißen Haare und brabbelte vor sich hin. »Masselose Energie – aber die hat keine Form.« Schließlich schaute er den Franz an und sagte: »Sie waren der Letzte, der mich lebendig gesehen hat.«

»Aber«, der Franz stammelte, »was ist mit dem Lkw-Fahrer?«

Bedauernd zuckte der Geist die Achseln und schüttelte den Kopf. Der Franz schüttelte seinen mit. »Das gibt's nicht«, murmelte er verzweifelt. Er vergrub das Gesicht in den Händen, rieb sich die Augen. Es nützte alles nichts. Der Geist saß auf seiner Couch und schaute sich in seinem Keller um.

»Und Sie sind Musiker?«, fragte er unvermittelt.

Vor ein paar Jahren hatte der Franz angefangen, hier unten eine Art Studio einzurichten. An den Wänden hingen und standen Gitarren mit und ohne Koffer. Er hatte den Tisch freigeräumt und eine Anlage und einen alten Computer hereingestellt, hatte die Platten heruntergebracht und es dann wieder aufgegeben. Die Linn hatte ihrerseits aber auch nicht damit aufgehört, alle Sachen im Keller zwischenzulagern, die sie in der Wohnung nicht mehr sehen wollte. Manchmal, wenn sie sich stritten, gehörte der Franz auch zu diesen Sachen. Dann legte er Platten auf und trank Bier, und meistens schlief er irgendwann auf der alten Cord-Couch ein.

»Sind das Sie?« Über dem Sofa hatte der Geist ein Bandplakat entdeckt, ehemals pink, jetzt höchstens noch hautfarben. *EXIT*, stand schräg in schwarzen Blockbuchstaben über den Silhouetten von drei Männern und einer Frau. Er zeigte auf einen schlanken Mann mit Lockenkopf, aus dessen Hüfte ein Gitarrenhals wuchs.

»Das war ich vielleicht einmal«, sagte der Franz.

Der Geist musterte ihn interessiert. »Was ist geschehen?«

»Nix«, sagte der Franz. »Alles. Das Leben halt.«

Darauf schnalzte der Geist durch seine gelben Zähne und sagte nichts mehr.

Der Franz starrte ihn an. Das konnte doch nicht wahr sein. Er schwadronierte mit einem Geist, der nicht einmal selbst an seine Existenz glaubte, über seine verflossene Bandkarriere? »Schauen Sie, Egon.« Es schien ihm eine gute Idee, den Geist mit Namen anzusprechen, wie so ein Psycho-Ding, der eine gemeinsame Ebene sucht mit dem Wahnsinnigen, damit der nichts Unüberlegtes tut. »Sie müssen gehen. Sie müssen mich in Ruhe lassen. Bitte.«

»Das würd ich ja gern«, antwortete der Geist, »aber ich kann nicht. Offenbar sind die Wahrscheinlichkeitswellen unserer Existenzen verschränkt.«

»Nein, ganz sicher nicht«, sagte der Franz und wedelte

mit den Armen. Er hatte den ganzen Tag ausgewachsene Esoteriker bei ihren Tänzen und Spürübungen beobachtet, vielleicht zahlte sich das ja jetzt aus. »Gehen S', gehen S' ruhig, lassen Sie los, das geht schon, Sie müssen's nur wirklich wollen«, beschwor er ihn sanft.

Der Geist schaute etwas irritiert dabei zu, wie er hinfortgewunken werden sollte, wich aber keinen Zentimeter. Und so winkte der Franz versehentlich durch ihn durch. Sofort zog er die Hand zurück, als hätte er sie sich verbrannt. Erschocken besah er seine Finger und sah nichts, aber ein dumpfer Schmerz hallte in ihnen nach. Es hatte weniger als eine Sekunde gedauert, aber eine Kälte und Leere war in ihn geschwappt, wie der Franz sie noch nie gespürt hatte.

Der Geist beobachtete ihn interessiert, wie er hin und her schaute, nach Worten suchte und kurz davor schien, in Tränen auszubrechen.

»Es tut mir leid, wirklich, dass ich Sie da nicht hab einfädeln lassen, aber –«, der Franz hatte einen furchtbar trockenen Mund.

»Aber?«, hakte der Geist nach.

»Es muss doch noch woanders wen geben, bei dem sind Sie sicher viel besser aufgehoben als bei mir.«

Der Geist schüttelte den Kopf. Er ließ den Franz dabei nicht aus den Augen. »Wo wär ich besser aufgehoben als bei Ihnen?«, fragte er. »Schließlich sind Sie schuld an meinem Tod.«

»Nein«, widersprach der Franz, »bin ich nicht.«

Das überraschte den Geist sichtlich. »Nicht? Hat das die Polizei gesagt?«

Der Franz nickte vehement, um seiner Antwort und der Entscheidung der Polizei Nachdruck zu verleihen. »Es ist doch vielmehr so, dass eher Sie schuld sind, dass ich noch leb.« Er überlegte kurz, ob er sich dafür bedanken sollte.

Der Geist schaute ein wenig desorientiert drein. »So oder so«, beharrte er, »wir korrelieren.«

Der Franz fühlte sich, als wäre er in ein Spiel geraten, dessen Regeln er nicht kannte, und das nicht einmal als Spieler, höchstens als Figur. Er schluckte. »Was muss ich tun?«, fragte er.

Der Geist schaute ihn nur groß an.

»Ja, haben Sie –«, der Franz wusste nicht recht, wie er sich ausdrücken sollte, »haben Sie nicht vielleicht so eine Art Auftrag?«

»Auftrag?« Der Geist hechelte ein ungläubiges Lachen. »Nicht, dass ich wüsste«, in seinen Augenwinkeln glitzerte der Spott. »Erzählt Ihnen so was Ihr komischer Guru?«

»Sie wissen überhaupt nicht besonders viel, oder?«, fuhr der Franz ihn an. Es ärgerte ihn maßlos, für einen Scott-Acton-Anhänger gehalten zu werden.

»Wenn Sie glauben«, schnauzte der Geist zurück, »vorm Himmelstor steht der Petrus und händigt Ihnen eine Gebrauchsanweisung aus, dann muss ich Sie leider enttäuschen!« Er fuhr sich über den Mund, und der Franz dachte, dass er froh sein konnte, weil der Geist früher, wie er noch kein Geist war, bei solchen Gelegenheiten bestimmt eine recht feuchte Aussprache gehabt hatte.

Er seufzte. Es war nach eins, er war seit sechs Uhr früh auf den Beinen, und vor ihm saß ein kleiner, verwirrter, toter Mann aus masseloser Energie, der von ihm – ausgerechnet – Hilfe bei der Erlösung erwartete. Gab es eigentlich einen stichhaltigen Grund, sich jetzt kein Bier aus der Kiste zu nehmen?

»Tränen dir auch immer so die Augen vom Rauch?« Vor der Julie stand ein Bursch. Er war vielleicht siebzehn, und er kam aus Deutschland, das hörte jeder, der Ohren hatte. Seine blonden Haare fielen ihm ins Gesicht. Er hatte eine dicke, blaue Daunenjacke an, um die ihn die Julie glühend beneidete. Sie wischte über ihre Augen und zog die Nase hoch. Der Bursch dampfte, so warm war ihm. Er lehnte sich neben sie, zog eine Halbliter-Colaflasche aus der Innentasche und bot sie ihr an. Sie lehnte ab. Er trank selber einen Schluck, dann bot er der Julie die Flasche noch einmal an. Sie musste lachen. Er war nett. Ein Schluck Cola würde in ihrem Magen auch kein größeres Chaos mehr ausrichten, als dort ohnehin schon herrschte.

»Ich bin Johannes«, sagte er.

»Julie«, sagte die Julie. Dieses eine, ihr doch recht geläufige Wort verständlich auszusprechen bereitete ihr so große Schwierigkeiten, dass sie ein wenig aus dem Gleichgewicht geriet. Sie hätte nach den Drinks zu Hause nicht auch noch ein Bier trinken sollen. Aber es hatte so lang gedauert, bis es endlich spät genug gewesen war, um auszugehen.

»Geht's dir nicht gut?«, fragte der Johannes.

»Doch.« Das war komplett gelogen. Das Cola zersetzte nicht nur das Olivenöl und alles mögliche andere in ihrem Bauch, sondern gleichzeitig auch den Boden unter ihren Absätzen.

»Ist dir kalt?«, wollte er wissen.

Sie nickte. Es war einfach zu kalt zum Coolbleiben. Der Bursch zog seine Jacke aus und gab sie ihr. Er half ihr sogar, sie anzuziehen, und dann stand er da, in seinem Polohemd, trank aus seiner Colaflasche und fragte: »Redest du immer so viel?«

»Nein«, sagte die Julie. Mehr fiel ihr nicht ein. Die Wärme der Jacke überwältigte sie. So ungefähr mussten sich die

Zwiebeln von Schneeglöckchen oder Schlüsselblumen fühlen, wenn sie im Frühling die ersten Sonnenstrahlen spürten und wussten: Jetzt wird's Zeit zum Blühen.

Der Johannes starrte sie erwartungsvoll an, und die Julie dachte, dass er sie für verstockt halten musste, wenn nicht für zurückgeblieben. Die Tamara würde jetzt etwas Cooles sagen, auf einer Skala von eins bis zehn eine glatte Zehn. Gleich würde er seine Jacke zurückhaben wollen. Das durfte nicht passieren.

»Du kommst aus Deutschland, oder?«, sagte die Julie.

Das war keine Zehn, das war nicht einmal eine Eins. Und es war auch nicht das erste Mal, dass dem Johannes diese Frage gestellt wurde.

»Du nicht, oder?«, fragte er zurück.

»Bist du auf Besuch?«

»Nein?«, sagte er, und das freute die Julie.

»Und? Wie gefällt's dir?«

Er zog die Schultern hoch und sah sich unentschlossen in der engen Gasse um. »Na ja, wenn's zur Abwechslung mal nicht pisst«, und plötzlich wusste die Julie, wer da vor ihr stand.

Seit Schuljahresbeginn schimpfte der Franz über einen deutschen Schüler, der so verwöhnt und so faul war, dass er ihn immer nur ein und dasselbe Stück spielen ließ.

»Du bist der Johannes?«, fragte sie.

Der Johannes sah sie erstaunt an, aber statt ihr recht zu geben oder sie daran zu erinnern, dass er das gerade gesagt hatte, fragte er: »Musst du kotzen?«

Die Julie schluckte noch zweimal, aber es ließ sich nicht aufhalten. Der Johannes sprang auf die Seite. In einem Schwall schwappte ihr alles, was sie den Abend über getrunken hatte, in umgekehrter Reihenfolge durch die Zähne und die Nase auf den Gehsteig. Das war nicht wenig, Cola,

Bier, Wodka Red Bull und Aperol Spritz, dafür ging es recht schnell, sie hatte ja nichts gegessen, Gott sei Dank. Trotzdem, sie wäre am liebsten im Erdboden versunken, wenn auch nicht gerade in dem direkt vor ihr. Den Inhalt ihrer Handtasche kannte sie auswendig, Handy, Haustürschlüssel und zweiunddreißig Euro. Nichts, mit dem sie sich abwischen konnte.

Der Johannes stand zirka einen Meter von ihr entfernt. Er näherte sich ihr vorsichtig, streckte die Hand aus, griff rechts in die Tasche von seiner Jacke und holte eine Packung Papiertaschentücher heraus. Die hielt er ihr wortlos hin.

»Danke«, sagte die Julie kleinlaut. Sie putzte sich den Mund ab, wischte auch über die Jacke und fragte sich, ob er die überhaupt noch haben wollen würde, wenn sie ihm die jetzt zurückgab. »So was mach ich sonst nie«, sagte sie.

»Besser ist das.« Er musterte sie ziemlich genau, was die Julie als einen Kampf zwischen Ekel (vor ihr) und Verantwortungsgefühl (für die Jacke) interpretierte, und sagte: »Wartest du hier noch auf jemanden, oder soll ich dich ein Stück begleiten?«

7

Ein Stück begleiten

Noch bevor der Franz die Augen aufschlug, setzten die Kopfschmerzen ein. Die Seiten taten ihm auch weh, und er wusste nicht, warum. Über ihm an der Decke liefen die Heizungsrohre entlang. Das bedeutete, er hatte im Keller geschlafen. Neben ihm gab der Radiator sein Bestes, trotzdem war ihm kalt. Er stöhnte, setzte sich auf, fuhr sich durch die Haare und stieß mit den Füßen vier Bierflaschen um, die vor der Couch standen. Er suchte den Raum nach Anzeichen von einem Geist ab, der Hilfe brauchte bei der Erlösung. Der war nirgends zu entdecken.

Geister gab es nicht. Darüber waren sie sich immerhin einig gewesen. Wo genau nur hatte jetzt die Wirklichkeit aufgehört und der Traum angefangen? Der Franz schüttelte seinen wehen Kopf und stand auf.

Er war wirklich ohne die Linn nach Hause gefahren – so weit, so schlecht. Hier unten war kein Netz. Er würde sofort hinaufgehen und sie anrufen. Er brauchte nur seine Kopfwehtabletten. Das Kellerfenster hing schief, und der Fensterrahmen war an zwei Stellen gesplittert. Vielleicht war er ja beim Einsteigen auf den Kopf gefallen und ohnmächtig geworden? Aber wer hatte dann die Bierflaschen ausgetrunken, die er jetzt in die Kiste zurückstellte?

Langsam stapfte er die Kellerstiege und die drei Stufen zum Vorzimmer hinauf, öffnete die Tür und bekam fast einen Herzstillstand, weil sich in dem Augenblick die Badezimmertür öffnete. Die Julie schrie auch, genau wie der Franz, und beide fragten gleichzeitig: »Was machst denn du da?«

Gegen Fragen, die einer ebenso unangenehmen wie ausführlichen Antwort bedürfen, halfen immer noch am besten Gegenfragen.

»Wieso bist du nicht bei der Tamara?«, fragte der Franz.

»Was ist mit euerm Workshop?«, fragte die Julie, die diese Technik auch beherrschte.

So schnell gab sich der Franz aber nicht geschlagen: »Habts euch gestritten?«

Die Julie sah zum Fürchten aus, bleich, bis auf die rote Nase, ansonsten hatten sich die Schminktipps von der Tamara gleichmäßig in ihrem Gesicht verteilt, was aber ihre Scharfsinnigkeit dummerweise nicht beeinträchtigte. »Du hast dich mit der Mama gestritten«, sagte sie mit ungewohnt tiefer Stimme.

Der Johannes hatte sie zum Taxi gebracht. In seiner Jacke. Er hatte sich erkundigt, ob sie genügend Geld dabeihatte, und dem Taxifahrer, der immer nur »Ebenau, Ebenau« wiederholt hatte, geholfen, im Navi die Lebenaustraße zu finden. Dann hatte er seine Jacke entgegengenommen und sie angezogen, ohne mit der Wimper zu zucken. Und der Franz ließ ihn seit Oktober die *Spanische Romanze* spielen.

»Du musst wirklich jedem alles verderben, oder?«, fauchte sie ihn an.

»Ich geh mich duschen«, sagte der Franz. Ohne Kopfwehtabletten fühlte er sich dem nicht gewachsen. Er schleppte sich ins Bad, zog die Tür hinter sich zu und schrie im nächsten Moment so laut auf, dass die Julie von draußen tatsächlich beunruhigt nachfragte: »Papa? Alles in Ordnung?«

»Alles okay«, rief er locker zurück, »ich hab mich nur angehaut.« Er hätte einiges dafür gegeben, wenn das die Wahrheit gewesen wäre.

In der Badewanne hinter dem Duschvorhang stand der Egon. »Ist das meine?«, fragte er. Er wedelte mit dem grüngoldenen Brillenetui.

»Die ist da so gelegen«, startete der Franz den kläglichen Versuch, zu erklären, warum er die Brille einfach mit nach Hause genommen hatte.

Der Egon ließ das Etui aufschnappen und zeigte es dem Franz. Unter der Brille lag eine dünne, zusammengefaltete Papierserviette. Dem Franz war sie nicht aufgefallen, als er es zum ersten Mal geöffnet hatte. Wenn man die Brille leicht verrutschte, konnte man lesen, dass jemand in zittriger Handschrift mit Kuli *Zi. 318* daraufgeschrieben hatte.

»Was heißt das?«, fragte er.

»Ich kann mich nicht mehr erinnern.«

Natürlich nicht. Der Franz holte eine Sprudeltablette aus dem Medikamentenschrank, schmiss sie in einen Zahnputzbecher voll Wasser und trank den Becher auf ex, noch bevor sich die Tablette völlig aufgelöst hatte.

Jetzt ist es eine Sache, in der Nacht, nach ein paar Bier, im Keller mit einem Geist zu vereinbaren, dass du ihm bei der Erlösung hilfst. Wenn der Geist aber am anderen Morgen immer noch da ist und, sagen wir, in deiner Badewanne steht und dir zuschaut, wie du eine Aspirintablette zerkaust, überlegst du schon, ob du vielleicht ernsthaft verrückt geworden bist.

»Julie!«, schrie der Franz. »Geh, Julie, komm einmal, bitte!«

Die Julie ließ sich Zeit.

»Julie!« Er hatte den Geist fest im Blick. Der richtete seine Krawatte und glättete sich die Frisur.

»Fällt dir irgendwas auf?«, wollte der Franz von der Julie wissen, als sie endlich in der Tür erschien.

Die Julie schaute sich müde um. Das war die pädagogische Standardeinleitung ihrer Eltern, wenn's ums Aufräumen ging. Gestern hatten sie und die Tamara zwar die Flaschen und Gläser, nicht aber die Schminksachen und auch nicht ihre als ungeeignet verworfenen und auf dem Boden gelandeten Kleidungsstücke weggeräumt. Sie bückte sich schwach und hob ein T-Shirt auf.

»Nein, das mein ich nicht!«, sagte der Franz, woraufhin die Julie das halb aufgehobene T-Shirt wieder fallen ließ.

»Sag mir, ob du was siehst!«, flehte er.

Der Egon verbeugte sich andeutungsweise, aber die Julie kniff die Augen zusammen und versuchte einen Blick auf den Hinterkopf vom Franz zu erwischen. »Wo genau hast du dich angehaut?« Es klang beinah fürsorglich.

»Ha?«, der Franz hatte längst vergessen, jemals etwas in dieser Richtung behauptet zu haben, dafür kam ihm jetzt eine andere Idee. »Was ist mit der Brille? Du musst doch wenigstens das Etui sehen? Ein Brillenetui, so ein grünes mit Gold.«

Der Egon verzog anerkennend den Mund, die Julie dagegen blieb völlig unbeeindruckt.

»Das da?«, fragte sie und zeigte auf das Kunstlederetui, das nur nicht der Egon, sondern der Franz selber in der Hand hielt und vor Schreck direkt fallen ließ.

»Ja.« Er gab auf. »Ja, das.«

»Ja, das seh ich?«, sagte die Julie. »War's das?«

Ja, das war's. Was blieb dem Franz auch anderes übrig, als das Etui aufzuheben, es in seine Innentasche zu stecken, draufzuklopfen und lächelnd zu nicken, als wäre alles in schönster Ordnung?

Weniger saufen, mehr Bewegung, hatte der Harald gesagt. Der Franz joggte am Egon vorbei. Schon zum dritten oder vierten Mal. Und immer, wenn er gerade den Eindruck hatte, er hätte ihn hinter sich gelassen, stand er wieder vor ihm auf der Straße, mit verschränkten Armen, einen Fuß lässig gegen die Hauswand gestemmt. Obwohl der Egon hinkte und einen höheren und einen flacheren Schuh trug, bereitete ihm Fortbewegung nicht die geringste Mühe. Das konnte man vom Franz jetzt nicht behaupten. Der hatte die ersten dreihundert Meter hinter sich gebracht und war am Ende seiner Kräfte. Die Sohlen von seinen alten Turnschuhen begannen zu bröckeln, und zwischen der Trainingsjacke und dem Hosenbund kam alle paar Schritte ein Stück Bauch zum Vorschein, was den Franz ganz aus dem Laufrhythmus brachte, weil er das durch ein Heraufziehen der Hose oder ein Herunterziehen der Jacke wieder richten musste.

»Wo wollen S' denn hin?« Der Egon schaute die leere Bundesstraße hinauf und hinunter und amüsierte sich köstlich über seinen eigenen Witz.

»Ich brauch – einen – klaren – Kopf«, stieß der Franz zwischen acht Atemzügen hervor.

»Ich weiß nicht, wo das hinführen soll, wenn S' immer nur davonrennen.« Der Egon schüttelte den Kopf. »Sie sollten lieber Ihr Leben in Ordnung bringen.«

»Mein Leben ist in Ordnung!«, schrie der Franz. »In allerschönster Ordnung!«

Verdammt. Die Linn hatte er immer noch nicht angerufen, und jetzt hatte er das Handy nicht mit. »Oder war's zumindest«, fauchte er atemlos, »bis du aufgetaucht bist!«

Nichts war in Ordnung. Er redete mit Leuten, die es nicht gab, und dafür mit denen, die es gab, nicht. Er stemmte sich eine Hand in die stechende Seite und ging ein paar Schritte im Kreis.

»Was soll ich meiner Frau sagen? Hast du dir das schon einmal überlegt?«

Der Geist schwieg betreten, und der Franz lachte bitter.

»Dass ich bei dem Kurs war, war ein Geschenk für sie.«

Der Egon sah noch betroffener aus und fragte: »Vielleicht ein Blumenstrauß?«

Der Franz schaute um sich, als könnten ihm zufällige Passanten bestätigen, dass es sich dabei ja wohl um den größten Scheißvorschlag handelte. Das war allerdings in doppelter Hinsicht sinnlos. Niemand außer ihm konnte die Vorschläge vom Egon hören, und davon abgesehen war an diesem grauen Adventssonntag auch kaum jemand unterwegs. Ein einsamer Fahrradfahrer radelte ihnen entgegen, und weiter weg, auf der gegenüberliegenden Straßenseite, sah er ein Paar im Trachten-Outfit, vermutlich auf dem Weg in eine der Kirchen, deren Glockengeläut durch die kalte Luft wummerte.

»Blumenstrauß«, spuckte er grimmig aus und ließ den Egon stehen. Er würde weiterjoggen, und wenn er nicht mehr konnte, was nicht mehr allzu lang dauern dürfte, würde er walken. Und dann auf allen vieren kriechen, bis er diesen Geist abgehängt hatte. Der starrte ihm hinterher, genauso entschlossen, sich nicht abhängen zu lassen. Und genau als die Frau gegenüber per Knopfdruck ihr Auto aufschloss, ging mit einem Knall der Mistkübel neben dem Franz in Flammen auf. Der Fahrradfahrer, der gerade auf gleicher Höhe mit dem Mistkübel war, stürzte, und der Franz machte vor Schreck einen Satz rückwärts.

»Was soll das?«, schrie er den Egon an, der genauso überrascht dreinschaute wie der Franz.

»Ich hab keine Ahnung!«, schrie der zurück.

»Nein! Das hast du ja nie!«

Der Fahrradfahrer lag jammernd am Boden.

»Franz?«, fragte die Frau von gegenüber. »Was ist denn passiert?«

Es war die Anke, seine Direktorin. Der Franz konnte sich nicht erinnern, sie jemals vorher irgendwo zufällig getroffen zu haben. Super.

»Au, meine Hand!«, jammerte der Fahrradfahrer, der immer noch am Boden lag.

»Franz?«, fragte die Anke wieder. Der Franz schaute von einem zum anderen, hob die Hände und schüttelte den Kopf, die internationale Geste für ›Ich hab mit der ganzen Sache nichts zu tun‹. Währenddessen ließ sich der Fahrradfahrer von der Anke aufhelfen und mit zusammengebissenen Zähnen den Handschuh abstreifen. Sein kleiner Finger stand wie ein abgeknickter Ast von der restlichen Hand ab, die Hand wurde hellblau, mit einem Hauch ins Lilane, und schwoll an wie ein aufgeblasener Gummihandschuh. Dem Franz wurde schlecht.

Der Mann von der Anke hatte derweil geistesgegenwärtig einen Feuerlöscher aus dem Auto geholt und spritzte weiße Wölkchen auf den brennenden Mistkübelinhalt, der durch den weggesprengten Boden heruntergefallen war und auf dem Gehsteig vor sich hin glimmte. Seine missbilligenden Blicke teilte er gerecht zwischen dem Franz und dem Mist auf. Dabei sagte er mehrmals: »So eine Sauerei.«

»Ich hab's leider furchtbar eilig«, war das Einzige, was der Franz herausbrachte, ein Satz, der ihm in jeder Lebenslage einfiel, sobald er die Anke sah. Er ging langsam ein paar Schritte rückwärts, drehte um und rannte direkt in die nächste Klinik.

Früher hatte sie Nervenheilanstalt geheißen. Das sagte man heute nicht mehr, aus politischer oder vielleicht auch medizinischer Korrektheit, aber genau das hoffte der Franz dort zu finden: Heilung für seine zerfransten Nerven.

Zwischen der Ein- und der Ausfahrt stand eine Zelle aus Rauchglas, darin ein leerer Stuhl, und an der Scheibe pickte ein gelber Zettel: *Komme gleich.*

Der Franz hatte weder die Ruhe zu warten, noch sich an der Anzeigetafel zu orientieren. Er rannte einfach weiter und musste feststellen, dass er nirgends ankam. Die Klinik war angelegt wie die Spielzeugstädte, die die Julie früher aus den verschiedensten Baukästen zusammengewürfelt hatte. Hier ein Gründerzeithaus mit Blumenschmuck, dort ein Bettenhaus aus Beton, alles in einem Park, durch den geschäftige Gesundheitsschuhträger in weißen Kitteln liefen. Das waren die Ärzte und Schwestern. In kleinen hölzernen Pavillons auf der Wiese saßen Leute mit normalen Schuhen, die rauchten und es nicht eilig hatten. Das mussten folglich die Verrückten sein. Im Vergleich zum Franz, der keuchend in seinem Trainingsanzug eine Rampe zu einem Glas-und-Stahl-Würfel aus den achtziger Jahren hinaufrannte, wirkten alle erschreckend normal. Hinter der Tür erwartete ihn nichts als glänzendes Linoleum und eine kleine Pieta hinter Glas. Der Franz schwitzte. Die Schürfwunden vom Fensterrahmen juckten unter der engen Trainingsjacke, dazu setzten seine Kopfschmerzen wieder ein. Er war zu allem bereit. Sich einweisen lassen, ruhiggestellt werden. Ein paar gute Argumente hätten gereicht, und er hätte sich durchaus für noch nicht ganz ausgereifte Behandlungsmethoden zur Verfügung gestellt, aber niemand interessierte sich für ihn. Selbst die Maria hatte nur Augen für den toten Jesus.

Als eine Frau mit Stethoskop und wehendem Kittel an ihm

vorbeieilte, fasste sich der Franz ein Herz: »'tschuldigung, Sie müssen mir helfen.«

Sie blieb stehen, aber alles an ihr verriet, wie ungern. »Haben Sie einen Termin?«

»Nein«, sagte der Franz, »aber ich werd verrückt.«

Sie lächelte kompetent, ungefähr so, als hätte einer in der Metzgerei nach einem Hammer gefragt, und sagte: »Dann sind Sie bei uns nicht richtig. Wir sind ja die Neurologie.« Sie entschloss sich, ihm ein paar Sekunden ihrer kostbaren Zeit zu widmen, versenkte die Hände in den Kitteltaschen und sah ihm in die Augen. »Wie genau werden S' denn *verrückt*?« ›Verrückt‹ betonte sie dabei so, als gäbe es dieses Wort in Wirklichkeit nicht, und der Franz bedauerte es, sie da enttäuschen zu müssen: »Ich seh einen Geist.«

Sie nickte leidenschaftslos. »Dann brauchen S' einen Termin in der Psychiatrie.« Sie erklärte ihm, dass er nur einmal aus dem blauen Gebäude hinaus- und gegenüber in das orangene Gebäude hineingehen musste, warf einen schnellen Blick auf die Uhr, die hinter ihm an der Wand hing, und fragte: »Was tut er denn, der Geist? Sagt er was?«

»Ja. Ständig«, der Franz wusste nicht, wo anfangen. »Er sagt, ich soll mein Leben in Ordnung bringen.«

Die Neurologin schürzte die Lippen beim Überlegen und kam zu dem Schluss: »Guter Geist. Das können S' ruhig machen.«

Sprachloser wäre der Franz auch nicht gewesen, wenn sie ihm direkt einen Elektroschock verpasst hätte. Vor ihm stand eine Naturwissenschaftlerin, Hirnspezialistin noch dazu, die ihm allen Ernstes riet, auf einen Geist zu hören.

»Aber ich bilde mir das alles nur ein. Geister gibt's nicht.«

»Nein, natürlich. Natürlich nicht.« Sie stimmte ihm voll und ganz zu und legte ihm sogar kurz die Hand auf den Oberarm. »Und ich kann Sie beruhigen, die meisten verschwinden genauso schnell wieder, wie sie aufgetaucht sind. Die Kollegen drüben erklären Ihnen das«, sie zeigte auf die Uhr hinter ihm, »ich komm sonst zu spät zu meinem Meeting«, verschwand durch die Glastür und ließ ihn allein.

Das heißt, nicht ganz allein.

Direkt unter der Uhr, die Arme verschränkt, den gesunden Fuß gegen die Wand gestützt, lehnte der Egon.

Langsam gingen sie die Rampe hinunter, an dem L-förmigen Klotz mit der orangenen Aufschrift *Psychiatrie* vorbei.

»Wieso ist der Mistkübel explodiert?«, fragte der Franz.

Super. Das hätte er der Ärztin erzählen sollen, wer weiß, ob sie dann auch so gelassen geblieben wäre. Zu spät. Jetzt war sie weg, in ihrem Meeting.

Der Egon sah ihn treuherzig an: »Manchmal passieren Dinge, die sind nicht leicht zu erklären.

In dem kleinen Glaspavillon saß der Portier, biss in ein Leberkäs-Semmerl und zupfte den gelben Zettel von der Scheibe. *Komme gleich.*

»Und was jetzt?«, fragte der Egon, und der Franz seufzte und sagte: »Jetzt kaufen wir meiner Frau Blumen.«

8

Blumen

Die Linn saß im Sonnenhof im Kreis und lauschte den Gedanken der anderen Teilnehmer. Zum Abschluss bekam jeder den dicken Filzschreiber in die Hand und die Gelegenheit, zu sagen, was er aus dem Seminar mit nach Hause nahm. Dann klebte er sich sein heutiges Happiness-Level auf die Brust. Die Linn musste hin und wieder bei der Übersetzung von Worten wie *Erkenntnis*, *Anerkennung* oder auch *grenzenlose Leichtigkeit* einspringen. Ausnahmslos alle schrieben ein höheres Glücksstockwerk auf als noch am Samstag. Die Herta und die Rosi waren sogar selbstbewusst bei zwölf angekommen. In jedem Fall durfte die Mission vom Scott als erfüllt gelten. Auch bei der Linn.

Zuerst hatte sie sich Sorgen gemacht um den Franz, dann über ihn geärgert und dann beschlossen anzuwenden, was sie im Seminar gelernt hatte: *Instant Wellbeing*.

Durchschnittlich braucht ein Gefühl anderthalb Minuten, bis es den Körper wieder verlässt, hatte der Scott ihnen erklärt: Der Grund, warum wir uns tage- oder sogar jahrelang mit den immergleichen, elendigen Gefühlen herumschlagen, sind unsere negativen Gedanken. Auf den unteren Happiness-Leveln ist es noch schwer, die loszulassen, aber wir können sie austricksen, sie zum Beispiel überschreiben. Eine einzige positive Erinnerung reicht aus dafür.

Die Linn dachte zuerst gleich an so ekstatische Sachen,

eine Liebe auf den ersten Blick oder die Geburt von der Julie, aber in jede dieser Erinnerungen war der Franz involviert. Es musste schon eine sein, in der er nicht vorkam, fand die Linn. Hallo, es musste ja auch noch franzlose Erinnerungen geben. Haufenweise gab es die, das war ja lächerlich. Zum Beispiel vor zwei Jahren hatte sie ein Buch über Pedro Almodóvar übersetzt, einer der seltenen schönen und gut bezahlten Jobs, und mehrere – also zwei, immerhin – Besprechungen in der Zeitung hatten erwähnt, wie feinfühlig und genau die Übersetzung geraten war. Die Elisabeth hatte sie ihr ausgeschnitten auf den Schreibtisch gelegt und *Linn Brandstätter, feinfühlig* und *genau* mit gelbem Textmarker hervorgehoben. Wer hätte damals geahnt, dass dieses Highlight noch zwei Jahre später in der Lage war, ihre Wut vollkommen zu vertreiben? Innerhalb von nicht einmal zwanzig Sekunden, siebzehn höchstens. Es funktionierte. Allein das *Instant Wellbeing* war die tausend Euro Seminarpreis wert. Alles andere war dann sozusagen Zugabe.

Die Linn hatte sich geduscht und ein schönes Kleid angezogen, und beim Abendessen hatte sich der Scott zu ihr gesetzt. Dann kamen die Rosi und die Herta und nahmen sie beide ziemlich in Beschlag – den Scott als Flirtobjekt Schrägstrich Auskunftsbüro in Sachen Erleuchtung und sie als Übersetzerin der wichtigen Details –, und die Linn hatte zwischendurch immer wieder das angenehme Gefühl, dass dem Scott das gar nicht ganz recht war. Sie heftete das gleich als positive Erinnerung für die Zukunft ab.

»Es gibt Energieräuber«, hatte der Scott gesagt, und die Linn hatte es übersetzt, »die sich in unsere Energiesysteme einhacken. Wir denken dann, wir müssen uns gesünder ernähren oder mehr Sport treiben, aber in Wirklichkeit müssen wir diese Blutsauger loswerden.«

Auf diese Einleitung folgten Fallbeispiele von Kursteilnehmern, die sich von ihren Energievampiren losgesagt hatten und deren Happiness-Level daraufhin durch die Decke gegangen waren. Zwölf Stockwerke waren ja erst der Anfang, erklärte der Scott, um eine gemeinsame Basis zu schaffen. Ab einem gewissen Stadium würden Zahlen dann irrelevant, und die Grenze war der Himmel. Den Großteil davon kannte die Linn schon aus seinem Buch, zum Teil wortwörtlich, trotzdem konnte sie sich nicht helfen, so persönlich aus seinem Mund machte sie das alles sehr, sehr nachdenklich.

»Linn?« Sie zuckte erschrocken zusammen. Sie war an der Reihe, die krebskranke Annemarie hielt ihr geduldig den Stift entgegen.

»Yesterday is over«, las der Scott ihre Gedanken, »let's focus on the future.«

Die Linn schüttelte lächelnd den Kopf und das Yesterday ab. Sie schrieb einen schwungvollen Sechser auf das Klebeband und sagte: »Ich hab wahnsinnig viel gelernt. Danke, Scott.«

»We have to thank *you*«, sagte der Scott, »you did a brillant job«, er schaute ihr ganz ernst in die Augen, bevor er in die Runde fragte: »Didn't she?«

Alle applaudierten. Die Linn freute sich, drehte den Klebestreifen um und pickte ihn als Neuner auf den Pullover. Die Annemarie, die nicht gut Englisch konnte und ihr deshalb extra dankbar war, umarmte sie. Durch ihre zu groß gewordene Strickjacke konnte die Linn ihre Knochen spüren. Auch wenn sie das ganze Wochenende über gelernt hatte, dass alles möglich war, wenn sie nur bereit war, das Gestern loszulassen, wusste sie, sie würde die Annemarie nicht lebend wiedersehen.

Das erste Blumengeschäft, in das der Franz mit dem Egon wollte, hatte am Sonntag geschlossen. Es war nicht sein Tag. Man konnte überhaupt nicht sagen, dass es in letzter Zeit einen Tag gegeben hätte, der der Tag vom Franz gewesen wäre. Dunkel erinnerte er sich daran, dass er auf dem Schulweg im Vorbeifahren immer einen Baum sah, der je nach Jahreszeit die Dekoration wechselte. Gut möglich, dass sich dahinter ein Blumengeschäft verbarg.

»Möglicherweise hat jemand etwas leicht Entflammbares hineingeworfen«, der Egon humpelte neben dem Franz her und versuchte seit einiger Zeit zu erklären, warum der Mistkübel explodiert war. »Einen Fetzen mit Lack oder einem Lösungsmittel. Es entwickeln sich Gase, und dann reicht ein Funke, von einer Zigarette zum Beispiel, und es kommt zu einer Explosion.«

Der Franz hatte weit und breit niemanden rauchen gesehen. Ihn fror in seinem Trainingsoutfit. Der Weg war zu Fuß viel weiter als im Auto. Oder war er schon vorbei? Er war sich nicht mehr sicher, in welcher Straße der Baum jetzt genau stand.

»Es könnte natürlich auch sein –«, der Egon brach ab.

Der Franz drehte sich um und ging ein paar Schritte zurück. Nein, es musste noch ein Stück in die andere Richtung sein. »Was könnte sein?«, fragte er. In der nächsten Seitenstraße oder in der übernächsten.

»Dass ein bisschen Energie von mir gekommen ist.«

In der nächsten Seitenstraße leuchtete nichts.

»Wie, von dir?«

Hinter der nächsten Kurve leuchtete endlich der verdammte Baum, der über und über mit winzigen Glühbirnen umwickelt war.

»Na ja, eine Wechselwirkung halt, bei der sich masselose Teilchen in freie Materie und Antimaterie umwandeln.«

Der Franz musste sich dringend duschen und sich umziehen, und gleich im Anschluss musste er herausfinden, wie das eigentlich geht, dass man sich Sachen einbildet, von denen man nicht die geringste Ahnung hat.

»Grüß Gott, bin gleich bei Ihnen«, rief die Blumenverkäuferin, als die Türglocke läutete. Sie zupfte eine geknickte Gerbera von einem großen Kranz und richtete das braune Band, auf dem in goldenen Buchstaben *Letzte Grüße* stand.

Sie verschwinden schneller, als man denkt, hatte die Neurologin gesagt. Bisher war davon nichts zu merken. Der Egon schaute sich schon unten um, während der Franz langsam die Stufen in den schummrigen Laden hinunterstieg. Wenn einer von ihnen beiden voll da war, dann der Egon.

»Was für Blumen hat sie denn gern, deine Frau?«, fragte er.

Aus Körben, Kübeln und jeglichen anderen vorstellbaren und unvorstellbaren Behältnissen – darunter ein alter Stutzflügel – streckten Blumen, Gräser und Preisschilder ihre vorwitzigen Köpfchen heraus.

»So, was darf's sein?« Das war die Floristin, die sich nach einem letzten zufriedenen Blick von ihrem Kranz losgerissen hatte und bereit war für ihre nächste Aufgabe.

Der schwere Geruch nach frischen und verwesenden Blumen, seine wehen Knochen, die Kälte, der Kater und nicht zuletzt die Tatsache, dass er mit einem Geist einkaufen war, machten den Franz nicht gerade entscheidungsfreudig. »Keine Ahnung.«

»Wollen Sie sich ein bissl umschauen?«, fragte sie.

»Wie wär's damit?«, wollte der Egon wissen. Er zeigte auf ein altes Butterfass voller langstieliger roter Rosen.

»Nein«, antwortete der Franz, sowohl der einen als auch dem anderen. Rosen waren ihm irgendwie zu banal, aber vom Umschauen erwartete er sich auch keine Lösung. Er spielte einen a-Moll-Akkord auf dem Flügel. Er klang schaurig. Blumensträuße, verziert mit aus Zweigen gebastelten Tieren, glitzernden Tannenzapfen oder auch gewöhnlichen Gemüsezwiebeln, füllten den gesamten Resonanzkörper aus.

»Es ist manchmal nicht einfach. Lassen Sie sich nur Zeit«, kam ihm die Blumenverkäuferin nicht nur kreativ, sondern auch einfühlsam entgegen. »Darf ich fragen, für welchen Anlass die Blumen sind?«

»Ah, meine Frau.« Dem Ton, in dem der Franz das sagte, entnahm sie, dass hier ein gutes Geschäft zu machen war, und schlug ihm ebenfalls die langstieligen dunkelroten Rosen vor, was ganz Besonderes eben, aber halt vier Euro das Stück. Als der Franz das Gesicht verzog, schwenkte sie sofort um: »Zu klassisch.« Vorsichtig näherte sie sich einem Kübel mit Feuerlilien und sah den Franz an, bereit, jede Regung in seinem reglosen Gesicht zu deuten und ihm sofort eine Alternative zu bieten. »Oder wie wär's mit einem bunten Strauß?« Sie hob einen bunten Strauß aus dem Flügel, dass das Wasser ins Holz tropfte. »Da hätten wir was Witziges, mit einem Bärli vielleicht?«

Erschöpft schüttelte der Franz den Kopf. Ein witziges Bärli war mit Sicherheit nicht das Richtige für die Linn. »Nein, die da, die Lilien, die sind eh schön«, sagte er.

»Gell?«

Na immerhin, der Floristin hatte er eine Freude gemacht. Sie plauderte drauflos, was sie an Gräsern und Blättern dazubinden könnte, und weil der Franz zu allem nickte, wuchtete sie den Kranz mit den letzten Grüßen von ihrem Arbeitstisch und machte sich frisch ans Werk.

Derweil schaute sich der Franz nach dem Egon um und sah ihn nicht. Aber nicht, weil der sich etwa freundlicherweise schneller aufgelöst hatte als gedacht, sondern weil er vor einem alten Olivenölkanister kniete und stumm in die Blumen starrte, die darin steckten.

»Was ist jetzt mit dir?«, fragte der Franz.

»Mit mir?«, fragte die Verkäuferin, in ihre Arbeit vertieft.

Der Franz hielt es für das Beste, einfach gar nicht zu reagieren. Der Egon offensichtlich auch. Er starrte weiter auf die blutroten Dahlien im rostigen Blechkanister. Ein solcher Strauß blitzte durch die Erinnerung vom Franz und wurde von einem Scheibenwischer auf die Seite gewischt: »Die hast du im Auto gehabt«, sagte er.

Der Egon schaute stumm zu ihm auf.

»Ja, die hab ich im Auto gehabt, warum?« Mit ihrem Gehör hätte die Verkäuferin Klaviere stimmen können, statt sie als Blumentische missbrauchen zu müssen. Nicht zum ersten Mal in den letzten Stunden kam dem Franz der Gedanke, dass die ganze Welt dabei war, aus den Fugen zu fliegen, und er der Einzige, dem das auffiel.

»Was ist damit?«, fragte er den Egon nahezu tonlos. Der starrte ihn immer noch an, als wäre er soeben aus einem Traum erwacht.

»Na ja, Dahlien sind's halt«, sagte die Verkäuferin. Sie stand jetzt aber auch direkt hinter dem Franz, kappte die Stängel des fertigen Blumenstraußes und präsentierte ihn stolz: »Papier oder Zellophan?«

»Ah«, begann der Franz. Den Rest der Antwort blieb er schuldig, denn in diesem Moment sagte der Egon: »Ich weiß jetzt, wer im Zimmer 318 ist.«

»Wer?«, fragte der Franz atemlos.

»Na, die Blumen.« Langsam kannte die Verkäuferin sich wirklich nicht mehr aus mit dem Franz, aber das war dem Franz egal. Der Egon fuhr sich über den Mund, seine Augen blitzten hoffnungsvoll, und schlicht antwortete er: »Die Mali.«

9

Die Mali

Grau und undurchsichtig floss unter ihnen die Salzach. Einen Lilienstrauß in der einen und einen Dahlienstrauß in der anderen Hand, rannte der Franz über den Müllner Steg, beide in Papier eingewickelt, was bei dem Wetter viel gescheiter war als Zellophan, hatte die Verkäuferin gemeint. Dem Franz war alles recht. Ihm kam es vor, als renne er heute mehr als in seinem gesamten bisherigen Leben. Kurz kam ihm sogar der Gedanke, dass er vielleicht selber auch erst sterben musste, bevor er je wieder verschnaufen durfte. Der Egon hinkte mühelos entweder zwanzig Meter vor ihm oder hinter ihm, je nachdem, ob in seinem Gefühlshaushalt gerade die Hoffnung oder die Furcht die Oberhand gewann.

»Die Mali ist alles, was ich immer wollte«, hatte er dem Franz erklärt. »Alles, worauf ich die letzten fünfundsechzig Jahre gewartet hab, war ein Zeichen von ihr. Und wie es endlich in der Zeitung steht, das Zeichen: Bumm!«

Und der Franz hatte gedacht: Na, wenn das kein Auftrag ist.

Wie jeder andere auch hatte er sein Wissen über Geister aus Filmen und Fernsehserien. Falls es sie doch gab, und im Augenblick sprach einiges dafür, dann hatten sie meistens noch etwas zu erledigen auf der Erde, bevor sie in den Himmel kamen oder wohin auch immer. Der Franz selber hatte mit der ganzen Sache nichts zu tun. Wie denn auch? Er hatte nie Tischerl gerückt oder Ähnliches, er glaubte nicht an Gott, wenigstens nicht direkt, er glaubte nicht an eine Vorsehung, er las nicht einmal sein Horoskop, wahrscheinlich weil er Stier war. Nichts verband ihn mit diesem Egon Stachowiak, außer ihrer kurzen schicksalhaften Begegnung an der Ampel vorige Woche. Aus purem Zufall war der Franz zum Medium geworden. Und jetzt bot sich die Gelegenheit, dieses unfreiwillige Dasein genauso schnell wieder zu beenden, wie es begonnen hatte. Er kaufte einen Blumenstrauß und brachte den Egon zu seiner großen Liebe. Erlösung erledigt.

Die Seniorenresidenz Amadé lag zentral, gleich hinter dem Mirabellplatz, in einer ruhigen Seitenstraße. Unten im Haus war ein Café, das vorn an der Straße einen normalen Eingang hatte, von dem aus man aber auch barrierefrei in die Seniorenresidenz hinüberrollen konnte. Der Franz wurde von niemandem gefragt, wohin er wollte und warum, als er im Trainingsanzug das luxuriöse Altersheim betrat.

Das Zimmer 318 lag im dritten Stock. An der breiten Tür stand in bunten Buchstaben *Frau Meier* und *Frau Hirsch*. Der Franz legte den rechten Blumenstrauß über den linken, damit er anklopfen konnte, aber der Egon hielt ihn zurück.

»Wart«, er kaute auf seiner Unterlippe und kratzte hektisch über den Eifleck auf seiner Krawatte. Der ließ sich aber auch von noch so viel Kratzen nicht entfernen, also richtete der Egon lediglich den Knoten und strich sich die Haare an den Schläfen glatt. Dann schaute er den Franz an und murmelte ein leises »Danke«.

Jetzt, wo das Ende in Sicht war, war der Franz großzügig. »Ach, keine Ursache.« Die ganze übersinnliche Episode schien ihm nur noch halb so schlimm. Schließlich war helllichter Tag, und eine Neurologin würde ja schließlich wissen, wovon sie redete. Der Egon konzentrierte sich, gab dem

Franz per Kopfnicken zu verstehen, dass er nun bereit war, und der Franz klopfte.

Drinnen rührte sich nichts.

Vorsichtig probierte der Franz die Klinke. Die Tür ließ sich lautlos öffnen.

Die beiden Betten, die links und rechts im Zimmer standen, wurden von ein paar kleineren Möbeln umzingelt, offensichtlich gerettet aus dem Privatbesitz der Bewohnerinnen. An den Wänden hingen ein paar Bilder und gerahmte Fotografien. Das rechte Bett war leer. Vorsichtig näherten sie sich dem linken. Darin lag eine alte Frau mit kurzgeschnittenen weißen Haaren und blauen Augen, die aus dem Fenster in den wolkenverhangenen Himmel starrten.

»Mali«, flüsterte der Egon feierlich, »da bist ja.«

Er hielt sich die Hand vor den Mund, um nicht zu laut zu schluchzen. »Du schaust genauso aus wie damals«, sagte er gerührt.

Das konnte sich der Franz jetzt beim besten Willen nicht vorstellen. Er sah eine alte Frau, deren Hände verdreht auf der Bettdecke lagen, und ein eingefallenes Gesicht, in dem sich keinerlei Reaktion zeigte.

»Und? Spürst schon was?«, flüsterte er dennoch hoffnungsvoll.

»Alles Gute zum Geburtstag, Mali«, sagte der Egon, »nachträglich. Es hat leider ein bissl länger gedauert.«

»Ich glaub, sie hört dich nicht«, flüsterte der Franz.

»Kannst du nicht grüßen?«, fauchte ihn der Egon an, eine Formel, die der Franz seit seiner Kindheit nicht mehr gehört und die vielleicht deshalb nichts an Wirkung eingebüßt hatte.

»Grüß Gott«, sagte er folgsam.

Beide betrachteten die Mali, die ihrerseits ungerührt an ihnen vorbei in den Himmel schaute. Jemand hatte ihr eine hellgelbe Baumwolljacke angezogen. Unter der Bettdecke hing an einem Schlauch der Kathederbeutel heraus, »das grausige Handtascherl«, wie ihn die Schwestern in dem Pflegeheim, in dem der Franz vor vielen Jahren Zivildienst gemacht hatte, immer genannt hatten. Schon damals hatte es ihn nicht gewundert, dass sich die alten Leute nicht mehr auskannten. Sie lebten in den Versatzstücken einer Wirklichkeit, die es nicht mehr gab. An der Wand hingen unscharfe alte Fotos. Die Wände, an denen sie früher gehangen hatten, waren weg, abgerissen oder von fünf Schichten Tapeten befreit und umgebaut, die Menschen auf den Bildern tot oder selten auf Besuch. Die Möbel standen zur Dekoration herum, wie auf einer Bühne, damit man nicht sofort die trostlose Wahrheit dieses Zimmers sah: das Pflegebett, auf dem sie eines nicht zu fernen Tages durch die extrabreite Tür hinausgerollt werden würden.

»Und?«, fragte er ratlos.

»Dich hört sie auch nicht«, konstatierte der Egon. Er sah den Franz an, dem jetzt dämmerte, dass er im Zimmer einer völlig fremden Komapatientin stand und dass es nichts war mit der Erlösung. Kein Tunnel ins Licht, noch nicht einmal ein kleiner himmlischer Chor. Der Franz und sein Geist waren genau da, wo sie angefangen hatten. Sie wurden sich nicht los.

Bevor der Franz schreiend zusammenbrechen konnte – zum Davonrennen war er viel zu erschöpft –, öffnete sich die Tür vom Zimmer 318, und eine dicke Frau in einem roten Wollkleid schob schwer atmend ihren Rollator herein. Dem Türschild nach musste das die Frau Meier sein. Sie fremdelte nicht lang, sondern annektierte den Besuch, der immer noch mit den Blumen in der Hand dastand, sofort. »Das ist hoffnungslos«, äußerte sie sich abfällig über ihre Zimmergenossin und setzte fachmännisch nach: »Apallisches Syndrom.«

An ihrer Umgebung gemessen war sie nicht besonders alt, vielleicht fünfundsiebzig. Sie hatte blond gefärbte Locken und redete ein paar Dezibel zu laut, was wahrscheinlich an den Hörgeräten lag, die der Franz in ihren Ohren bemerkte. An jedem Finger trug sie ein bis vier Ringe, die ihr ins Fleisch schnitten, während sie sich mühsam mit ihrem Wagerl vorwärtsschob. So verloren, wie der Franz dastand, weckte er möglicherweise einen mütterlichen Instinkt in ihr. Jedenfalls blieb sie vor ihm stehen, verschnaufte ein bisschen und tätschelte seinen Arm. »Ich hol Ihnen eine Vase.« Dann drehte sie sich in Richtung Tür und begann laut und herrisch nach einer Schwester zu schreien.

»Aber nein, das kann ich doch selber«, beteuerte der Franz, doch sie hielt seinen Arm fest und weihte ihn in ein Geheimnis ein: »Das können die ruhig tun, die tun sonst eh nichts – außer stehlen.«

»Ah?«, war aber auch alles, was dem Franz dazu einfiel. Er drehte sich hilfesuchend zum Egon um.

»Frag sie, ob sie immer so ist«, wollte der wissen.

»Na ja, sehr gesprächig war sie ja nie«, gab die Frau Meier bereitwillig Auskunft, »aber seit einer Woche ungefähr ist gar nichts mehr. Nichts. Fad ist das, sag ich ihnen.«

Der Franz beobachtete erschrocken das Gesicht vom Egon, das sich ihm zuwandte und gefährlich ruhig fragte: »Seit Dienstag?«

»Seit ihrem Geburtstag«, antwortete die Frau Meier ungefragt, und einer eigenen inneren Logik folgend setzte sie noch hinzu: »Das Leben ist kein Wunschkonzert.«

Der Franz traute sich den Egon kaum anzuschauen. »Das kann ein Zufall sein«, sagte er.

»Ja was denn sonst?«, bestätigte ihn die dicke Frau, und die kannte sich aus.

Die Krankenschwester, nach der die Frau Meier geschrien

hatte, kam zur Tür herein, und mit dem Auftauchen ihres jungen Gesichts wehte ein wenig vom Geruch nach Tod und Vergeblichkeit aus dem Zimmer. »Ja, Frau Meier, haben S' Blumen gekriegt?« Sie hatte ihre blondierten Haare am Hinterkopf zu einer Art Nest verknotet, und ihre Ohrläppchen wurden von zwei Ringen so gedehnt, dass man durchschauen konnte. Es waren kleine Ringe, nicht so groß wie ein Euro, wie bei manchen von seinen Schülern, aber trotzdem, ein Cent reichte dem Franz auch. Tätowiert war sie sowieso.

»Ich nicht«, antwortete die Frau Meier, und mit einer beleidigten Kopfbewegung deutete sie zur Mali, »sie.«

Die Pflegerin holte eine Vase aus einem der Kulissenschränke und füllte sie am Waschbecken. »Haben wir uns schon einmal gesehen?«, fragte sie den Franz.

Er schüttelte den Kopf. Das war die auffälligste Krankenschwester, der er in seinem ganzen Leben begegnet war. Er hätte sich mit Sicherheit an sie erinnert. Sie stellte die Vase auf den Nachttisch von der Mali, schaute ihn aber weiterhin erwartungsvoll an, und da verstand er, dass sie auf eine Erklärung wartete, wer er war und was ihn herführte.

»Ich bin ein – ein – ein Freund«, stotterte er, »ein Freund von einem Freund. Aus der Jugend. Also, der Freund.«

Es schien ihm ratsam, nicht noch genauer ins Detail zu gehen. Die Schwester zog einen Mundwinkel nach oben und gab den Blick auf ein weiteres Piercing frei, das ihr Lippenbändchen durchbohrte.

»Ich bin die Tessa.«

Das stand auch auf dem Schild an ihrer türkisen Uniform: *Tessa Strasser.* Umständlich schichtete der Franz die beiden Blumensträuße wieder übereinander, um ihr die Hand schütteln zu können, bevor er die Blumen für die Mali ins Wasser stellte.

»Ma, sind die schön«, sagte die Tessa Strasser. Sie nahm

die Hand von der Mali und rüttelte sie sanft. »Gefallen Ihnen die Blumen, Frau Hirsch?«, sagte sie laut, und dann, etwas leiser, zum Franz: »Die gefallen ihr.«

»Woher will sie das wissen?«, fragte der Egon zornig. Abgesehen von der Hand rührte sich die Mali keinen Millimeter.

»Ahm, ist sie immer so?«, fragte der Franz die Schwester Tessa. »Ich mein, wie sind denn die Chancen, dass sie aufwacht?«

Die Frau Meier, die sich wieder auf ihren Weg auf die andere Seite des Zimmers gemacht hatte, lachte ihn kurz und gehässig aus. Die Tessa Strasser lachte nicht. Aber ihr Gesicht drückte, etwas feinfühliger, dasselbe aus wie das Lachen von der Frau Meier: dass der Franz keine Ahnung hatte.

»Das wissen wir nicht. Aber reden S' mit ihr, erzählen Sie ihr was. Wir sind sicher, gewisse Sachen dringen durch.«

Der Franz nickte. »Aber so zeitlich – ?«, fragte er noch, und als sie lächelte und den Kopf schüttelte, beendete er den Satz selbständig, »kann man das nicht einschätzen.«

Dabei bemerkte er, dass der Egon beinah genauso verloren in die Augen von der Mali starrte wie die in den Winterhimmel.

»Brauchen S' noch eine zweite?«, fragte die wilde Schwester. Sie meinte eine zweite Vase für den zweiten Blumenstrauß. Die Frau Meier horchte im Gehen auf, aber der kurze Hoffnungsschimmer in ihren Augen verlosch ungesehen, als der Franz verneinte: »Die sind für meine Frau.«

Die Schwester schaute ihn noch einmal mit diesem geraden Blick und diesem schiefen Lächeln an und ging auf ihren schmatzenden Crocs hinaus.

Der Franz wartete, bis sich die Tür hinter ihr geschlossen hatte, dann fragte er den Egon leise: »Was soll ich ihr erzählen?«

»Dass ich rechtzeitig hier gewesen wär, wenn du mich hättest einfädeln lassen«, antwortete der Egon.

Der Franz ließ verstört den Kopf sinken. Was machte er da? Spann er sich das alles, den Egon, die Mali, und wer weiß, auch die Frau Meier und die Krankenschwester mit den Tunneln in den Ohren aus seinen Schuldgefühlen zusammen? Er brauchte eine Verschnaufpause. »Vielleicht probieren wir es morgen noch einmal?«, hörte er sich selbst sagen. Zu einem Geist, den es, darin waren sich ja alle einig, nicht gab. Aber das hieß nicht, dass er ihn jetzt einfach hängenlassen konnte.

Jetzt hob der Egon den Blick. Es lag keine Wut darin. Trauer vielleicht, aber hauptsächlich freudige Verwunderung über das Angebot vom Franz.

Die Frau Meier, die nun endlich auf ihrer Seite angekommen war, löste die Hände von ihrem Rollator und ließ sich rückwärts in einen roten Ohrensessel fallen, der direkt auf ihren Fernseher ausgerichtet war. »Morgen, morgen, nur nicht heute«, erklärte sie. Dann griff sie blind neben sich die Fernbedienung und drückte drauf, dass das Plastik knackte und der Fernseher in unerbittlicher Lautstärke losplärrte.

Auf dem Heimweg, zum Bus, rannte der Franz nicht mehr. Ihm war nicht gut. Die Straßenlaternen und die Weihnachtsbeleuchtung flackerten kurz auf, bevor sie brannten. Es durfte vier, halb fünf sein, also war es rund vierundzwanzig Stunden her, dass er seinen letzten Vollwertkeks gegessen hatte. Mit der einen Hand hielt er sich die Jacke zu, damit es ihm nicht so in den Nacken regnete, in der anderen trug er immer noch den riesigen Lilienstrauß für die Linn. Der Egon hinkte lautlos neben ihm, was dem Franz zum ersten Mal komisch vorkam. Weil alles, was ihm gerade widerfuhr, so eigenartig war, war er noch nicht dazu gekommen, sich über die Details Gedanken zu machen. Er blieb unter dem Dach von der Bushaltestelle stehen und schaute zu, wie der Egon ein paar Meter über den nassen Gehsteig weiterhumpelte. Der Regen schien ihn dabei nicht zu stören, der Franz war nicht einmal sicher, ob er ihn bemerkte.

»Warum hinkst du eigentlich noch?«, fragte er, und als der Egon sich zu ihm umdrehte: »Ich mein, müsste das nicht geheilt sein, so als Geist?«

Der Egon lächelte spöttisch und horchte in sich hinein. Langsam und aufmerksam machte er einen Schritt, ein Hinken in Zeitlupe – dann zuckte er die Achseln. »Ich kann nicht anders.« Mit dem Daumennagel kratzte er über den renitenten Fleck auf seiner Krawatte. »Vielleicht ändert sich gar nichts mehr, was einmal ist.«

Auf diese beklemmenden Aussichten wusste der Franz nichts zu erwidern. Er setzte sich auf die kleine Bank vor der erleuchteten Werbetafel. Sie zeigte eine glückliche Kindergruppe im Schnee vor einer glücklichen Kuh. Der Bus kam und verließ die Haltestelle wieder – ohne den Franz. Er verzichtete lieber darauf, dass sich der Busfahrer oder ein Fahrgast in seine Unterhaltung mit dem Egon einmischten.

»Die Krankenschwester hat gesagt, es gibt Sachen, die durchdringen. Was könnte das sein?«

Der Egon kam zu ihm unter das Dach. Er schaute in die lachenden Kinder- und Kuhaugen. »Sie hat so gern gelacht.« Der Franz machte eine hoffnungslose Handbewegung. Es dürfte schwierig sein, jemanden mit apallischem Syndrom zum Lachen zu bringen.

»Was noch?«

»Blumen«, sagte der Egon. Er überlegte und knetete seinen Mund. »Ich bin, ich war – seit ein paar Jahren nicht mehr so ganz –«, er deutete mit dem Zeigefinger auf seine Stirn und drehte ein paar Kreise.

Der Franz lachte verzweifelt auf und fuhr sich mit der freien Hand durch die nassen Haare. »Du warst dement?«

»Nicht dement«, widersprach der Egon. »Nein«, und gleich noch einmal, was nie ein gutes Zeichen ist, »dement nicht. Nur halt nicht mehr so ganz hundertprozentig.«

Der Franz schaute ihn sorgenvoll an. »Aber du musst dich erinnern. Das ist wichtig. Erzähl einfach alles, was dir einfällt.«

Brav nickte der Egon und grub in seinen Erinnerungen.

Der nächste Bus kam und fuhr ohne den Franz wieder.

Zwei Leute stiegen aus, fluchten über das Wetter, sie blieben an der Haltestelle stehen und beschlossen zu warten, bis das Schlimmste vorbei wäre. Die hatten es gut.

Viel nasser kann ich jetzt eh nicht mehr werden, dachte sich der Franz und gab dem Egon ein Zeichen zum Aufbruch. Sie gingen zum Kai hinunter und bogen auf die Lehener Brücke ab, wo ihnen der Regen waagrecht entgegenkam.

»Sie wollte weg«, schrie der Egon, damit der Franz ihn im Wind und neben den durchs Wasser ziehenden Autos überhaupt hören konnte. Es war schwer vorstellbar, dass der Verkehr an den Wochentagen hier regelmäßig völlig zum Erliegen kam. Fünfhundert Meter von der Kreuzung entfernt, an der sich sein Unfall abgespielt hatte, begann der Egon dem Franz zu erzählen, wie er die Mali kennengelernt hatte.

In einem Wirtshaus an der Salzach. Sie war Kellnerin, siebzehn. Er war neunzehn, was 1949 bedeutete, dass beide minderjährig waren. Kinder. An diesem ersten Abend hatte er seinen ganzen Wochenlohn versoffen und sich noch etwas geliehen, nicht aus Durst, sondern nur, damit sie an seinen Tisch kam und er hören durfte, wie sie ihm »Prost« wünschte. Dabei lachte der Egon, während er durch den Regen humpelte und sich ganz überrascht daran erinnerte, einmal neunzehn gewesen zu sein und in einem möblierten Zimmer gewohnt zu haben, samt Zimmerwirtin, dafür ohne Damenbesuchs-erlaubnis. Nicht einmal Parkbänke gab es, erzählte er. Denen, die den Krieg überstanden hatten, wurden im Winter die Sitzflächen abmontiert, um das Holz zu schonen oder damit die Leute es nicht verheizten. Deshalb gingen sie spazieren oder wandern oder manchmal tanzen beim Wirt, die Mali und der Egon, oder sogar zum Jazz von den Amerikanern.

Der Franz stellte sich den Egon als jungen Mann vor, mit weißen Zähnen und mit Zuckerwasser zurückfrisierten Haa-ren, und wie er zur Musik der stationierten GIs sein Mäd-chen übers Parkett wirbelte.

»Wohin wollte sie denn?«, fragte er.

»Ja, weg. Nach Amerika«, der Egon lachte, genauso gut hätte sie auf den Mond wollen können, so weit weg war Ame-rika damals. »Sie hat's nicht gut gehabt bei dem Wirt. Und ich war ja bloß bei einem Elektriker mit zwanzig Schilling in der Woche, und davon hab ich noch zehn meiner Mutter geschickt. Egal, wir haben den Tag festgelegt, für unsere Ab-reise zu Fuß nach Amerika: den 25. Dezember.«

Er funkelte den Franz verschmitzt an und erklärte ihm: »Das Wirtshaus hat am Christtag und am Stephanitag zuge-sperrt gehabt.«

Am 23. Dezember hatte sich der Egon zu seiner Mutter und seinem kleinen Bruder aufgemacht, die auf einem Bau-ernhof am Land untergekommen waren. Er wollte sie noch einmal sehen vor der großen Reise, womöglich Proviant ein-heimsen und sich verabschieden. Schließlich war Weihnach-ten.

»Ja. Und dort bin ich zusammengefallen«, sagte der Egon, gerade als sie auf der anderen Seite der Salzach ankamen.

Der Franz schaute ihn nur verständnislos an.

»Das war, bevor sie die Impfung eingeführt haben«, er-klärte der Egon.

Der Franz blieb stehen. »Welche Impfung?«

»Na, Kinderlähmung«, er ging noch ein paar Schritte weiter, bevor er sich zu ihm umdrehte. »Weißt, das ist schon ein Pech. Da überlebst du den Krieg und den ganzen Scheiß, und dann das.«

Das war sozusagen eine interessante Neudefinition von Pech, dachte der Franz. »Hast du sie erreicht?«

Der Egon schüttelte den Kopf. »Nein, Kinderlähmung, das dauert, weißt? Und wie ich wieder gesund war, na ja, gesund –«, er strich über das Bein, das in dem höheren Schuh endete, »da war sie nimmer da.«

»Wo war sie denn?«

»Wahrscheinlich hat sie geglaubt, ich hab sie sitzenlassen.«

»Aber du hast sie gesucht und ihr alles erzählt?«

Der Egon wand seinen Blick aus dem vom Franz, er schaute nach vorne, wo die Baustelle war. »Jaja, ich hab sie gesucht, aber dann – glaubst, sie hätte viel Freude mit mir gehabt, mit meinem hatscherten Fuß?«

»Warum denn nicht?«

»Besonders beim Tanzen«, meinte der Egon und humpelte davon. Der Franz sah seinem Geist dabei zu, wie er einen höhnischen Tanzschritt einbaute und fast hinfiel dabei.

Das dachte er sich doch nicht aus! Wie sollte er denn auf so etwas kommen? Dass sich einer fast siebzig Jahre lang nicht traut, seiner großen Liebe zu sagen, dass er ein kürzeres Bein hat. Und das Hinken nicht loswird, nicht einmal nach seinem Tod.

Der Egon blieb vorn an der Kreuzung stehen. Die Polizeimarkierungen, wo der Lkw den Ascona gerammt hatte, leuchteten im Rhythmus der Ampelschaltung. Der Franz beschleunigte seinen Schritt, bis er bei ihm angekommen war.

»Ich bin sicher, sie wacht auf«, sagte er. Der Egon schaute zu ihm auf, als würde er sich nicht recht trauen, daran zu glauben, und der Franz redete weiter: »Wir müssen nur – was die Krankenschwester gesagt hat, etwas finden, das durchdringt. Und bis es so weit ist, bleibst du bei mir im Keller.«

Sie warteten nebeneinander, bis die Fußgängerampel grün wurde, und das Gesicht vom Egon nahm wieder seinen gewohnt spöttischen Ausdruck an. Was waren gegen den Keller vom Brandstätter Franz schon die Erlösung, die Liebe und die Ewigkeit?

10

Die Liebe und
die Ewigkeit

Das Auto stand vorm Haus. Mittlerweile hätte der Franz auch nicht nasser sein können, wenn er durch die Salzach durchgeschwommen wäre, statt über die Brücke zu gehen. Er schälte das durchweichte Papier von den Blumen, presste das Wasser heraus und warf es in die Altpapiertonne. Die Lilien schüttelte er ab wie einen Schirm und klingelte. Das mit dem Klingeln, sozusagen symbolisch um Einlass bitten, schien ihm eine gute Idee, besonders im Nachhinein, wie die Linn in der Tür stand und er ihr Gesicht sah.

Die Julie streckte kurz den Kopf aus ihrem Zimmer und zog ihn schnell wieder zurück, als sie sah, dass es bloß der Franz war und kein interessanter Besuch. Sie wunderte sich auch nicht über das seltsame Arrangement, in dem ihre Eltern da standen, draußen der nasse Franz, drin die Linn und dazwischen der Blumenstrauß.

Der Franz versuchte, in ihrem Blick einen Funken Freude oder wenigstens Anerkennung für die Schönheit der Lilien zu entdecken, aber das Einzige, was blitzte, war das große Küchenmesser in ihrer Hand.

»Servus. Ich kann dir alles erklären, ich muss mich nur zuerst abtrocknen«, sagte er. Er drückte ihr die Blumen in die Hand und holte sich im Bad ein Handtuch.

Er würde alles auf die Nebenwirkungen der rosa Tabletten schieben und es vermeiden, der Linn dabei irgendeinen

Vorwurf zu machen. Schließlich war der Harald ja ihr Volksschulfreund. Von sich aus wäre der Franz ja wahrscheinlich zu einem ganz anderen Arzt gegangen. Vor dem Spiegelschrank im Schlafzimmer trocknete er sich die Haare. Er zog sich ein blaues Hemd an und eine Jeans und trockne Socken, bis ihm aus der Schranktür das beste Spiegelbild entgegenschaute, das unter den gegebenen Umständen zu erreichen war.

Die Linn zerhackte in der Küche mit ihrem Messer etwas Grünes zu Brei. Zuerst dachte der Franz, es wären die Lilien, es war aber Petersilie. Der Blumenstrauß lag auf dem Tisch.

»Haben wir eine Vase?«, fragte er, worauf die Linn schwungvoll ein Küchenkastl aufmachte, das gleich mehrere Vasen enthielt.

Er füllte eine große mit Wasser und stellte die Blumen hinein. »Ich wollt dir eine Freud machen«, sagte er.

Sie machte eine Pause beim Hacken, atmete tief aus, wie der Scott es ihr im Workshop beigebracht hatte, und wartete anschließend beängstigend lang, bevor sie wieder Luft holte. »Kommt sonst noch was?«, fragte sie und fegte die Petersilie in einen der beiden Töpfe auf dem Herd. Sie verschränkte die Arme, ohne das Messer aus der Hand zu legen, und sah ihn an. ›Ich höre‹, bedeutete das.

»Zuerst musst du mir versprechen, dass du mich nicht erstichst.«

Die Linn lachte nicht, lächelte nicht einmal, und sie versprach ihm auch nichts. »Erklär mir bitte«, sagte sie stattdessen, »warum du es nicht erträgst, wenn sich Menschen öffnen und weiterentwickeln wollen und nicht jedes Gefühl, das sich in ihnen regt, mit einem depperten Witz vom Tisch wischen.«

Oha. Das klang vorbereitet. Sie hat das Gespräch in ihrem Kopf vorformuliert, dachte der Franz. Wahrscheinlich hatte sie das ganze Wochenende über nichts anderes nachgedacht und mehrere Versionen davon ersonnen. Womöglich gemeinsam mit ihren neuen Freuden, dem Günther und der Rosi und wie sie alle hießen, während er, von einem Geist verfolgt, wie ein Wahnsinniger durch die Stadt geirrt und bis auf die vage Idee von einer Ausrede völlig unvorbereitet war. Eindeutig die schlechtere Ausgangsposition.

»Lini, es tut mir leid«, begann er.

Sie ließ ihn nicht weiterreden: »Nein, mir tut's leid. Es tut mir leid, dass ich dich zu etwas zwingen wollte, zu dem du einfach nicht in der Lage bist.«

»Im Gegenteil«, sagte der Franz, »du hast keine Ahnung, zu was ich in der L−«

Weiter kam er nicht.

»Nein, ich!«, schrie sie. »Ich red! Und du hörst zu!« Das Messer hielt sie auf Halshöhe.

Erschrocken hielt der Franz den Mund. Im zweiten Topf auf dem Herd begann das Wasser zu kochen.

»Entschuldige«, sie räusperte sich, »da hat sich eine Menge Wut aufgestaut.«

In der Gegenwart vom Franz funktionierte das *Instant Wellbeing* um einiges schlechter als im Sonnenhof. Sie warf das Messer ins Abwaschbecken, öffnete mit den Zähnen eine Packung Spaghetti und spuckte die Plastikschnipsel auf den Boden, bevor sie mit ihrer normalen Stimme weiterredete: »Nachdem sich alle von deinem Auftritt erholt haben, hab ich dich erstaunlich wenig vermisst, Franz.«

Der Franz war immer noch still. Er hörte zu, und was er hörte, kränkte ihn durchaus.

»Ich hab mich wertgeschätzt gefühlt«, sagte sie, »und ich hab erst gemerkt, wie wenig ich mich das davor gefühlt hab. Am Schluss war ich viel glücklicher.«

Das war dem Franz schon aufgefallen. Das Tesakrepp mit dem Neuner pickte immer noch auf ihrem Pullover.

»Ja, super«, gratulierte er ihr, »dann war's ja gut, dass ich nicht dabei war.«

In einer einzigen Bewegung schmiss die Linn alle Nudeln aus dem Packerl in den Topf. Wasser schwappte über den Rand und verdampfte auf der Platte.

»Auf jeden Fall hast du eindrucksvoll bewiesen, wie wenig dich interessiert, was mir wichtig ist«, sagte sie. »Und ich hab verstanden, dass man einen Menschen nicht zu seinem Glück zwingen kann.« Dann schaute sie so seitlich weg und nickte und blinzelte.

Sie verstand ihn. Nicht komplett, natürlich nicht, das verstand ja keiner, bloß im Großen und Ganzen. Sie hätte ihn nicht zwingen dürfen. Dankbar betrachtete er die sichelförmige Falte an ihrem Mundwinkel, ihr Ohr, wie ihre Wimpern flatterten.

»Ja, und ich hab die Hoffnung aufgegeben, dass sich daran in absehbarer Zeit was ändert«, fuhr sie fort, und der Franz begriff, dass die Ansprache noch nicht zu Ende war und ihr ausführliches Nicken nur der Anlauf für den zweiten Teil: »Deswegen glaube ich, dass es vielleicht das Beste ist, wenn wir uns trennen.«

Glücklicherweise stand hinter ihm ein Stuhl. Deshalb sah es so aus, als würde sich der Franz hinsetzen und nicht einfach umfallen. Sie hielt seinem Blick noch eine Sekunde lang stand, dann holte sie eine Gabel aus der Besteckschublade.

»Mich überrascht, dass dich das so überrascht«, sagte sie und rührte die Nudeln um.

»Das kannst du nicht machen«, sagte er. Sie konnte doch nicht gleichmäßig Spaghetti im Wasser verteilen, während sie ihm den Laufpass gab, weil sie so glücklich war ohne ihn.

»Wir zwei leben in verschiedenen Welten. Schon lang.«

»Wer sagt das?«, fragte er. »Der Scott?«

Darauf sah sie ihn bloß an, als hätte gerade diese Frage bewiesen, wie verschieden die Welten waren, in denen sie lebten.

»Sagst ihm einen schönen Gruß von mir, wir leben in genau derselben Welt, nämlich in deiner!«, schrie er.

Er hatte die Band aufgegeben und angefangen zu unterrichten, er hatte mit ihr eine Familie gegründet und war in dieses Haus gezogen.

»Vielleicht ist es an der Zeit, das zu ändern«, sagte sie ganz ruhig.

»Ich tu doch schon alles, was du willst!«

»Danke. Das weiß ich sehr zu schätzen«, sagte sie.

»Was willst du denn noch?«, schrie er, und sie blieb immer noch ganz ruhig und sagte: »Ich glaub, dass wir beide nicht noch mehr von etwas brauchen, was uns nicht guttut.«

Der Franz verstand überhaupt nicht, was vor sich ging. Seit wann galt eine aufgepickte Filzstiftzahl als Scheidungsgrund? Und warum redete sie so ruhig mit ihm, als wäre alles in Ordnung?

»Du musst sie kitzeln!«

Der Franz stöhnte auf. In der Küchentür, gleich neben dem Radio, stand der Egon.

»Ich weiß nicht, wie ich das vergessen hab können, sie ist wahnsinnig kitzlig.« Er bog sich selbst vor Lachen bei der Erinnerung an die kitzlige Mali.

Der Franz schüttelte den Kopf und flüsterte: »Nein, nicht jetzt bitte.«

Der Egon sah die Linn, machte »Oh« und ein Gesicht, als würde er verstehen, obwohl er gar nichts verstand, und gratulierte dem Franz pantomimisch zu den Blumen in der Vase.

Die Linn schaute den Franz an, als wollte sie sagen: ›Es tut mir mehr weh als dir.‹ Das tat es aber nicht. Das tut es den Leuten, die so schauen, nie. Es tut immer denen mehr weh, die so angeschaut werden.

»Es ist nie der passende Zeitpunkt«, sagte sie. »Aber weißt du, wir leben nicht ewig.«

Der Franz hatte keine Kraft mehr, gleichzeitig ein weiteres Gespräch mit einem Menschen und einem Geist zu führen, zudem hatte er den starken Eindruck, dass er mit seinen unerwünschten Nebenwirkungen auf die Tabletten nicht weit kommen würde.

»Ich hab einen Geist gesehen«, sagte er.

So. Jetzt war es heraußen. Sollte sie doch schauen, was sie damit anfing. Sollten sie doch beide schauen.

»Bei der Übung, wo ich so durchgedreht bin, da war auf einmal ein Geist.«

Der Egon stand starr vor Schreck in der Tür. Die Linn zog ein wenig das Kinn zurück, ein eindeutiges Zeichen, dass weder sie noch der Günther oder die Rosi vorausgesehen hatten, dass das Gespräch so eine Wendung nehmen würde.

»Ein Geist?« Sie glaubte ihm nicht. Natürlich nicht.

»Der Geist von dem Mann, der bei dem Unfall gestorben ist. Deswegen bin ich davongerannt. Vor Angst, verstehst? Und jetzt kommst du und erzählst mir, wie glücklich du bist und dass du dich scheiden lassen willst.«

Sie hob den Kopf, senkte ihn wieder, sah ihm tief in die Augen und sagte: »Geister gibt's nicht.«

Das war die landläufige Meinung, das gab der Franz unumwunden zu. »Ich weiß.«

»Das ist verrückt.«

Der Franz schaute zum Egon, der sich immer noch nicht rührte, und nickte.

Die Linn machte eine Schublade auf. Energievampire,

hatte der Scott gesagt, haben eine unerschöpfliche Trickkiste. Sie machte die Schublade wieder zu.

»Es ist aber schon sehr eigenartig«, sagte sie, »dass du ausgerechnet in dem Moment durchdrehst, in dem ich mich von dir scheiden lass.«

Langsam sickerte zu ihm durch, dass sie es wirklich ernst meinte. Sie wollte die Scheidung.

Er schüttelte schwach mit dem Kopf. »Ich bin doch schon vorher durchgedreht«, sagte er, »der Geist hat mit dir überhaupt nichts zu tun.«

Darauf sagte die Linn nichts, und der Franz ließ sich in seinen Küchenstuhl zurücksinken und dachte, jetzt ist es auch schon wurscht: »Er ist übrigens immer noch da.«

Zuerst sah sie ihn mit großen Augen an und sich dann theatralisch um und natürlich durch den immer noch baffen Egon hindurch. »Zuerst haben wir geglaubt, es ist was Physikalisches. Er ist nämlich Physiker«, erklärte der Franz, »aber dann«, er deutete auf die ungewürdigten Lilien auf dem Tisch, »wie wir die Blumen gekauft haben, sind wir drauf gekommen, dass seine Jugendliebe noch am Leben ist, und haben geglaubt, dass sie ihn erlöst.

»Ach?«, fragte die Linn, höflich interessiert. »Und?«

»Hat nicht funktioniert«, schloss der Franz seine prägnante Zusammenfassung.

Ein paarmal zwinkerte die Linn, bevor sie »Wow« sagen konnte. Dafür sagte sie es dann gleich noch einmal, ganz tief: »Wow.« Sie hob beide Hände in die Luft, als würde sie sich ergeben, und sagte: »Vielleicht ist es gescheiter, wir reden morgen noch einmal. Ich hab nicht das Gefühl, dass wir so weiterkommen.«

Das Gefühl hatte der Franz auch nicht. Er stand auf, zog sich die Stiefel an, schnappte sich seine Jacke und den Autoschlüssel vom Vorzimmertisch. Zur Linn sagte er: »Ich muss noch was erledigen.« Er nahm die Blumen aus der Vase und ging hinaus.

Sie kam ihm nach, bis zur Vorzimmertür.

»Franz?«

Er drehte sich nicht um, wartete aber unten in der Haustür ab, was sie zu sagen hatte.

»Vielleicht schläfst besser im Keller – zumindest bis ihr was anderes gefunden habts – du und dein Geist.«

11

Du und dein Geist

Der Egon wartete schon im Auto. Der Franz sperrte auf, pfefferte die Lilien auf den Rücksitz, sagte: »Also kitzeln«, und fuhr los. Die ersten paar hundert Meter sagte keiner etwas, dann lachte der Egon kurz und künstlich auf und sagte: »Ich bin mir sicher, das klappt, und dann kommt das«, er deutete hinter sich und meinte die Linn, »ja auch wieder in Ordnung.«

Der Franz antwortete nicht. Er nahm einen Umweg, um nicht schon wieder an der Unfallstelle vorbeizukommen, und der Egon dachte nach und wartete bis zur nächsten roten Ampel, bis er es nicht mehr aushielt: »Glaubst, sie hat etwas mit diesem Scott?«

Bilder von alter Haut, zweifellos nahtlos gebräunt, die sich an seiner Frau zusammenkräuselte, schossen dem Franz in den Kopf. Er verzog den Mund und schloss die Augen, was nur zur Folge hatte, dass er die Bilder schärfer vor sich sah. »Unmöglich«, sagte er angewidert und schaffte es, ein Lachen herauszuschnauben.

Er war genauso wenig überzeugt wie der Egon. Der wackelte mit dem Kopf. »Das hat man von den Photonen auch geglaubt«, sagte er. »Und dann: Einmal Welle, einmal Teilchen.« Dazu machte er ein Gesicht, als sei damit zu diesem Thema alles gesagt, was es dazu zu sagen gab.

Um halb sechs war in der Seniorenresidenz das Abendessen bereits vorbei. Die Schwester Tessa stapelte die Tabletts von den Leuten, die nicht in den Speisesaal konnten, in einen Wagen am Gang.

»Noch was vergessen«, murmelte der Franz ungefragt, als er an ihr vorbeiging.

Im Fernsehen von der Frau Meier lief *heute leben*. Sie saß davor im Sessel und schlief. Der Franz machte den Ton aus, holte eine Vase aus dem Schrank und stellte ihr die Lilien auf den Nachttisch.

Die Mali lag unverändert da und starrte in den nun dunklen Himmel. Der Egon wartete schon am Fußende auf den Franz.

Der musste sich erst sammeln. Er konzentrierte sich, ballte seine Hände zu Fäusten, verschränkte sie und streckte sie aus, wie ein Pianist. Dann klappte er die Bettdecke zurück. Er hoffte bloß, dass niemand hereinkam, während er einer hilflosen alten Frau, mit der ihn nichts verband als ein gemeinsamer unsichtbarer Freund, die Füße kitzelte.

»Was sind denn das für Strümpf?«, fragte der Egon empört, wobei er unnötigerweise flüsterte. Die Füße von der Mali steckten in weißen Kompressionsstrümpfen, die, für ihre Zwecke äußerst geeignet, an den Sohlen Löcher hatten.

»Soll ich jetzt?«, flüsterte der Franz, und der Egon gab mit einem Kopfnicken das Kommando zum Kitzeln.

Der Franz kitzelte.

Es passierte genau nichts.

Er schaute zum Egon, der ihn anherrschte: »Tu gescheit!«

»Ich tu gescheit!«, flüsterte der Franz zurück.

Die Haut an den Füßen von der Mali fühlte sich an wie zerknittertes Papier. Er kitzelte noch einmal und noch einmal.

»Doch nicht so fest!«, flüsterte der Egon ungehalten.

»Dann mach's selber, wennst alles besser weißt«, flüsterte der Franz.

Beleidigt straffte sich der Egon, gebot dem Franz, einen Schritt auf die Seite zu gehen, und näherte sich den Füßen von der Mali vorsichtig mit seinen Fingern.

Der Franz schluckte. Er dachte an seine zufällige Berührung mit dem Egon, an die abgrundtiefe Leere, die ihn überfallen hatte. Die zu spüren und sich nicht rühren zu können musste schrecklich sein. »Nein, nicht!«, entfuhr es ihm.

Der Egon schaute den Franz an und schüttelte nur den Kopf. »Was glaubst du denn? Ich will sie aufwecken, nicht umbringen.« Sachte kitzelte er die Luft zu ihren Füßen. »Früher hat das schon gereicht«, sagte er wehmütig.

Heute reichte es nicht. Die Mali machte keinen Mucks. Sie warteten eine Viertelstunde und achteten auf jeden Windhauch, aber einzig das sanfte Schnarchen von der Frau Meier durchbrach die Stille.

Diesmal hatte der Franz wenigstens Bettzeug im Keller. Die Linn hatte ihm die Daunendecke und den Polster herausgelegt, und der Franz lag auf der Couch und war mittlerweile beim weißen Album von den Beatles angekommen und beim vierten Bier. Gegessen hatte er nichts, der Appetit war ihm vergangen, und er wurde schnell sehr betrunken, was er durchaus begrüßte. Er trank im Takt zu *Ob-La-Di, Ob-La-Da, life goes on* und war fest entschlossen, damit weiterzumachen, solang das Bier reichte, auch am nächsten Tag und am übernächsten und an jedem darauffolgenden verdammten Dreckstag.

»Eigentlich kannst du froh sein, dass du so was alles nicht erlebt hast«, sagte er mit schwerer Zunge, »dass deine Vorstellung von der Liebe quasi jungfräulich begraben worden ist.«

Der Egon saß auf dem Schreibtischsessel und störte sich

nicht an der taktlosen Formulierung vom Franz. »Vielleicht hab ich's ja erlebt«, sagte er, »nur nicht mit der Richtigen.«

Der letzte Schluck stieß dem Franz auf. Er spülte ihn mit einem neuen hinunter. Es gab also noch mehr, was er über seinen Geist nicht wusste, Ehe inklusive. Sicher, warum auch nicht? »Wennst das erlebst, dann ist es eben vielleicht nicht die Richtige«, sagte er.

Die Linn verließ praktisch nie jemanden, keine noch so blöden Familienmitglieder, keine Freundinnen, auch wenn die sich unmöglich benahmen. Sie schrieb Weihnachtskarten an ihre Urlaubsbekanntschaften von vor zehn Jahren. Nur bei ihm, beim Franz, da konnte es ihr auf einmal nicht schnell genug gehen.

»Warum ist das Leben denn bitte so scheiße?«, fragte er. »Warum kriegst du Kinderlähmung? Und warum geht bei mir eigentlich nie was auf, nichts, nie? Warum sind die anderen alle so obergescheit und suchen sich ihre Karrieren aus und treffen die richtigen Entscheidungen und die richtigen Leute und verdienen einen Haufen Geld?«

Die Flasche war schon wieder leer.

»Vielleicht ist es gar nicht so scheiße«, sagte der Egon, »vielleicht sind nur wir zwei in eine negative Wahrscheinlichkeitsspur geraten.«

»Wahrscheinlich«, sagte der Franz. Er machte eine neue Flasche auf und deponierte den Öffner griffbereit neben sich auf der Couch.

»Weißt du«, sagte der Egon, »ein Photon zum Beispiel, das kann da sein und gleichzeitig auch nicht.«

Der Franz spürte, dass er bald wieder Kopfweh kriegen würde. »So was hast du erforscht?«, fragte er.

»Nein, das hat der Heisenberg erforscht«, sagte der Egon, »und problematisch wird es immer dann, wenn die Quantenwelt mit der wirklichen Welt interagiert. Schrödingers

Katze«, sagte er, als würde der Franz sich damit schon auskennen. »Dann kann's passieren, dass man gleichzeitig tot ist und lebendig.«

Der Franz erinnerte sich dunkel an ein Experiment, das er schon in der Schule nicht verstanden hatte. »Das gibt's nicht«, sagte er.

»Nein, natürlich nicht. Aber wir wissen nicht genau, warum«, sagte der Egon, »und dann gibt es Leute, die sagen, die Katze ist beides, lebendig und tot, nur eben in zwei verschiedenen Welten. Dass jedes Mal, wenn subatomare Teilchen interagieren, eine Verzweigung stattfindet und es unendlich viele Welten gibt, in denen die Geschichte jeweils anders weitergeht.«

Den nächsten Schluck schüttete der Franz haarscharf an seinem Mund vorbei. Ein dunkler Fleck breitete sich auf der Bettdecke aus. Er versuchte, ihn wegzuwischen, verteilte ihn aber nur großflächig auf dem hellblauen Stoff.

»Und du glaubst, dass du irgendwie den Übertritt verpasst hast?«

»Das wissen wir nicht.« Der Franz hatte sich so auf seine Frage konzentriert, dass ihn die schnelle Antwort vom Egon umso mehr enttäuschte. »Das weiß niemand, weil wir ja nur in unserer Welt Messungen vornehmen können.«

Der Franz verstand nicht viel mehr, als dass er hier unten war und nicht oben in seinem Bett, dass er 48 Jahre alt war und seine Karriere in einer Stelle als II L-Vertrags-Gitarrenlehrer gipfelte. Seine Frau wollte ihn nicht nur aus seinem Schlafzimmer, sondern gleich aus seiner Ehe ausquartieren, und der Einzige, mit dem er darüber reden konnte, war ein Geist, der offensichtlich nicht in diese Welt gehörte.

»Und wie komm ich auf die andere Spur?«

»Na, durch ein Wurmloch zum Beispiel«, schlug der Egon vor, »aber die sind halt selten. Außerdem hat Materie zu viel Gravitation. Da würde der Tunnel sofort zusammenbrechen.«

»Also mit anderen Worten: gar nicht.« Der Franz nahm sich ein neues Bier und suchte auf dem Boden nach dem Öffner, fand ihn aber nicht.

»So jedenfalls nicht«, sagte der Egon, »aber vielleicht solltest du einfach immer das Gegenteil von dem tun, was du willst.«

Darüber dachte der Franz einen Moment nach. »Aber das tu ich eh«, fiel ihm auf.

»Dann tu das Gegenteil vom Gegenteil.«

Der Franz fiel zurück in seinen Polster. Von dem Plakat über der Couch schauten vier ausgeblichene junge Leute zu ihm herunter, als warteten sie nur darauf, dass ihr Lied, ihr Konzert, ihr Leben endlich anfing.

»Die Linn ist vorn gestanden und hat mich angeschaut«, sagte der Franz, »die ganze Zeit.«

»Bei einem Konzert?«, fragte der Egon.

»In der alten ARGE«, erinnerte sich der Franz, »im Kulturzentrum Nonntal. Ich hab mein Plektrum verloren. Ich hab das gar nicht so schlimm gefunden und hab einfach weitergespielt. Erst wie's vorbei war, hab ich gesehen, dass ich mir dabei die Finger aufgerissen hab. Ich hab ein weißes Hemd angehabt, das war von oben bis unten voller Blut.«

Der Egon sah beeindruckt aus. »Sie hat dich bewundert?«

So musste es gewesen sein. Vor langer, langer Zeit hatten die jungen Frauen zum Franz aufgeschaut und sich viel von ihm versprochen, und er hatte es vielleicht sogar gehalten, bloß in einer anderen Welt.

Er griff an die Stelle, wo damals der Blutfleck gewesen war, und fand den Bieröffner. Der Egon betrachtete die dunklen Schatten auf dem Plakat. John Lennon sang *Happiness is a warm gun*, und der Franz machte die neue Flasche auf.

Das blutige Hemd hatte ihm die Linn in der gleichen Nacht noch ausgezogen. Es war die Geschichte, die sie sich immer erzählten, am Jahrestag von diesem Konzert, dem 3. September, und am Hochzeitstag. Aber wie das weiße Album hüpfte die Erinnerung in der letzten Rille und gab bei jeder Umdrehung ein leises Knacken von sich.

Als es an der Kellertür klopfte, kam dem Franz vor, er hätte die Augen nur eine Sekunde zugemacht. Auf sein Grunzen kam die Linn herein und schaltete das Licht ein. Sie war angezogen und balancierte zwei Kaffeetassen in der Hand. Es musste Morgen sein.

»Vielleicht können wir wie Erwachsene reden?«, sagte sie und setzte ein »Ausnahmsweise« nach, was genau genommen nicht besonders erwachsen war, aber der Franz verstand schon, dass ›wie Erwachsene reden‹ für die Linn vor allem eines bedeutete: ohne Geist. Ergeben setzte er sich auf und nahm den ihm dargebotenen Kaffee.

»Sicher«, wollte er sagen. Es wurde aber ein »Sich-Aaaah!« Die Linn zog sich nämlich den Schreibtischstuhl her, auf dem der Egon saß, und der Egon blieb einfach sitzen, genau wie vorher, nur eben in der Luft statt auf dem Sessel. Sie schaute den Franz erschrocken an, der seinen Schrei in ein Husten neutralisierte. »Sicher«, hustete er, »wir sind ja schließlich alle erwachsen.«

Darauf schaute die Linn nur mit hochgezogenen Augenbrauen in ihre Tasse. Der Egon warf dem Franz einen entschuldigenden Blick zu, faltete sich auf und stellte sich neben das Plattenregal.

»Schau, Lini«, sagte der Franz, »es tut mir leid. Ich hab gerade eine schwere Zeit, aber ich krieg das wieder in den Griff, ich versprech's dir.«

Die Linn nickte und räusperte sich. Dann fragte sie, ohne

ihn anzuschauen: »Weißt du irgendwen, bei dem du unterkommen kannst?«

Der Franz sah den Kellerboden unter seinen Füßen. Er spürte ihn nur nicht mehr. Er sollte weg. Aus dem Haus. Sofort. Abgesehen von der Frechheit, dass sie von einem anderthalbtägigen Workshop zurückkam und ihn postwendend vor die Tür setzte, wusste sie genau, dass er bei niemandem einfach vorbeikommen konnte und einziehen.

»Dann wär's vielleicht am gescheitesten, du ziehst hier runter«, sagte sie. »Fürs Erste.«

»Für was für ein Erstes?«, fragte er langsam.

Jetzt schaute sie ihm fest in die Augen: »Ich würde gern eine einvernehmliche Lösung finden. Schon wegen der Julie.«

Aha. Sie wollte nur schnell die Formalitäten regeln. Bei einer Tasse Kaffee. Ihn entfernen oder hier unten in der Versenkung verschwinden lassen, um direkt im Anschluss die entstandene Leerstelle mit positiven, wertschätzenden, barfuß tanzenden Menschen ausfüllen zu können. Er stellte seine Tasse auf dem weißen Beatles-Cover ab. »Das kannst du nicht machen«, sagte er, »das lass ich mir nicht gefallen.«

»Was schlägst du vor?«, wollte sie wissen.

Er hätte sie gerne gepackt und geschüttelt, stattdessen packte und schüttelte er aber bloß die Luft zwischen ihnen. »Für dich ist das alles erledigt, oder? Hast du's der Julie schon gesagt?«

»Ich hab gehofft, wir würden das gemeinsam machen«, sagte sie, und der Franz schrie sie an: »Das kannst vergessen!«

Sie stand auf.

»Franz?« Der Egon war in heller Aufregung. »So darfst du sie nicht gehen lassen.«

»Was soll ich denn machen?«, schrie der Franz verzweifelt. Der Egon verzog das Gesicht.

Die Linn ging zum Plattenspieler und drückte auf Stopp. Der Tonarm hob sich, schwenkte zurück in seine Ausgangsposition, und die Platte drehte sich langsamer und blieb schließlich ganz stehen.

»Mir geht's schlecht! Du musst mir helfen!« Er sprang auf. Schnell. Zu schnell für seinen Kreislauf, der seit mittlerweile sechsunddreißig Stunden nur von Bier, Kaffee und Kopfwehtabletten mit oder ohne Vitamin C in Gang gehalten wurde. Der körperliche Schwindel fügte sich nahtlos in das Gefühl, den Boden unter den Füßen zu verlieren. Automatisch machte die Linn einen Schritt auf ihn zu und blieb auf halbem Weg stehen.

»Brauchst du ein Glas Wasser?«, fragte sie.

Der Franz winkte ab, dabei verlor er das Gleichgewicht und fiel aufs Sofa zurück. Sein Gesicht nahm den Farbton der Kellerwand an, inklusive der Furchen und der staubigen Unebenheiten im Putz. Die Linn griff sich eine leere Bierflasche, ging in den Gang zum Wasserhahn, an dem noch der Gartenschlauch vom Sommer angeschlossen war, und ließ Wasser hineinlaufen.

»Du brauchst ein Ultimatum«, sagte der Egon.

Lila Tupfen schwebten seitlich in das Gesichtsfeld vom Franz. Die Linn kam mit der Flasche zurück und gab sie ihm. »Ich brauch ein Ultimatum«, plapperte er nach.

»Was für ein Ultimatum?«

Der Franz hatte keine Ahnung, was für ein Ultimatum. Er schaute zum Egon.

»Na, ein Ultimatum halt, ein bissl Zeit, damit sie dich wieder bewundern kann.«

»Nur ein bissl Zeit, damit –« Der Franz rülpste. Bei der Aussicht wurde ihm gleich noch schlechter. Er trank einen Schluck Wasser. Das schmeckte leicht nach Bier und nach Gartenschlauch.

Die Linn rang mit sich. Es war ihr gar nicht recht. »Wie lang denn?«

»Weihnachten?«, schlug der Egon munter vor.

»Weihnachten? Das sind nur noch drei Wochen«, stöhnte der Franz, aber so schwach, dass es sich für die Linn anhörte wie ein Flehen. Sie holte ihr Handy aus der Hosentasche und tippte darauf herum. »Das sind keine drei Wochen mehr.« Bei jedem Tippen gab das Handy das Geräusch eines fallenden Tropfens von sich.

»Wie um alles in der Welt kommst du auf Weihnachten?«, fragte der Franz den Egon, der ihm Zeichen gab, dass sie besser später miteinander darüber reden sollten, aber die Linn sah sich bereits alarmiert um: »Mit wem sprichst du?«

»Mit dir«, behauptete der Franz fest, woraufhin sie klarstellte: »*Du* kommst auf Weihnachten«, und er nickte.

»Siebzehn Tage«, sagte sie. Jetzt, wo sie es im Kalender vor sich sah, wurde ihr bewusst, dass sie sich vorgestellt hatte, bis dahin bereits das Schlimmste hinter sich zu haben. »Was versprichst du dir davon?«

Gar nichts. Gar nichts versprach sich der Franz davon. »Wenn wir wie Erwachsene reden, dann darf ich auch was sagen«, sagte er, »dann bestimmst du nicht allein die Spielregeln.«

Sie seufzte. Der Elevator sagte einem nicht, wie man eine Blockierung loswurde. Er sagte nur: ›Drück den richtigen Knopf, und richte deine Aufmerksamkeit auf die Zukunft.‹

»Na gut. Bis Weihnachten.« Sie lächelte traurig, steckte das Handy weg und ging hinaus.

»Bis Weihnachten«, wiederholte der Franz unglücklich und trank einen Schluck Gummibierwasser.

»Bis dahin kann eine Menge passieren«, sagte der Egon.

Der Franz legte sich wieder hin. Der Egon stand vor ihm und schnalzte mit der Zunge, für ihn hing die Lösung über dem Franz an der Wand. »Denk doch einmal nach, Franz, wo haben wir uns zum ersten Mal getroffen?«

»Ignaz-Harrer-Straße«, murmelte der in die Rückwand vom Sofa.

»Danach!«, raunzte der Egon unzufrieden, aber der Franz konnte nicht nachdenken oder sich zusammenreißen, alles drehte sich, und in siebzehn Tagen war seine Ehe vorbei.

»Auf der Bühne!«, rief der Egon. »Was hab ich da verloren, in dieser Halle bei deinem Guru?«, fragte er und gab sich gleich selbst die Antwort, weil vom Franz ja wirklich nichts zu erwarten war: »Nix!«

Jetzt drehte sich der Franz wenigstens zu ihm um.

»Das war nicht meine Idee«, fuhr der Egon fort, »das war ein Hinweis auf die Korrelation unserer Wahrscheinlichkeiten. Deine Frau, die Mali, deine Karriere, mein Tod. Das alles gehört zusammen.« Er erklärte ihm noch die spukhafte Fernwirkung, die Teilchen aufeinander haben können – wenn sich das eine bewegt, bewegt sich auch das andere, obwohl sie scheinbar nichts verbindet –, und schloss seinen Vortrag mit der einzigen logischen Konsequenz, die sich daraus ergab: »Du musst zurück auf die Bühne, Franz. Du brauchst eine Band.«

Die Rockhouse-Bar hatte am Feiertag geschlossen, aber der Schurli Mattersberger musste den Putzfrauen aufsperren, und bei der Gelegenheit wechselte er gleich die Fässer in der Schankanlage. Er hatte bis um zwei Uhr in der Früh Bier gezapft und schaute dementsprechend, als er jemand an die Glastür klopfen hörte.

»Geschlossen!«, rief er, kurz bevor die Müdigkeit aus seinem Gesicht wich und dem puren Unglauben Platz machte, weil er den Franz erkannte. Mit heruntergeklapptem Unterkiefer kam er näher und sperrte die Tür auf. Er hatte einen Vollbart, wie so viele jetzt, und sein Bauch hing weiter über seinen Hosenbund als der vom Franz.

»Servus«, sagte der Franz, »ich hab mir gedacht, ich schau einmal wieder vorbei«, ganz als wären er und der Bassist von EXIT sich in den letzten zehn Jahren nicht vielleicht dreimal über den Weg gelaufen, wenn's hoch kam. Um sich in einer Stadt wie Salzburg noch sporadischer zu sehen als der Schurli und der Franz, hätten sie schon in zwei verschiedenen Universen dort leben müssen.

»Hast dir gedacht?«, sagte der Schurli. »Warum?«

Darauf trat eine kurze Pause ein, in der der Egon erstaunt vom einen zum anderen schaute und der Franz einen trockenen Mund bekam.

»Krieg ich ein Bier?«, fragte er. Er wusste nicht, was er sonst sagen sollte, um ein Gespräch in Gang zu kriegen.

Der Schurli überlegte ein paar Sekunden, dann zuckte er die Schultern. Er musste sowieso die Schankanlage testen.

»Was ist denn mit ihm los?«, fragte der Egon, ungeachtet der Tatsache, dass der Franz jetzt wieder schlecht antworten konnte. Er folgte dem Schurli und wedelte mit den Händen, um dem Egon zu verstehen zu geben, dass er sich bitte aus dem Gespräch heraushalten sollte. Der sah das überhaupt nicht ein. »Sag einfach irgendetwas Zwangloses«, riet er ihm, »der Rest ergibt sich dann schon.«

Der Schurli stellte einen Hocker von der Bar auf den Boden und zapfte ein kleines Bier für den Franz. Er selbst hatte noch eine angefangene Tasse Kaffee. Länger, als er dazu brauchte, die auszutrinken, sollte dieses Treffen offensichtlich nicht dauern.

»Ist es kalt genug?«, fragte der Schurli.

Der Franz erhob das Glas und nickte. Das Bier war warm.

»Und? Was treibst du so?«, wollte er zwanglos vom Schurli wissen, der ihn immer noch misstrauisch musterte.

»Na ja, die Bar«, antwortete der Schurli, gerade als der Egon dem Franz ins Ohr schrie: »Da! Am 22.! Ein Contest!« Er hatte ein Plakat entdeckt, das die Endausscheidung von einem Nachwuchs-Bandwettbewerb ankündigte, die *Local Heroes*. Der Franz ließ die Augen nicht vom Schurli und hielt sich das linke Ohr zu, was den Egon aber nicht davon abhielt, in sein rechtes hineinzureden: »Das ist ein Wettbewerb, da könntets ihr doch dabei sein mit eurer Band!«

Der Schurli wischte sich über den Bart. »Und spielen halt«, setzte er nach.

»Echt?«, der Franz lächelte begeistert. »Super.«

Er hatte keine Ahnung gehabt, dass der Schurli wieder Musik machte. Selbstverständlich hatte er angenommen, dass der EXIT genauso nachtrauerte wie er selbst und nur auf den Tag der Reunion wartete, was eine Erklärung dafür gewesen wäre, warum der Schurli vor lauter Trübsinn nicht einmal mehr in der Lage war, einen Rasierer zu halten.

Der Schurli erzählte von einem Jazz-Trio, das er mit ihrem ehemaligen Schlagzeuger und einem vielversprechenden jungen Saxofonisten hatte, gelegentlichen Gigs für die Festspiele und Auftritten fürs Fernsehen. Er dämpfte die gespielte Begeisterung vom Franz aber mit einem bescheidenen Kopfschütteln: »Na ja, die meiste Zeit sind's Galas.«

Das freute den Franz jetzt wieder. Während der Egon begeistert nachfragte: »Aha? Galas?«, wiederholte es der Franz angewidert: »Galas?«

»Wird gut bezahlt, ich bin schließlich keine zwanzig mehr«, erwiderte der Schurli eingeschnappt, und der Franz beeilte sich, ihm zuzustimmen: »Ja, nein, eh.«

»Was ist jetzt mit der Reunion?«, drängte der Egon. Davon abgesehen, dass er »Ré-Ünion« sagte, als würde es sich dabei um eine Insel im Indischen Ozean handeln, hatte er recht. Der Schurli hatte seinen Kaffee ausgetrunken. »Es ist nur, ich hab mir gedacht –«, begann der Franz. Der Schurli räumte die Tasse in den Geschirrspüler.

»Wie wär's –«, er wartete, bis der Augenkontakt wieder hergestellt war, und brachte es schließlich heraus: »– mit einer Reunion?«

Der Schurli sah überrascht aus, dann begann er zu lachen. Der Franz lachte mit.

»Nicht im Ernst?«, lachte der Schurli.

»Doch«, sagte der Franz. Er lachte auch nicht mehr, sondern schaute ihm flehend in die Augen. Dadurch wurde die Situation unangenehm, denn jetzt, so viel war klar, kam der Teil mit der Abfuhr.

»Will er nicht?«, wollte der Egon wissen. »Aber wieso? Du musst insistieren.«

»Und wer soll singen?«

»Weißt, ich hab mir gedacht, wir könnten noch einmal ganz von vorn anfangen, mit einer jungen Sängerin«, insistierte der Franz. Darauf verfinsterte sich das Gesicht vom Schurli komplett.

»Ich glaub, das ist keine gute Idee«, sagte er, »ich hab wirklich wahnsinnig viel zum Tun.« Dabei wischte er mit seinem Geschirrhangerl über die saubere Bar. »Und ich glaub nicht, dass es –« Er sprach nicht weiter, hörte aber nicht auf, zu wischen und mit dem Kopf zu schütteln.

»Die Linn will mich verlassen«, sagte der Franz.

Das Kopfschütteln vom Schurli stoppte.

»Und ich bild mir ein, dass sie, wenn alles wieder so wird wie früher –«

Er brach ab. Schwachsinn. Er trank sein Bier auf ex und stand auf. Den Mund hätte er halten sollen und seine Niederlage mit Fassung tragen – und nicht ausgerechnet dem

Schurli was vorjammern. Der winkte ab, als der Franz sein Geldtascherl zückte, um das warme Bier zu zahlen, aber er musste ihm die Tür wieder aufsperren, was sie noch einige quälende Sekunden länger zusammenschweißte.

»Du, wenn ich was hör«, meinte er, »vielleicht einen Gig in der Gala-Band?«

Der Franz schaffte es, tapfer zu lächeln. »Nein, danke, passt schon. War eine Schnapsidee.«

Sobald sie draußen auf der Straße waren, fing der Egon an, dem Franz Vorwürfe zu machen. »Wieso ergreifst du die Gelegenheit nicht beim Schopf?«

»Welche Gelegenheit, welcher Schopf?« Die ersten Tropfen des nächsten Schauers schlugen dem Franz ins Gesicht.

»Andere Entscheidungen«, erinnerte ihn der Egon, »das Gegenteil vom Gegenteil!«, aber der Franz sagte nur bockig: »Glaubst, das hab ich nötig, dass er mich mitspielen lässt in seiner Gala-Band? Aus Mitleid?«

»Wenn du aus deiner negativen Spur ausbrechen willst – bis Weihnachten«, betonte der Egon, als wäre dieses wahnwitzige Ultimatum nicht allein seine Idee gewesen, »dann musst du dich schon ein bissl mehr anstrengen.« Er machte es ihm vor: »Aha? Galas? Interessant!«

»Mit einer Gala soll ich ausbrechen?«, fauchte der Franz zurück. »Galas sind das Allerletzte!«

Jemand rief etwas, aber der Franz war zu beschäftigt damit, dem Egon zu erklären, was sich hinter dem schönen Namen Gala verbarg: »Auf einer Gala spielen drittklassige Musiker vor volltrunkenen Vollkoffern die Hits von vorgestern. Da spielen nur Leute, von denen du dir sicher sein kannst, dass sie im Leben gescheitert sind.«

Der Egon sagte nichts. Er schaute den Franz nicht einmal an, er schaute an ihm vorbei, und der Franz begriff, dass ihm der Schurli nachgekommen war und hinter ihm stand.

»Dich mein ich nicht«, sagte er, noch bevor er sich zu ihm umdrehte.

»Wenn ich deine Frau wär, ich tät' mich auch scheiden lassen«, sagte der Schurli. Er drehte um und ging zurück in seine Bar. Im Gehen ließ er einen Zettel fallen, den er in der Hand hatte. Der flatterte im Wind und landete einen Meter neben dem Franz auf dem nassen Boden. *Gitarrist gesucht*, stand drauf. Die Schrift verlief schnell im Regen, aber noch konnte man alles lesen, den Namen der Band, *Perlentaucher*, die Musikrichtung, *Indie Rock*, und das gewünschte Alter des Gitarristen, *zwischen 20 und 30*. Der Franz war keine zwanzig mehr und auch keine dreißig. Und wenn man es genau nahm, dann war er auch keine vierzig mehr. Er hob den Zettel auf, knüllte ihn zusammen, dass die kleinen Abschnitte, auf denen man eine Telefonnummer zum Anrufen abreißen konnte, sich kurz aufbäumten, bevor sie in seiner Faust verschwanden. Die Faust steckte er in die Tasche.

Die Auslagen der Geschäfte zeigten dasselbe wie jedes Jahr, und die Leute stürmten hinein und kauften es sich gegenseitig, um zu beweisen, wie gern sie sich hatten.

»Wie ist es denn eigentlich, das Sterben?«, fragte er den Egon.

»Vorm Sterben selber brauchst du keine Angst haben«, antwortete der und schaute ihn argwöhnisch von der Seite an: »Wieso?«

Der Franz zuckte nur die Achseln.

»Schwierig ist nur, was nachher kommt«, sagte der Egon.

Und was vorher kommt, dachte der Franz, und was vorher kommt.

12

Was vorher kommt

Am nächsten Tag in der Früh bekam die Julie keinen Sitz-platz, weil die Tamara nicht im Bus war. Während sie zwi-schen hyperaktiven Kindern und ihren überdimensionier-ten Rucksäcken hin und her geschleudert wurde, schrieb sie ihr eine Nachricht, die, wie die anderen vom Wochen-ende, unbeantwortet blieb. Vielleicht war die Tamara ja krank, oder ihr Handy war krank, dachte die Julie, aber das half nicht gegen das ungute Gefühl, das sich in ihr breit-machte.

Als sie um die Ecke vor der Schule bog, sah sie, wie vorn an den großen Steinen ein blonder Pferdeschwanz zurückge-worfen wurde. Es waren der Pferdeschwanz von der Tamara und die Bewegung, die sie immer machte, wenn sie sich eine Zigarette anzündete.

Sie fuhr erschrocken zusammen, als die Julie plötzlich vor ihr stand, und umarmte sie dann gleich, fester und länger als sonst. »Hey, wie geht's dir?«, fragte sie, so mitfühlend, als hätte die Julie gerade eine lange Krankheit überwun-den.

»Was ist los?«, fragte die Julie.

Die Tamara zog an der Zigarette und hielt sie der Julie hin, wie immer. Dann lieferte sie mindestens drei verschie-dene Erklärungen, warum sie sich das ganze lange Wochen-ende nicht gemeldet hatte. Das W-Lan hatte gesponnen, und sie war mit ihrer Mutter unterwegs gewesen, was, wie die Julie wusste, wirklich kein Hindernis beim Chatten war. Die Mama von der Tamara machte sich eher Sorgen, die Tamara könnte ins soziale Abseits geraten, wenn sie nicht mindestens viertelstündlich Nachrichten absetzte oder empfing.

»Ich hab aufgehört«, sagte die Julie. Ihr grauste vor dem glitschigen Rand, den der Tamara ihr Lipgloss darauf hinterlassen hatte. Überhaupt war sie auffällig angemalt für einen Dienstagmorgen um fünf vor acht. Vorn bog gerade der Lukas Niedermeier um die Ecke.

»Seit wann?«, fragte die Tamara, wartete aber nicht auf die Antwort, sondern trat die Zigarette aus und sagte: »Gehen wir?«

Die Tamara trat nie eine Zigarette aus, die sie sich gerade angesteckt hatte, schon gar nicht, um pünktlich in der Schule zu sein. Die Julie wollte wenigstens noch den Lukas vorbeifedern lassen, außerdem hätte sie gern endlich mit jemandem die Johannes-Metzger-Geschichte besprochen, aber die Tamara hatte es eilig. Bis die Julie ihre Tasche aufhob, war sie schon fünf Meter weiter vorn, aber jetzt wurde sie aufgehalten vom Lukas Niedermeier. Die Tamara wurde rot unter ihrem Make-up. Der Lukas lächelte, strich sich die Haare aus dem Gesicht und benutzte diese Bewegung, um sich gleichzeitig umzuschauen.

Er machte einen Schritt auf sie zu, und dann küssten sie sich.

Die Julie kapierte immer noch nicht. Sie starrte die beiden mit offenem Mund an, was den Lukas überhaupt nicht störte. Er wusste ja gar nicht, dass sie da stand, wusste noch nicht einmal, dass sie lebte, er schloss die Augen und versank in diesem Kuss. Die Tamara dagegen riss ihre Augen weit auf und versuchte eine Entschuldigung hineinzulegen.

Die Julie stolperte rückwärts, bis sie an etwas Hartes stieß, das einen dumpfen Ton von sich gab. Es war die Gitarrentasche vom Johannes Metzger.

»Hey«, sagte er, »wie geht's?«

Er hatte eine graue Jacke an mit gelben Nähten, nicht die blaue vom Samstag.

»Gut«, sagte die Julie und rannte davon, bevor ihr die Tränen vom Hals in die Augen stiegen.

Seit die Linn der Elisabeth in groben Zügen dargelegt hatte, was beim und seit dem Workshop passiert war, fiel der ständig etwas ein, was die Linn jetzt auf keinen Fall tun durfte oder auf jeden Fall tun musste. Die Elisabeth war auch keine große Befürworterin des Weihnachtsfrieden-Ultimatums, auf das sich die Linn ihrer Meinung nach niemals hätte einlassen dürfen. In der Mittagspause radelte sie schnell heim und brachte der Linn einen Stapel Selbsthilfebücher zum Thema Beziehungskrise mit, die allesamt die Trennung als Lösung propagierten.

»Vorbei ist vorbei«, sagte sie. Alles andere hätte nur die Angewohnheit, einmal getroffene Entscheidungen aufzuweichen. Heute knabberte die Elisabeth gestiftelte Karotten, was zur Folge hatte, dass sie auch ihrem Umfeld Disziplin abverlangte.

»Wir sind seit sechzehn Jahren zusammen«, verteidigte sich die Linn, »da kommt's auf sechzehn Tage mehr oder weniger auch nicht mehr an.«

»Du fokussierst auf die Vergangenheit«, die Elisabeth sang das Elevator-Zitat, um ihm noch mehr Emphase zu verleihen, und sah der Linn tief in die Augen: »Glaubst du wirklich, dass er sich in zwei Wochen ändert?«

Sie selbst hielt das für so lachhaft, dass sie beinah gute Laune bekam. Die Menschen schöpften ihr Potenzial eben aus oder nicht, und beim Franz sah die Elisabeth nicht viel zum Ausschöpfen.

»Wer weiß?«, sagte die Linn. Sie blätterte durch ein Buch mit dem Titel *Ruf bloß nicht an*. Sie ärgerte sich ja selber, vor allem über den Zeitpunkt, auf den sie die Entscheidung verlegt hatte.

»Zu Weihnachten reißen sich alle zusammen«, sagte die Elisabeth. »Wirst sehen, wie freundlich der wird, weil er Angst hat, dass sich seine unbezahlte Putzfrau verabschiedet. Und du gibst ihm dafür zwei Wochen Zeit, na bravo.«

In der Handtasche von der Linn klingelte das Handy. Die Elisabeth zog die Augenbraue unter den Pony und zeigte warnend mit dem Finger auf den Buchumschlag.

Die Linn nahm den Anruf trotzdem an, und die Elisabeth wandte sich mit einem Seufzer wieder ihren spanisch-chinesischen Gebrauchsanweisungen zu.

»Hallo?«, sagte die Linn. »Ich – ahm, ja, sicher. Du, kann ich dich vielleicht später zurückrufen? Fine.« Sie machte eine Zeit für den Rückruf aus und legte auf.

Die Elisabeth zwinkerte ihr zufrieden zu. Sie hätte bestimmt nicht halb so zufrieden gezwinkert, hätte sie gewusst, dass die Linn am anderen Ende der Leitung nicht den Franz vertröstet hatte, sondern den Scott.

Wenn innerhalb einer Woche die Welt, in der man bisher gelebt hat, um einen herum zusammenbricht – sagen wir, einer stirbt und im Anschluss daran erweist sich, was man für Naturgesetze gehalten hat, als in etwa so stabil wie die Beziehung, die man führt –, da wundert man sich, wenn sich an anderer Stelle wieder überhaupt nichts ändert. Der Johannes Metzger hatte nicht geübt.

Der Franz saß hinten in der Klasse, vor ihm der Halbkreis seiner Schüler, und schaute zum Fenster hinaus. Draußen dämmerte ein grauer Wintertag vor sich hin, und drinnen klampfte sich ein Sechzehnjähriger durch die *Spanische Romanze*, dass dem Franz dazu nichts anderes einfiel, als dass er dringend Bier kaufen musste.

»Gib ihm doch ein leichteres Stück«, schlug der Egon vor. Er stand vorn am Lehrerpult und experimentierte mit zwei liegengebliebenen Büroklammern, wie weit seine magnetische Kraft wirkte.

Der Franz neigte nur müde den Kopf. Es gab kein leichteres Stück.

Bis spät in die Nacht hatten sie überlegt, was zu tun war. Der Egon war von der fixen Idee nicht abzubringen, dass der Franz in einem Multiversum allein mit Hilfe seiner Entscheidungen durch verschiedene Welten tunneln konnte, um von der äußersten Wahrscheinlichkeitsschleife in eine bessere Realität zu gelangen, in der die Linn den Franz noch einmal auf der Bühne sah und sich wieder in ihn verliebte. Dem Franz erschien die Vorstellung von nebeneinander existierenden Welten so unwahrscheinlich, dass er sich mehr zu einer klassischen Lösung hingezogen fühlte. Er musste seinen Geist retten. Wenn es stimmte, was der Egon sagte, dass ihre Existenzen verschränkt waren, dann käme sein Leben dadurch auch wieder in Ordnung. Doch dazu musste zuallererst die Mali aus dem Koma aufwachen.

»Was dringt zu ihr durch?«, fragte er den Egon und sich selbst. Was berührte ihre Seele?

»Vielleicht hat's was mit der Musik zu tun«, sagte der Egon unvermittelt, »*Das Glück ist ein Vogerl*, das hat sie gerngehabt. Ist das schwer?«

Die Kopfschmerzen klopften an dem Franz seine Hirnwand. Es war auf jeden Fall zu schwer für den Johannes Metzger, dessen unsägliches Gezupfe die Seele vom Franz zutiefst verwundete. Er drückte ein Aspro aus der Tablettenschachtel. Warum verplemperte er hier seine Zeit?

»Stopp. Danke.«

Der Johannes hörte auf zu spielen und wappnete sich, einen erneuten Ausbruch von Lehrerhumor über sich ergehen zu lassen, doch diesmal griff der Franz nur nach seiner Gitarre, und der Johannes ließ es geschehen. Auf keinen Fall wollte er etwas in der Hand haben, was gleichzeitig auch der Franz in der Hand hielt.

»Schöne Gitarre.« Der Franz betrachtete sie nachdenklich. Eine Martin, das Modell war nicht unter tausendfünfhundert Euro zu haben, wahrscheinlich mehr, wobei man zirka die Hälfte dafür hinlegte, dass der Elvis auf diesen Gitarren gespielt hatte. Vor über zwanzig Jahren, eher dreißig, hatte der Franz einmal zwei Wochen auf dem Bau gearbeitet, um sich so eine zu kaufen. Eigentlich wären zwei Monate dazu nötig gewesen, aber die Arbeit war nicht das Richtige für den Franz, oder der Franz nicht der Richtige für die Arbeit. Nach vierzehn Tagen jedenfalls waren seine Hände so aufgerissen und schwielig, dass er kaum noch spielen konnte, egal auf welcher Gitarre, und sich dachte, jetzt tut's ein billigeres Modell auch. Er hatte sich dann viel zu teuer eine schlechte Gitarre andrehen lassen und nie wirklich Freude damit gehabt. Er spielte einen kleinen Blues. Dafür war die Martin perfekt. Dem Johannes Metzger war das egal, ihn kümmerte weder der Preis noch der Blues. Rausgeschmissenes Geld für rausgeschmissenen Klang, dachte der Franz. Er gab dem Johannes die Gitarre zurück, stand auf und packte seine Sachen zusammen.

Die Schüler tauschten Blicke.

»Hören wir auf?«, fragte die Sonja. Die anderen begannen unterdrückt zu grinsen und zu hoffen, dass er sich in der Zeit vertan hatte. »Na ja, ihr habts ja sicher auch noch was anderes zu tun«, sagte der Franz, und das riss auch den Egon aus seinem Büroklammerballett. »Weihnachten steht vor der Tür.« Er lächelte in die Runde und verließ das Klassenzimmer.

Der Franz kaufte nie in der Stadt ein. In der Stadt mussten alle die Preise zahlen, die sich die Festspielgäste abknöpfen ließen, weil das Ambiente so schön war und das Wetter so schlecht. Leute wie die Frau Dr. Metzger gingen gern in der Stadt einkaufen, aber der Franz ging ja überhaupt nicht gern einkaufen. Wenn er Gitarrensaiten brauchte, fuhr er mit dem Auto zum KeyWi oder bestellte sie im Internet, deshalb wunderte es ihn nicht, als er die Ankündigung am Musikhaus Pühringer sah, es gab ihm nur einen leichten Stich ins Herz: *Fünfzig Prozent wegen Geschäftsaufgabe.* Er betrat den schon ziemlich ausgeräumten Laden und ging in die Gitarrenabteilung.

Da stand sie, an einer roten Samtwand. Es war natürlich nicht dieselbe wie damals. Diese Martin kostete dreitausend Euro, die der Franz heute noch weniger hatte als damals die zwanzigtausend Schilling.

»Darf ich sie einmal kurz anschauen?«, fragte er einen Verkäufer. Ein Mann um die fünfzig mit schlechter Haut, der im neuen Jahr keinen Job mehr haben würde, holte die Gitarre von der Wand, wischte mit einem Microfasertuch drüber und gab sie dem Franz mit den Worten: »Ein schönes Instrument.«

Er ratschte das so herunter, aber er sprach die Wahrheit.

Der Hals der Gitarre legte sich dem Franz in die Hand, als hätte sie an ihrer Samtwand nur darauf gewartet, dass sie ihn endlich einhüllen durfte in ihren Sound. Er spielte *Castles Made of Sand*, das ihm seit gestern Nacht nicht aus dem Kopf ging, und als er damit fertig war und aufschaute, sah der Verkäufer verändert aus, die Haut auch besser, und der Egon daneben hatte einen seiner wenigen sprachlosen Momente.

Der Franz wollte die Gitarre zurückgeben, aber der Verkäufer weigerte sich, sie zu nehmen. »Die kaufen Sie jetzt aber schon.«

»Nein, ich –«, wehrte sich der Franz schwach.

»Wenn Sie die nicht nehmen, tut Ihnen das Ihr Lebtag leid.« Noch nie hatte ein Verkäufer so mit dem Franz geredet, und die Mischung aus Prophezeiung und günstiger Gelegenheit verfehlte ihre Wirkung nicht. »Einen Koffer geb ich Ihnen obendrauf.«

Der Franz schaute zum Egon, der gelassen neben ihm stand – Kunststück, es ging auch nicht um sein Geld – und nur sagte: »Denk an den Spurwechsel.«

Nach seiner Theorie nahm der Franz die Gitarre, und er nahm sie nicht. Er musste sich nur aussuchen, ob er in der Welt mit ihr oder in der ohne sie weiterleben wollte.

Seine Bankomatkarte zauberte ein Lächeln auf das Gesicht des traurigen Verkäufers. Auch der Egon lächelte, und sogar, wenn auch ein wenig angsterfüllt, der Franz, als er seinen gesamten Dispo in einem geschenkten Koffer aus der Musikalienhandlung trug.

»Das ist eine gute Übung«, fand der Egon, »wir kaufen noch mehr.«

Der Franz schüttelte den Kopf: »Wir kaufen nie wieder was. Wir sind pleite.«

Niemand der Vorbeihastenden nahm Notiz davon, dass der Franz mit einem Geist sprach. Noch sechzehn Tage –

die meisten unterhielten sich selbst mit Unsichtbaren über Kopfhörer, ob jetzt Grau oder Schwarz die zeitlosere Farbwahl war oder ob die selbstkochende Küchenmaschine oder der unwesentlich teurere Wellness-Urlaub mehr Freude unterm Christbaum entfachen würde.

Was, um Himmels willen, würde er jetzt der Julie zu Weihnachten schenken? Und der Linn? Mit Gutscheinen konnte er ihnen dieses Jahr nicht kommen. Er drehte sich nach dem Egon um. Der stand fasziniert vor der Auslage eines Damenwäschegeschäfts und ließ sich nicht davon irritieren, dass Menschen durch ihn durchgingen. Die meisten verzogen schmerzlich das Gesicht oder fröstelten. Alle zückten ihre Handys, ein paar zündeten sich noch zusätzlich Zigaretten an.

»Du musst ein bissl aus dem Weg gehen«, raunte der Franz ihm zu und stellte sich selber so hin, dass die Leute um ihn herum und dadurch nicht in den Egon hineingehen mussten.

»Solche hat sie sich immer gewünscht«, sagte der Egon verträumt. »Seidenstrümpfe mit Naht. Da haben die Mädeln wer weiß was dafür angestellt. Die waren ja unerschwinglich.«

Im Schaufenster hielt ihnen eine blonde Puppe in Strapsen einen Turm golden eingewickelter Geschenke entgegen. Zu ihren Füßen entdeckte der Franz ein kalligraphiertes Preisschild.

»Das sind sie heut immer noch. Hast du eigentlich gehört, was ich gerade vorhin gesagt hab?«

Der Egon hörte immer noch nicht. »Einmal hat sie sich welche gemalt, mit einem Augenbrauenstift«, er schaute den Franz mit einem verliebten Lächeln an, »ich sag's dir: eine perfekte Gerade.«

Die Verkäuferin war vom alten Schlag. Immer neue Schubladen voller Strumpfpäckchen holte sie unter ihrer Theke hervor, öffnete eins nach dem anderen und zog sich die Strümpfe über die fein manikürte Hand. Sie erklärte dem Franz Details, von denen der in seinem Leben noch nichts gehört hatte. Er verwirrte sie, denn eigentlich machte er den Eindruck, ihm wäre jedes Paar recht, Hauptsache, günstig, im letzten Moment aber wollte er immer lieber noch etwas anderes sehen. Diese Wankelmütigkeit lag am Egon. Der schwirrte im Geschäft herum, als hinge nicht nur seine persönliche, sondern die Erlösung der gesamten Menschheit von der Auswahl der richtigen DEN-Stärke ab. In diesem Glauben war er offenbar nicht allein. An jedem der sechs oder sieben kleinen Verkaufstische des Ladens warfen mehr oder weniger elegante Verkäuferinnen mehr oder weniger hilflosen Männern so selbstverständlich ihre Fachtermini um die Ohren, dass die sich nur noch nicken trauten. Und zahlen. Die Kartenlesegeräte spielten *Jingle Bells*, und danach musste man sich erneut anstellen, an einem Extratisch, an dem zwei hübsche Aushilfen die Geschenke im Akkord in goldenes Corporate-Identity-Papier wickelten.

Endlich entdeckte der Egon ein Paar Strümpfe, das ihn überzeugte, schlichte, hautfarbene mit dunkler Naht. Es sah in etwa so aus wie zwölf andere, die er für absolut indiskutabel befunden hatte. Die Verkäuferin erklärte dem Franz, dass sie für diese Strümpfe ein Weihnachts-Modul-Angebot hätten, und wollte wissen, welcher Strapsgürtel ihm gefiel.

Da hob der Franz den Zeigefinger, sagte: »Moment«, nahm seinen geschenkten Gitarrenkoffer und ging vor die Tür.

»Gesetzt den Fall, wir entscheiden uns eines fernen Tages für ein paar Strümpfe«, begann er, als sie draußen waren, »hast du dir eigentlich schon überlegt, wer der Mali die anziehen soll?«

So, wie ihn der Egon daraufhin anschaute, wurde klar, dass er darüber noch nicht nachgedacht hatte. Das warf ihn aber nur kurz aus der Bahn, bevor er antwortete: »Ich erwarte von dir, dass du das in aller Diskretion erledigst.«

»Sicher nicht.« Der Franz musste lachen, so absurd war die Vorstellung.

Der Egon legte den Kopf schief, als wollte er sagen: ›Das werden wir ja sehen.‹ Er drehte beleidigt ab und verschwand in der Menge. Der Franz sah nur noch Touristen und Weihnachtseinkäufer. Er war wahnsinnig, so viel war sicher. Er ließ sich von einem Geist dazu überreden, am 9. Dezember seinen gesamten Dispo auszuschöpfen, für eine Gitarre, die niemand hören wollte. Vielleicht nahm der Pühringer sie ja noch zurück, wenn er jetzt gleich hinging. Hinter der ausgezogenen Puppe im Schaufenster steckte die Verkäuferin mit einem jungen Mann im Anzug die Köpfe zusammen und schaute in seine Richtung.

In den letzten Tagen hatten den Franz sehr viele Menschen sehr eigenartig angeschaut. Sie hatten die Köpfe geschüttelt, über ihn gelacht oder ihn ängstlich gemustert, aber an diesen beiden war irgendetwas anders. Der Franz konnte nicht genau sagen, was der Grund dafür war – bis er die Hände in seinen Jackentaschen versenkte und ihn in der Hand hatte: Strümpfe. Zwanzig DEN. Mit dunklen Nähten. Er wusste nicht, wie der Egon es angestellt hatte, dass sie in seiner Tasche gelandet waren. Aber dass das für die Verkäuferin und den Mann im Anzug, der offensichtlich für die Security im Laden zuständig war und sich nun auf den Ausgang zubewegte, wie Diebstahl wirken musste, war ihm sonnenklar. Auch, dass es keinen guten Eindruck machen würde, während der offiziellen Unterrichtszeit beim Ladendiebstahl erwischt zu werden. Ohne auch nur einen Augenblick das Gegenteil in Erwägung zu ziehen, rannte der Franz los.

Der Mann im Anzug wartete den ganzen Tag auf so eine Gelegenheit. Es passierte ihm nicht oft, dass Ladendiebe wirklich flüchteten. In der Mehrzahl handelte es sich um Diebinnen. Die waren meistens völlig baff, wenn er sie erwischte. Sie wussten dann gar nicht, wie der BH in die Tasche kam, der musste ihnen in der Umkleidekabine hineingefallen sein, etwas in der Art versuchten sie ihm immer weizumachen.

Der Franz rannte in die Richtung, in die der Egon verschwunden war. Der Security hinter ihm nach. Auf den ersten Metern hatte der Franz das Gefühl, überhaupt nicht vom Fleck zu kommen, und die Gitarre machte ihn auch nicht schneller. »Halt! Stehen bleiben!«, rief der Security laut. Der Franz befürchtete, die Stadtführerin, die gerade eine Touristengruppe vor dem Haus der Salome Alt Aufstellung nehmen ließ, könnte sich ihm samt Regenschirm in den Weg werfen, aber vor einem Musiker in Eile hatte sie Respekt. Sie machte einen verdutzten Schritt rückwärts, was die Gruppe veranlasste, sich amöbengleich vor dem Franz zu teilen und ihn an ihrem anderen Ende wieder auszustoßen, wo ihn der Egon bereits erwartete. Der Security kämpfte sich indessen um die Gruppe herum und verlor dabei Zeit, die der Franz und der Egon dazu nutzten, einen Haken in das Gewühl der Leute zu schlagen, die sich am Grünmarkt an Würstel- und Glühwein-Standeln vom Einkaufen erholten. Der Franz merkte nicht, wie er im Vorbeirennen mit dem Gitarrenkoffer einen Mann anstieß, der gerade leicht vornübergebeugt seinen Glühwein aus einem Styroporbecher schlürfen wollte, ihn aber jetzt stattdessen über den Kamelhaarmantel der Frau vor ihm kippte. Die schrie und ließ vor Schreck ihren Pappteller fallen, samt Senf und Semmerl. Sie sah noch, wie das Semmerl unter den Würstelstand kullerte, da rempelte sie schon der Nächste an. »Jetzt reicht's aber!«, die Frau im

Kamelhaarmantel fuchtelte dem Security mit ihrem halben Debrezinerwürstel ins Gesicht, dem Einzigen, was ihr noch geblieben war. Er schreckte zurück, stieg dabei in den Pappteller, rutschte auf dem Senf aus und schlug der Länge nach hin, wobei der Kremser Senf einen eindrucksvollen Fleck auf dem schwarzen Hosenboden hinterließ. Diese Gelegenheit nutzte der Mann mit dem leeren Styroporbecher, um sich lautlos zu verabschieden.

Der Franz und der Egon bogen in ein Durchhaus ein, das wieder auf die Getreidegasse führte. So hätten sie den ganzen Tag im Kreis rennen können und eine Schneise der Verwüstung hinter sich schlagen, doch der Egon bremste vor einem schmiedeeisernen Gitter, das dem Franz nicht nur sein Lebtag noch nicht aufgefallen war, sondern das sich außerdem noch öffnen ließ. Dahinter führte eine Marmorstiege nach oben, höher und höher und noch einen Stock, bis sie über einen Korridor an einen mit Tannengirlanden geschmückten Innenbalkon gelangten. Von da ging es nicht mehr weiter. Der Franz duckte sich schnaufend hinter die Balustrade.

»Bist du wahnsinnig?«

Die eine Hand presste er sich aufs Herz, die andere auf den Mund, um das pfeifende Atemgeräusch zu dämpfen, das daraus entwich, und schnappte zwischen den Fingern nach Luft. Der Egon murmelte etwas Unverständliches, lugte vorsichtig über das Balkongeländer hinunter und zuckte reflexartig zurück, weil unten der Security vorbeirannte, nach wenigen Metern stehen blieb, umdrehte, mit dem Fuß aufstampfte und schrie: »Das gibt's nicht, verdammte Scheiße!«

Der Egon winkte dem Franz, er sollte sich anschauen, wie der Security an seinem Fleck herumwischte, dann versuchte, den Senf von der Hand zu schütteln, und ihn schließlich an dem schmiedeeisernen Gitter abschmierte, das ihn aber auf sonst keinen weiteren Gedanken brachte. Er war halt bloß ein Security und kein richtiger Detektiv.

Der Franz und der Egon schauten ihm nach, wie er fluchend den Rückweg antrat.

»So was geht nicht. Gerade wenn's um Erlösung geht«, behauptete der Franz, konnte aber nichts dagegen machen, dass sich seine Mundwinkel immer weiter nach oben zogen und ihm glucksende Laute entfuhren, wenn er den Egon anschaute. Der Egon gab ein unterdrücktes Meckern von sich. Mehr war nicht nötig.

Die Leute, die unten vorbeigingen, schauten irritiert nach oben. Sie hörten ja nur den Franz. Ein minutenlang lauthals lachender Mensch ist in Salzburg selten, und wenn, dann Teil einer Kunst-Aktion. Ein paar ließen sich anstecken und lächelten beim Weitergehen, die meisten jedoch schüttelten den Kopf oder murmelten »Narrisch worden?«, aber das machte dem Franz nichts. Es stimmte ja, und der Security war nicht mehr da. Er hatte ihn abgehängt. Nicht irgendwen, sondern einen Security, quasi einen Spitzensportler, der wahrscheinlich jeden Tag joggte und zwanzig Jahre jünger war, mindestens. Er. Der Franz. Abgehängt!

»Modul-Angebot haben wir halt jetzt leider keines«, sagte er. Der Egon winkte großzügig ab. Heute ging es ausnahmsweise auch ohne Weihnachts-Modul-Angebot.

13

Weihnachts-Modul-Angebot

Die Julie dachte nach – die gesamte Turnstunde, die sie wegen Bauchweh auf der Bank verbrachte, sowie vier Fünfminuten-, eine Viertelstunden- und die Mittagspause. Darüber, wie sie nur hatte glauben können, der schöne Lukas würde sich in sie verlieben, wenn die Tamara in der Nähe war.

Zuerst schmiss sie das Heft, auf das sie mehrere hundert Mal seinen Namen geschrieben hatte, ins Altpapier, dann fiel ihr auf, dass sie das Heft noch brauchen würde, und holte es wieder heraus, borgte sich von ihrer Banknachbarin einen Edding und nutzte den größten Teil der Schulstunden dazu, *Lukas* hundertmal zu übermalen. Auf jeden Fall wollte sie weder ihm noch der Tamara begegnen und am wenigsten beiden gemeinsam, deshalb drückte sie sich nach dem Unterricht noch zwanzig Minuten in der Mädchentoilette herum, obwohl sich eigentlich die Tamara hätte herumdrücken sollen, aber die war dazu nicht der Typ. Sie war mehr der Typ, der der Julie per WhatsApp einen traurigen Smiley schickte und schrieb: *Tut mir leid. Ich hab gefragt. Er steht leider nicht auf dich.*

Jenseits vom traurigen Smiley gab es dann auch nicht mehr viel auf der Gefühlsskala von der Tamara, dachte die Julie, als sie die Stufen hinunterging. Das würde auch der Lukas noch merken, und dann würde er Schluss machen, und es würde traurige Smileys regnen.

Sie erkannte den Johannes sofort in der Gruppe von Gitarrenschülern, die vor ihr gingen, auch von hinten. Einmal an der Gitarrentasche mit dem ambitionierten Schriftzug *Fame*, gegen die sie in der Früh gerannt war, und dann an der Jacke mit den gelben Nähten.

Sie trödelte unauffällig hinter ihnen nach, bis sie sich auf die verschiedenen Bushaltestellen in der Umgebung verteilten und der Johannes alleine auf dem Zebrastreifen in Richtung Stadt weiterging. Aber was sollte sie sagen nach dem ›Hallo‹? Sie würde sich bestimmt nur wieder blamieren, darin war sie ja besonders gut. Am besten, sie ging einfach auf der anderen Straßenseite unbemerkt an ihm vorbei.

»Hey, Julie«, sagte er.

Sie drehte sich ein bisschen zu schnell um, aber er merkte das nicht oder war so nett, es sich nicht anmerken zu lassen.

»Hey«, sagte sie. »Hast du auch aus?«

Das war so ungefähr die zweitdümmste Frage der Welt, gleich nach ›Kommst du aus Deutschland?‹.

»Ich glaub, mein Gitarrenlehrer dreht langsam durch«, antwortete er, was einerseits gut war, weil er gedanklich zu beschäftigt mit etwas anderem war, um ihre Konversations-Skills zu bewerten, andererseits schlecht, weil es schon wieder um den Franz ging.

»Der Typ ist so ein Arschloch.«

»Echt?«, fragte sie besorgt und dann, so gelassen wie möglich: »Wieso?«

Der Johannes lachte über sie und schlug den Weg über den Nonnberg ein. Er fragte nicht, ob sie den Umweg mitgehen wollte, aber er redete einfach weiter, also war das fast dasselbe wie eine Einladung.

»Keine Ahnung, er hasst mich.«

Die Julie blies ihre Wangen auf und sagte: »Mich hasst

meine Lateinlehrerin. Aber ich bin auch echt scheiße in Latein.«

Der Johannes sah sie an. »Dann hat sie also recht?«

Sie zuckte die Schultern.

Die Julie mochte den Weg über die flachen Stiegen an den Häusern entlang, die seit Hunderten Jahren hier standen.

»Sie ist dazu da, dass sie es dir beibringt. Das ist ihr Job«, sagte der Johannes, und dann sagten beide ein paar Meter nichts, weil der Weg nach den Stiegen gleich ziemlich steil wurde. Die Julie hatte irgendwo gehört, dass sich wahres Verständnis im gemeinsamen Schweigenkönnen ausdrückte. Sie war aber trotzdem erleichtert, dass der Johannes nach der steilen Stelle weiterredete, als hätte es nie eine Pause gegeben: »Ja, Latein, aber ich mein, hallo? Gitarre?«

Mit dieser Einstellung dürfte es wirklich schwierig werden mit dem Franz, und wenn der Franz einen erst einmal hasste, dann konnte er recht ausdauernd sein, das musste man ihm lassen.

»Du hättest lieber Blockflöte nehmen sollen«, seufzte sie.

Der Johannes zog Blockflöte kurz in Betracht, dann zuckte er die Schultern und sagte: »Dazu muss man auch Noten lesen können.« Und die Julie musste zum ersten Mal an diesem Tag lachen.

Hinter der nächsten Kurve legte sich ihnen die Stadt zu Füßen. Der Johannes gab zu, dass sie von hier oben wirklich wahnsinnig schön war, und dann gingen sie weiter und redeten über ganz normale Sachen, über Musik und den Regen und dass die Julie nicht jedes Wochenende ausging und auch nicht so viel trank, sondern nur ausnahmsweise.

»Danke noch einmal«, sagte sie, »wegen der Jacke. Das war total nett von dir.«

»Ach, keine große Sache«, sagte er.

Das hatte die Julie noch nie gehört, ›keine große Sache‹.

Bedeutete das jetzt ›Ich fand es nicht weiter schlimm, dass du mir in meiner eigenen Jacke vor die Füße gekotzt hast‹? Oder bedeutete das ›Es ist mir völlig egal, weil ich so viele Jacken hab, dass ich sie kaum noch zählen kann‹?

Mitten in diesen Überlegungen blieb der Johannes stehen, und die Julie fragte sich erschrocken, ob sie aus Versehen laut gedacht hatte statt leise, aber er sagte nur: »Hier wohn ich.«

»Da wohnst du?« Sie versuchte nicht einmal, unbeeindruckt zu tun.

Sie standen vor einem Treppenaufgang, der zu einem Tor führte, und das Tor war der Eingang zu einem Schloss. Ein kleines Schloss, aber die Julie kannte sonst überhaupt niemanden, der in der Innenstadt wohnte, geschweige denn auf dem Berg in einem Schloss samt Turm und Zinnen und rotweiß-roten Fensterläden. Der Johannes verdrehte die Augen und zog einen blödsinnig großen Eisenschlüssel aus seinem Rucksack. »Mein Vater muss unsere Wohnung bezahlen, und deshalb hat meine Mutter die teuerste genommen, die sie finden konnte«, erklärte er.

»Ah, okay«, die Julie verstand, »armer reicher Junge.«

Er grinste ertappt und sperrte das Tor zu seinem Märchenschloss auf. »Und bei dir?«, fragte er.

Wenn die Julie eins nicht beabsichtigt hatte, dann, die Sprache auf ihre Familienverhältnisse zu bringen. Es war einfach nicht der richtige Zeitpunkt, ihm zu sagen, dass das durchgedrehte Arschloch ihr Vater war. Der war längst vorbei.

»Ich bring dir Notenlesen bei«, sagte die Julie. Es rutschte ihr so heraus. Der Johannes sah sie erstaunt an.

»Wenn du willst natürlich nur, sonst nicht.«

Natürlich würde er nicht wollen. Ein verwöhnter Schnösel wie er, was interessierte der sich für Noten oder Lesen oder sie? »Ich geh dann«, sagte sie und zeigte mit dem Daumen hinter sich auf einen Hohlweg, der sie hoffentlich wieder nach unten bringen würde. Sie winkte ihm, ging ein paar Schritte und fing dann an zu laufen. Erst als sie schon hundert Meter den Berg hinunter war, wurde ihr bewusst, dass er nicht Nein gesagt hatte. Er hatte sogar eher ›Okay‹ gesagt und ›Ich meld mich‹.

Das konnte allerdings vieles bedeuten. Sie hatten keine Nummern ausgetauscht. Die Julie holte ihr Handy heraus, um die Tamara zu fragen, was davon jetzt zu halten war. Erst als sie auf das Display schaute und den traurigen Smiley sah, durchzuckte sie, dass sie sich das in Zukunft abgewöhnen musste.

Die Frau Meier saß unten im Café. Im Vorbeigehen sahen der Franz und der Egon, wie sie einer Kellnerin ihre Bestellung kommandierte. Wenn sie Kaffee trinken, Kuchen essen und anschließend in den dritten Stock zurückkehren wollte, hatten sie mindestens eine Stunde sturmfreie Bude im Zimmer 318. Die Schwester Tessa saß mit ein paar Hundertjährigen im Gruppenraum des Pflegetrakts und spielte *Es fliegt, es fliegt*.

Jetzt war es schwierig genug, einer gesunden, wachen Frau Strümpfe anzuziehen, selbst wenn die mithalf. Bei einer Komapatientin, deren Sehnen sich manchmal so verkürzen, dass Knicke und Auswüchse an Stellen zum Vorschein kommen, an denen man vorher überhaupt nicht damit gerechnet hätte, war das Anziehen von Strümpfen für Ungeübte eine beinah unmögliche Angelegenheit.

»Wir lassen die anderen aber drunter an?«, fragte der

Franz. Er meinte die weißen Kompressionsstrümpfe. Die Frage hätte er sich sparen können. Natürlich war der Egon strikt dagegen.

»Wie soll denn da irgendwas durchdringen?«, keppelte er. »Wir müssen die Wahrscheinlichkeit erhöhen, dass etwas zu ihr durchdringt.«

Ja, das stimmte schon. Der Franz fragte sich nur, warum die Mali sich nicht sehnlich hatte etwas Einfacheres wünschen können, einen Schal zum Beispiel oder einen Ring.

»Weißt du, was dein Problem ist?«, sagte der Egon. »Du machst dir zu viele Sorgen. Und bevor du was machst, machst du lieber nichts. Das bringt uns aber nicht weiter.«

Dem Franz war klar, dass die Chancen für alles immer fifty-fifty standen. Entweder die Mali wachte auf – oder nicht. Entweder der Security erwischte einen – oder nicht. Entweder eine Ehe hielt – oder nicht. Laut Viele-Welten-Theorie traten immer beide Möglichkeiten ein, und dagegen hatte der Franz auch gar nichts einzuwenden. Er hätte halt nur gern vorher gewusst, in welcher Welt er nachher landen würde.

Er seufzte und schaute zur Tür. »Kannst du vielleicht wenigstens dafür sorgen, dass wir ungestört bleiben?«

Schon als er die Mali bloß gekitzelt hatte, war er sich vorgekommen wie einer, über den man in der Zeitung liest und es anschließend lieber nicht gelesen hätte, weil man lieber nicht wusste, dass es solche Leute überhaupt gab. Dabei hatte er ihre Bettdecke nur bis knapp über die Knöchel gelüftet.

Leicht ungehalten über dem Franz seine Feigheit humpelte der Egon zur Tür. Der Franz erwartete, dass er durchschweben würde, um nachzuschauen, ob die Luft rein war, aber der Egon zeigte nur auf einen kleinen, profanen Drehriegel unter der Klinke und sah ihn amüsiert an. Darauf hätte er auch selber kommen können.

Als Erstes zog der Franz die Seidenstrümpfe aus seiner Jackentasche und begann sie aufzurollen. Die Frauen, mit denen er geschlafen hatte, hatten Socken oder Strumpfhosen angehabt, die der Franz ihnen nie an-, sondern höchstens ausgezogen hatte. Die Technik, Strümpfe aufzurollen, um sie dann am Frauenbein wieder abzurollen, musste er irgendwo in einem Schwarz-Weiß-Film gesehen haben, jedenfalls ließ sich damit ein bisschen Zeit schinden. Er rollte sorgfältig zwei Strumpfkreise, aus deren Mitte nur noch die verstärkten Zehenspitzen heraushingen, legte sie vor sich aufs Bett und zupfte an ihnen herum.

»Wir haben nicht ewig Zeit«, trieb ihn der Egon an.

Der Franz beschloss, genauso zu starten wie beim Kitzeln. Er lockerte seine Finger und klappte die Bettdecke an den Füßen zirka zwanzig Zentimeter um. Dann noch einmal. Und noch einmal. Die Beine von der Mali lagen weiß vor ihm. Dazwischen schlängelte sich der Schlauch vom Katheder. Gott sei Dank hatten sie ihr ein Kleid angezogen. Viele der anderen Bewohner trugen Jogginganzüge.

»Mali, ich zieh Ihnen jetzt kurz den Strumpf aus. Das haben wir gleich, geht ganz schnell«, sagte der Franz. Vielleicht half es ja, wenn er es sich nur überzeugend genug vorsagte. Mit jeweils zwei Fingern hob er den Rocksaum über ihre Knie und atmete erleichtert auf, als er das Ende des weißen Strumpfs erblickte, das sich in halbwegs sicherer Entfernung vom Ende des Kathederschlauchs befand. Er klappte den verstärkten Rand um, darunter war ihre Haut ganz rosa, und begann, den Strumpf am Bein hinunterzurollen. Weil der Franz ihr Bein bei jeder Umdrehung ein bisschen aufheben musste, verrutschte die Mali dabei und wurde immer schiefer.

»Pass doch auf«, sagte der Egon, und der Franz fluchte »Herrgott« zwischen seinen Zähnen, aber noch mehr aufpassen, als er eh schon tat, konnte er nicht. Er hätte drei Hände gebraucht, mindestens. Es roch nach alter Frau und Desinfektionsmittel, und der Schweiß stand ihm auf der Stirn. Er war nicht nur unbeabsichtigt in ein fremdes Schlafzimmer eingedrungen, sondern wurde auch noch gegen seinen Willen in die Aktivitäten in diesem Schlafzimmer hineingezogen. Ab der Kniehöhle wurde es besser. Die lag nicht direkt auf der Matratze auf, deshalb ließ sich der Strumpf dreimal schnell umkrempeln, und ab dann wurde auch das Bein leichter. Kurz bevor er den Kompressionsstrumpf über die Ferse ziehen wollte, wischte er sich erleichtert mit dem Handrücken über die Stirn. »Gleich haben wir's«, sagte er zur Mali, zum Egon und zu sich selber – und da wurde draußen die Klinke heruntergedrückt.

»Was ist denn da los?« Die Frau Meier rüttelte an der Tür und klopfte.

Den Franz ergriff Panik. So lang konnte er doch unmöglich gebraucht haben. Er machte ein paar Schritte auf die Tür zu, aber der Egon herrschte ihn an: »Du kannst doch jetzt nicht aufsperren!«

Der Franz warf die Bettdecke über die Beine von der Mali und stopfte die aufgerollten Strümpfe in seine Jackentaschen. Draußen redete jemand etwas Unverständliches, und dann rief die Schwester Tessa: »Wir sind sofort bei Ihnen, Frau Hirsch, ich hol den Schlüssel.«

Natürlich, dachte der Franz, natürlich gab es einen Schlüssel. Ein Riegel im Pflegetrakt ist mehr ein freundlicher Hinweis als eine wirkliche Barriere.

»Die Gitarre! Nimm die Gitarre! Spiel was!«, schrie der Egon.

»Was denn?«. Der Franz riss die Gitarre aus dem Koffer.

»*Das Glück is a Vogerl*«, schrie der Egon, »kennst du das?«

Natürlich kannte der Franz das Lied. Der Franz kannte jedes Lied, das er einmal gehört hatte, vorausgesetzt, es war vor dem Jahr 2000 geschrieben worden, und dieses Kriterium erfüllte *Das Glück is a Vogerl* in jedem Fall.

Er spielte, als ginge es um sein Leben. Der Egon kannte den gesamten Text. Als sich die Tür öffnete und die Frau Meier mit der Schwester Tessa und noch einer Kollegin von der Schwester Tessa, die einen Vierkantschlüssel in der Hand hielt, hereinkam, waren sie bereits mitten im Refrain:

Das Glück is a Vogerl,
Gar lieb, aber scheu.
Es lasst si schwer fangen,
Aber fortg'flogn is's glei.

»Hallo?«, fragte die Tessa.

»Ja, haben Sie uns nicht gehört?«, die Frau Meier rollte an ihr vorbei ins Zimmer.

Der Franz ließ die Gitarre sinken und sah unschuldig auf.

»Haben Sie zugesperrt?«, fragte die ältere Krankenschwester außer sich. *DGKS Angelika*, stand auf dem Schild an ihrer Strickjacke.

»Ich?«, wunderte sich der Franz. »Nein.«

»Wer dann?«, schnauzte die DGKS Angelika. Jemand hatte ihr die stark gekräuselten Haare so geschnitten, dass sie auf ihrem Kopf saßen wie die Schaumstoffkugel auf einem Mikrofon.

»Sag, dass du irrtümlich an das Schloss drangekommen bist oder dass du noch gesehen hast, wie jemand aus dem Zimmer gerannt ist, wie du reingegangen bist«, schlug ihm der Egon aufgeregt vor, aber der Franz schüttelte nur stumm den Kopf und zog die Schultern hoch.

»Ich hab's mir doch gedacht, dass ich Sie unten vorbeihuschen gesehen hab«, sagte die Frau Meier. »Ich muss doch Dankschön sagen, für die Blumen.« Ihr Blick wanderte zwischen dem Feuerlilienstrauß auf ihrem Nachttisch und dem Franz hin und her und wurde immer aufgelöster.

»Ach, das«, sagte der Franz.

Die beiden Krankenschwestern musterten die großen Blumensträuße auf den Nachttischen der beiden Frauen.

»Die sind von Ihnen, hab ich recht?«, die Frau Meier strahlte den Franz dankbar an, und der Egon seufzte: »Na, das haben wir nötig gehabt.«

Der Blick von der Tessa fiel auf die Mali, die schief in ihren Polstern lag. Sie schaute zum Franz, sagte aber nichts. Das Reden übernahm die DGKS Angelika: »Was machen Sie da?«, fragte sie streng.

»Ich spiel Gitarre.«

»Jö«, entfuhr es der Frau Meier begeistert.

Die DGKS griff nach der Bettdecke von der Mali. In einer Sekunde würde sie sie aufheben, furchtbare Schlüsse ziehen, den Sicherheitsdienst holen, wenn der Franz Glück hatte, oder, wenn er Pech hatte, die Polizei.

»Haben Sie gewusst«, presste er heraus, »dass einmal einer aus dem Koma aufgewacht ist, wie er den Jimi Hendrix gehört hat?«

»Pf!«, machte die DGKS, nicht einmal zum Franz persönlich, sie schnaufte über die Bande, zur Tessa.

»Und wieso erfahr ich das erst jetzt?«, der Egon war mindestens so entrüstet wie die Frau mit der Mikrofonfrisur.

»Ist mir gerade erst wieder eingefallen«, antwortete ihm der Franz, wobei er nicht dem Egon, sondern der Schwester Angelika fest in die Augen schaute.

»Und da haben Sie sich gedacht, was der Jimi Hendrix kann, kann ich schon lang?«, sagte sie so unverhohlen sarkastisch, sie wäre dem Franz wahrscheinlich sympathisch gewesen, hätte sie nicht immer noch die Bettdecke in der Hand gehalten. Mit einem kleinen Schlenker versetzte sie

sie jetzt in Schwung. Der Franz spürte, wie ihm der Schweiß aus den Achseln tropfte. Eine Sinuswelle setzte sich über die gesamte Decke von der Mali fort, ohne den Blick auf ihre Beine freizugeben, und hinterließ eine perfekt glatte Oberfläche. Dann machte die DGKS einen Schritt zurück.

»Es ist ihr Lieblingslied«, sagte der Franz. Mit jedem Schritt, den sie sich weiter vom Bett entfernte, wuchs die Erleichterung in seiner Stimme und ließ ihn tief gerührt klingen.

»Ja, aber das ist doch gefährlich, mit diesem Riegel«, sagte die Frau Meier.

»Herrgott, den haben sie schon fast vergessen gehabt«, stöhnte der Egon, aber der Franz pflichtete der Frau Meier bei: »Ja genau. Ich mein, was ist, wenn's einmal brennt?«

Sowohl der Egon als auch die Frau Meier ächzten auf, wenn auch aus unterschiedlichen Gründen. Die Schwester Angelika wurde rot. Sie ging zur Tür und probierte den Riegel aus, drehte mehrmals auf und zu und kam schließlich zu einem Ergebnis: »Den bauen wir aus.«

Sie vergewisserte sich, dass die Tessa von hier ab übernahm, und ging einen Schraubenzieher holen oder jemanden einen Schraubenzieher holen lassen. Die Tür ließ sie weit offen.

»Was täten wir nur ohne Sie?«, sagte die Frau Meier dankbar zum Franz und machte sich auf den beschwerlichen Rückweg ins Café Amadé, wo noch ein Punschkrapferl auf sie wartete.

Der Franz schaute erschöpft die Schwester Tessa an und entdeckte zu seinem Erstaunen ein klitzekleines Lächeln in ihrem Gesicht. »Schöne Gitarre«, sagte sie.

Er nickte, zu schwach zum Reden.

»Bist du Gitarrist?«

Der Franz nickte weiter.

»Wienerlieder?«

Jetzt schüttelte er den Kopf. »Alles.«

»Hast du einen Moment Zeit?«

Jetzt nickte er wieder.

Sie ging auf den schmatzenden Crocs aus dem Zimmer. Der Franz hatte keine Ahnung, worauf sie hinauswollte. Er lächelte ihr nach, bis sie aus seiner Sichtweite war, dann hob er die Decke, rollte den Kompressionsstrumpf am Bein von der Mali halbwegs hinauf und versuchte, die Bettdecke wieder ähnlich spiegelglatt zu streifen, wie die DGKS sie hinterlassen hatte. »Was machst du denn jetzt?«, empörte sich der Egon. Weiter kamen sie nicht, die Tessa war schon wieder zurück, mit einem Zettel in der Hand. »Vielleicht ist das was für dich?«, meinte sie.

Gitarrist gesucht, stand darauf, *Perlentaucher, Indie Rock.* Was dann kam, hatte sich in das Hirn vom Franz gebrannt, *ZWISCHEN 20 UND 30,* und unten die Telefonnummer auf den Abreißzetteln.

Der Franz starrte auf den Zettel, dann auf die Schwester Tessa. »Das ist deine Band?«

»Jaja«, sie griff lächelnd nach dem Namensschild an ihrem Leiberl, »das da ist nur ein Praktikum. Vom Arbeitsamt.«

Der Egon stand mit offenem Mund neben ihnen und vergaß beinah die Mali und die heikle Lage, in der sie sich genau genommen immer noch befanden.

»Es eilt ein bissl, wir machen übermorgen die Audition«, sagte die Tessa.

Der Franz zeigte auf die bösartige Zeile. »Ich bin nicht zwischen zwanzig und dreißig.«

»A geh.« Sie fischte einen Kuli aus ihrer Brusttasche und überkritzelte die Zahlen.

Fasziniert schaute der Franz zu, wie sich der Zettel in eine freundliche Einladung verwandelte. Lächelnd riss er einen der kleinen Streifen unten ab und wollte ihn einstecken, da bemerkte er den Strumpf, der aus seiner rechten Jackentasche hing. Ein Blick in das Gesicht von der Tessa genügte, um zu wissen, dass sie ihn ebenfalls gesehen hatte.

»Ahm, ja. Und dann wollte ich dich noch um etwas bitten«, hörte er sich selbst sagen. Er klang ganz ruhig, wie er langsam den Strumpf aus der einen und den anderen aus seiner anderen Tasche zog, sie abrollte und umeinanderwickelte und dabei rasend darüber nachdachte, was er sagen sollte. Der Egon war keine Hilfe. Er sah eher aus, als würde er gleich ein bisschen Antimaterie und freie Materie abspalten.

»Der Freund von der Mali, der nicht selber kommen kann, weil – weil – weil es ihm nicht gut geht, der ist sich sicher, sie würd gern diese Strümpfe anziehen.«

Die Tessa schaute zuerst die Strümpfe an, die der Franz in ihre Hände legte, dann den Franz, dann wieder die Strümpfe.

»Da muss ich meine Chefin fragen.« Sie deutete mit dem Kopf in die Richtung, in die DGKS Angelika entschwunden war. »Ich glaub nur, der Zeitpunkt ist momentan nicht günstig.« Sie legte die Strümpfe auf den Nachttisch von Mali.

Der Franz packte seine Gitarre in den Koffer. »Es ist mir schon ein bissl peinlich, aber du hast ja selber gesagt: Manche Sachen dringen durch.«

»Du, wenn sich dein Freund sicher ist.«

Sie betonte ›Freund‹ ein bisschen, wie die Neurologin seinerzeit ›verrückt« betont hatte. Der Franz fühlte sich nicht imstande, ihr ins Gesicht zu schauen. Er ließ die Verschlüsse zuschnappen und wischte über den nagelneuen Gitarrenkoffer.

»Überleg dir das mit der Audition«, sagte die Tessa zum Abschied.

Auf dem Gang schauten der Franz und der Egon sich an

und dachten beide das Gleiche. Zwei Mal an einem Tag waren sie davongekommen. Das war nicht mehr die alleräußerste Schleife. Bald würde die Mali Seidenstrümpfe tragen, und der Franz hatte eine Audition.

14

Audition

Je weiter die Julie die Stiege hinunterging, desto lauter wurden die Geräusche aus dem Keller. Schließlich sah sie den Franz. Sie konnte sich nicht erinnern, wann ihr Vater zum letzten Mal eine Gitarre an den großen Marshall-Verstärker angeschlossen hatte. Das wirklich Beunruhigende an der ganzen Sache war allerdings sein Aussehen. Er steckte in einer Jeans, die ihm mindestens drei Nummern zu klein war. Sein Oberkörper war frei, und die Julie hoffte, dass dies nicht zu seinem neuen Look gehörte, sondern lediglich der durchsichtigen Plastikhaube auf seinem Kopf geschuldet war, unter der sie eine dunkle Schmiere erkannte. Auch über die Augenbrauen hatte er sich mit Haarfarbe zwei schwarze Balken gemalt.

»Papa?«, fragte sie. Ganz sicher war sie nicht. Es gab Wahnsinnige, die drangen in fremde Häuser ein und nahmen die Identität ihrer Bewohner an.

»Oh, hallo«, sagte der Franz.

»Was wird das?«

Der Franz sah, dass sie auf seine Hose starrte, die ohne die beiden Risse, aus denen seine Knie herausquollen, vermutlich seine gesamte Blutversorgung lahmgelegt hätte. Er hatte sie in einer alten Tasche bei den Verstärkern gefunden und mit dem Egon gewettet, dass er noch hineinpassen würde. Und auf ihre Art hatten beide gewonnen.

»Bissl eng vielleicht«, gab er zu, »aber die dehnt sich noch.«

Die Julie schüttelte den Kopf. »Glaubst?« Wenn sie in ihrem kurzen Leben etwas gelernt hatte, dann die traurige Wahrheit über zu enge Hosen.

Sie starrte ihn immer noch an, als rechnete sie jeden Augenblick damit, dass ein Alien aus seiner Brust hervorbrach. Um diesem Blick auszuweichen, schaute der Franz auf die Uhr und erschrak. »Oh, die Haare! Jetzt hab ich die Zeit übersehen.« Er schnallte die Gitarre ab, schickte einen vorwurfsvollen Blick in Richtung Sofa und rannte an der Julie vorbei nach oben ins Bad.

Obwohl er jedes Shampoo und eine Auswahl ihm geeignet erscheinender Putzmittel auf seinem Kopf aufgeschäumt hatte, die Haare vom Franz und auch seine Augenbrauen und die Haut um sie herum blieben tiefschwarz. Das sorgte im Lehrerzimmer und beim Unterricht am Donnerstag für Gekicher und sprechende Blicke, wobei sich die Lehrer bedeutend kindischer aufführten als die Schüler. Dem Franz blieb nichts anderes übrig, als früher Schluss zu machen, sich eine schwarze Skihaube zu besorgen und sie sich so tief wie möglich ins Gesicht zu ziehen. Trotzdem schreckte es ihn jedes Mal, wenn er an einem Spiegel oder einer Glasscheibe vorbeikam. Womöglich hätte ihm der Egon erklären können, warum sich der schimmernde Braunton nicht eingestellt hatte, der auf der Packung abgebildet war, aber er lachte jedes Mal bloß, wenn er den Franz anschaute.

Ein Schranken versperrte die Einfahrt zu der aufgelassenen Trachtenfabrik, in der sich der Proberaum von Perlentaucher befand, also machten sich der Franz und der Egon von dort zu Fuß auf den Weg, den die Tessa dem Franz am Telefon beschrieben hatte. Er sollte eine rostige Metalltür sehen. Die fand er nicht und auch keinen Menschen weit und breit, den er fragen konnte. Ein paar weggeworfene Plastikflaschen kullerten über den Asphalt. Künstlerateliers sollten hier entstehen, aber bis dahin war es um sechs Uhr abends auf dem ganzen Gelände dunkel. Am Handy erreichte der Franz nur die Mailbox von der Tessa. Er legte auf und hörte hinter sich ein Quietschen. An einer Halle, an der sie bereits dreimal vorbeigegangen waren, öffnete sich eine Tür. Sie klang durchaus rostig. Vier junge Männer mit Gitarrentaschen kamen heraus. Hinter ihnen stand in einem schwach erleuchteten Gang die Tessa, die sich eine Zigarette anzündete.

»Was ist das denn?«, sagte der Franz entgeistert.

»Ja, da wird's sein, nicht?«, meinte der Egon.

Der Franz hatte früher öfter bei Bands vorgespielt. Damals hatte das noch nicht *Audition* geheißen, und es waren auch keine Massenveranstaltungen gewesen, zu denen vier oder fünf Musiker, die alle das gleiche Instrument spielten, gleichzeitig bestellt waren. Man schaute, ob man sich verstand, ob der Gitarrist zur Band passte und die Band zum Gitarristen. Meistens kannte der Franz die Musik und die Leute sowieso. Salzburg war ja ein recht überschaubares Pflaster, und sobald eine Band eine CD aufnahm, verließ sie die Stadt auch schon und kam erst zurück, wenn ihr Name groß auf Plakaten prangte oder sie sich wieder aufgelöst hatte, wobei Letzteres bedeutend häufiger vorkam als Ersteres.

»Ich geh wieder«, sagte der Franz.

»Aber warum denn?«, wunderte sich der Egon.

»Die waren alle vor mir dran.«

»Ja und?«, der Egon verstand ihn nicht. »Sie können doch unmöglich alle so gut sein wie du.«

»Darum geht's nicht«, der Franz lächelte gleichzeitig über das Kompliment vom Egon und über seine Naivität, »sie müssen mich mögen.«

»Oh.« Der Egon biss sich mit den oberen Zähnen auf die Unterlippe und sah der Abschiedsszene zu, die sich vor ihnen abspielte. Die Tessa umarmte jeden Einzelnen. »Wir melden uns so schnell wie möglich«, sagte sie.

Die Buben – dreißig war von denen keiner – redeten angeregt miteinander, einer fand, dass der letzte Song echt Potenzial hatte, einer wuzelte sich eine Zigarette und bot seinen Tabak dann den anderen an. Ein Dritter hatte Feuer. Das reinste Ferienlager.

»Franz?«

Sie hatte ihn gesehen. Der Egon beobachtete aufmerksam, wie der Franz überrascht spielte. »Ah, da seids ihr!«

»Neue Haarfarbe?« fragte die Tessa. Der Franz zog sich die Haube tiefer in die Stirn und sah den Egon an. Der bemühte sich, jeglichen Zweifel aus seiner Stimme zu eliminieren, als er sagte: »Wer weiß, vielleicht mögen s' dich ja?«

Sie folgten der Tessa eine scheppernde Metalltreppe hinab zu unterirdischen Räumen, die von jeher zu feucht und schimmelanfällig gewesen sein mussten, um Textilien darin zu lagern. Als Künstlerateliers waren sie auch nicht geeignet. Da sie dafür aber beinah schalldicht waren und der Lärm, der nach außen drang, auf dem weitläufigen Gelände niemanden störte, konnten sie immerhin noch gewinnbringend als Proberäume vermietet werden. Die Perlentaucher teilten sich den recht großen, fensterlosen Raum mit zwei anderen Bands. Zwei Schlagzeuge, Verstärker, eine Anlage und Boxen standen auf ein paar übereinandergelegten zerschlissenen

Teppichen. Zudem sorgten Sitzgelegenheiten vom Sperr-
müll und der Geruch von kaltem Rauch und altem Bier für
genau die Luftmischung, die der Franz schon viel zu lange
nicht mehr eingeatmet hatte.

»Ich hab euch noch wen mitgebracht«, sagte die Tessa. Auf
einem alten Fernsehsessel drehte sich ein junger Mann zu
ihnen um und stand auf. Er war dünn und an die zwei Meter
groß. Auf dem Kopf trug er ein ähnliches Skihauben-Modell
wie der Franz, unter dem sich hellbraune Haare herausrin-
gelten.

»Hallo, ich bin der Tobi.«

Seine Jeans hingen locker an ihm herunter, und das rote
Holzfällerhemd hatte er am rechten Ärmel aufgeschnitten,
um mit seiner Gipshand hineinzukommen, was wahrscheinlich der Grund war, warum sie schnell einen Gitarristen
brauchten.

»Franz«, sagte der Franz.

Der Tobi schlakste auf ihn zu, stoppte aber mittendrin und
starrte ihn in plötzlichem Wiedererkennen an. Der Franz
durchforstete sein Hirn nach ehemaligen großen Schülern,
aber er konnte sich an keinen erinnern, der Tobi geheißen
und dessen entsetzten Blick im Entferntesten gerechtfertigt
hätte.

»Du warst das mit dem Mistkübel.«

Der Fahrradfahrer. Mit dem Finger.

»Nein«, sagte der Franz, »das war ich nicht, das war –«

»Ein unglücklicher Zufall«, kam ihm der Egon zu Hilfe, auf
den nur niemand hörte.

»Ich glaub, ich geh wieder.«

»Wird das Gescheiteste sein«, sagte der Tobi, und die Tessa
schaute vom einen zum anderen: »Hab ich irgendwas nicht
mitgekriegt?«

»Er ist schuld an meiner Hand.«

»Wow.« Sie brauchte einen Moment, um sich zu sortieren. Dann schickte sie einen bedeutungsvollen Blick zum Tobi, den der an sich abprallen ließ, und bat den Franz mit ihrem freundlichsten Altenpflegerlächeln, doch noch einmal kurz draußen zu warten.

Bevor sie die Tür richtig geschlossen hatte, hörte er, wie der Tobi sagte: »Der Typ jagt Sachen in die Luft und rennt dann weg.«

Während der Franz langsam die Metalltreppe hinaufstieg, versuchte er die komische Seite an der Sache zu sehen. Es gelang ihm aber nicht richtig. Außerdem versperrte ihm der Egon den Weg.

»Ich kann durch dich durchgehen, wenn's sein muss«, erinnerte ihn der Franz müde. Er wollte aber nicht. Er wollte sicher nicht am ganzen Körper spüren, was er gespürt hatte, als er den Egon aus Versehen im Keller gestreift hatte, aber noch weniger wollte er sich von zwanzigjährigen Indie-Rockern sagen lassen, dass seine soziale Kompetenz nicht ausreichte, um ihrer Musik die drei Akkorde beizusteuern, die sie konnten.

»Ich weiß«, sagte der Egon, er schaute auf den Boden und machte ihm Platz. »Was ich nicht weiß, ist, woher ich dir in den nächsten zwei Wochen noch eine Band auftreiben soll.«

»Jetzt tu noch so, als hättest du das geplant.« Der Franz blieb unschlüssig auf der Treppe stehen. Ohne den explodierten Mistkübel hätte es keinen gebrochenen Finger gegeben und ohne gebrochenen Finger keine Audition.

»Dann tu dir leid und vergrab dich im Keller, wirst schon sehen, was wird aus dir«, schnaubte der Egon und wäre fast in die Tessa hineingerannt, die die Tür öffnete: »Bist du so weit?«

Erst jetzt sah der Franz den Drummer, der hinter dem Schlagzeug saß. Bis auf die Leopardenfellmütze vom Flohmarkt sah er aus wie ein Bauernbub, blond und rotwangig. Er hieß David und begrüßte den Franz mit einem Händedruck, der ihn beinah in die Knie zwang. Der Tobi stand da und beobachtete jede Bewegung vom Franz, wie er seine Gitarre an die Anlage stöpselte.

»Hast du dir die Lieder angehört?«

»Ich hab keine gekriegt.«

Als der Franz das letzte Mal bei einer Band vorgespielt hatte, hatten Bands noch Demobänder verteilt. Die Perlentaucher warfen sich Blicke zu, die ihn schwer an seine Schüler erinnerten, wenn er Dinge erwähnte, die in ihrer Welt nie existiert hatten, Telefonzellen, Briefe oder Schallplatten. Wenige von ihnen erinnerten sich dunkel an CDs. Er war so lange aus dem Geschäft, nicht einmal daran gedacht hatte er, dass er sich die Songs von jeder unbekannten Provinzband auf Soundcloud oder Bandcamp herunterladen konnte.

»Egal, geht auch so«, sagte er. Der David gab ihm sein Handy, und während sich der Franz mühsam den blechernen Gitarrensound anhorchte – G-F-C-C-F, überraschender wurde es nicht –, dachte er, dass von allen im Raum Anwesenden der Egon ihm am nahsten war, wie er da in seinem speckigen Anzug neben dem Verstärker stand und erwartungsvoll zuschaute: ein Relikt aus einer vergangenen Zeit, auf rätselhafte Weise herübergerettet und letztendlich ungeklärt, ob er überhaupt existierte oder nicht.

»Okay, das bleibt immer gleich, oder?«, fragte er.

Er gab dem David das Handy zurück. Der Tobi ließ seine Gitarre an den Sessel gelehnt stehen und ging zum Mikro. Die Tessa hing sich den Bass um, und der Franz verstand, warum sie tagsüber immer leicht vornübergebeugt durch die Seniorenresidenz stiefelte wie ein zu schnell aufgeschossener Bub. Mit dem Bass veränderte sich ihre Körperhaltung, oder vielmehr vervollständigte sich.

Der David zählte ein, und sie legten selbstbewusst los mit ihrem Indie-Rock-Pop. Keineswegs virtuos, aber immerhin, genieren musste man sich nicht für sie. Der Text, den der Tobi sang, war auf Deutsch, aber vermutlich unter dem Einfluss von Drogen oder Internet-Poesie oder beidem entstanden. Der Franz konnte jedenfalls nicht sicher sagen, wovon der Song handelte.

»Steig in mein Auto-oh«, seufzte der Tobi mit hoher Stimme, was vermutlich eine Metapher für sein Bett oder sein Leben war. Das war gerade hip und eigentlich auch egal. Der Franz versuchte, nicht durch zu viel Kunst negativ aufzufallen. Er spielte vorsichtig einen Lauf über den zweiten Refrain, was den Tobi direkt aus dem Konzept brachte. Der Tessa schien zu gefallen, was er machte, und der Egon wippte freudig im Takt. Er hat recht, dachte der Franz. Sie mochten ihn, oder sie mochten ihn nicht, aber diesen einen verdammten Song spielte er jetzt mit ihnen.

»Ich weiß, es ist blöd, aber kannst du noch einmal kurz draußen warten?«, fragte ihn die Tessa, nachdem sie alle Stücke durchgespielt hatten, die sie hatten. Ihre armen Ohrläppchen schimmerten rosa.

»Sicher.« Nach einer unschlüssigen Bewegung lehnte der Franz seine Gitarre an den Sessel neben die vom Tobi und setzte sich draußen auf eine Stufe. Er konnte weder den Gesichtsausdruck von der Tessa noch den vom stillen David deuten. Was der Tobi dachte, war dagegen sonnenklar. Er hatte ihn die ganze Zeit über unnachgiebig von der Seite angesehen und, als der Franz eine Stelle in der Melodie gelobt hatte, den Mund zu einem sauren Lächeln verzogen – »Ist nicht von mir«.

Der Egon stand oben auf der Treppe, eine Mischung aus Fan und stolzem Vater. »Du hast das ja alles sofort können. Nach nur einmal Hören.«

Der Franz kratzte sich unter der Haube am Kopf. Es wunderte ihn immer wieder, wenn sich die Leute von ein paar verschobenen Barré-Akkorden beeindrucken ließen. Der Egon kam aufgeregt die Treppe herunter. »Willst du wissen, was sie reden?«

Der Franz schüttelte den Kopf. Er setzte sich auf eine Stufe. So lang, wie sie ihn warten ließen, schienen sie sich nicht einig zu sein. Er wollte nicht wissen, was dabei geredet wurde, nicht einmal in einer beschönigten Version, falls der Egon zu so etwas wie einer beschönigten Version überhaupt fähig war.

Der Egon humpelte ein paarmal zwischen der Tür und der Metallstiege hin und her, dann sagte er: »Also, ich schon«, und verschwand durch die Wand.

»Ich sag nur, er ist richtig, richtig gut«, sagte die Tessa, was den Tobi wütend machte, weil er aus dieser Aussage heraushörte, dass er selbst nicht richtig gut war.

»Er ist ein Arschloch«, sagte er.

In ihrem Praktikum war die Tessa für achthundert Euro im Monat den ganzen Tag verständnisvoll. Sie hörte sich jeden Tag dieselben Geschichten an, und es machte ihr nichts aus, wenn die Frau Meier sie des Diebstahls bezichtigte oder die 94-jährige Frau Drachsler sie wieder und wieder fragte, ob sie ihre Mutter wäre. Dem 24 Jahre alten Tobi gegenüber war sie nicht ganz so geduldig.

»Der Wettbewerb ist in zwei Wochen«, sagte sie, »von den anderen kann nur der Clemens annähernd so spielen, und der spielt schon bei den Cousinen.«

Die Männlichen Cousinen traten auch bei den *Local Heroes*

an. Sie hatten vor fünf Jahren als Schülerband angefangen, und die ganze Stadt war sicher, dass es nur noch eine Frage der Zeit war, bis sie richtig Karriere machten.

»Und bei den Plasmachicks«, wusste der David. Die waren aber in der Vorrunde ausgeschieden.

»Na und? Dann nehmen wir halt den Leo«, meinte der Tobi.

Die Tessa schnaubte bloß bei diesem Namen, riss die Tür auf und fragte den Franz draußen auf seiner Stufe: »Spielst du sonst noch wo?«

Sollte er sich das Jazz-Trio vom Schurli ausleihen? Lächerlich. Die Perlentaucher interessierten sich einen Dreck für Jazz, aber mit einem Wisch über ihre Handys hätten sie herausgefunden, dass er log. »Ah, zur Zeit unterricht ich mehr«, gab er kleinlaut zu.

Die Tessa schien das zu freuen. »Er ist Lehrer!« Sie warf dem Tobi einen Blick zu, als wäre damit, dass der Franz Lehrer war, alles geklärt, unter anderem, warum er in seiner Freizeit Mülleimer abfackelte und bettlägerigen alten Damen Strümpfe vorbeibrachte.

»Wir haben am 22. einen Termin. Hast du da schon was vor?«, fragte sie.

Der Franz schüttelte den Kopf.

»Von mir aus. Bis zum Wettbewerb«, knurrte der Tobi. Die Tessa klatschte in die Hände. Der David legte die Drumsticks weg und holte aus einer Kühlbox vier Bierflaschen. Die machte er mit einem Öffner auf, den er am Hosenbund trug, verteilte sie und stieß mit dem Franz an. »Also. Auf den 22.!«, sagte er.

Weihnachten, dachte der Franz. Er stieß mit der Tessa an und sogar mit dem Tobi, und als er sich umschaute, um heimlich dem Egon zuzuprosten, war der weg.

Eine Stunde später verließen sie den Proberaum, um sich im Dirndlstüberl ein bisschen aufzuwärmen und eine halbwegs anständige Toilette aufsuchen zu können. Die Tessa erzählte, dass sie sich fünf Jahre gegeben hatte, von der Matura zum Erfolg. Seit vier Jahren spielte sie jetzt in verschiedenen Bands, und vor zwei Jahren hatte sie mit dem Tobi die Perlentaucher gegründet.

»Und dann?«, fragte der Franz.

»Ich weiß nicht, vielleicht mach ich auch einfach den Job im Altersheim weiter«, sagte sie. »Mit Musik verdienst du ja sowieso nix mehr.«

Sie wuzelte sich im Gehen eine Zigarette, und der Franz stiefelte neben ihr her und überlegte, ob die jungen Dinger heutzutage schon mit Businessplan auf die Welt kamen.

»Es ist halt nicht leicht zum Aushalten dort«, sagte sie, »weil es eigentlich immer nur ums Sterben geht.« Der Franz sah sich um, konnte aber den Egon nirgends entdecken. Sie lachte. »Deswegen ist mir der Scheißwettbewerb auch so wichtig.«

»Hast du«, begann er, »oder hat deine Chefin der Mali die Strümpfe eigentlich angezogen?«

»Weiß ich nicht«, sie zupfte sich ein paar Tabakfäden vom Mund. »Ich war heute nicht dort.«

»Aber hast du sie gefragt? Es spricht doch nichts dagegen, dass sie sie anzieht, oder?«

Sie schüttelte den Kopf, dann sah sie ihn forschend an: »Du bist nicht mit ihr verwandt, oder?«

»Nein«, antwortete er vorsichtig.

»Ist sie irgendwie deine erste große Liebe oder so was?«

»Was?«, er musste lachen. »Nein!«

Sie legte die Stirn in Falten, zog an ihrer Zigarette und blies den Rauch aus, bevor sie sagte: »Es besteht nicht viel Hoffnung, dass sie noch einmal aufwacht.«

Der Franz hoffte bloß, dass sie unrecht hatte und der Egon sie nicht hören konnte. »Aber du hast doch gesagt, manche Sachen dringen durch.«

Sie schaute ihn nur ernst an. Eine einzelne Schneeflocke fiel vom Himmel. Der Franz sah zu, wie sie langsam auf den Boden sank.

»Sie ist nicht meine«, sagte er, »aber sie ist die große Liebe von wem.«

»Das ist hoffentlich jeder«, sagte die Tessa und hielt ihm die Tür zum Dirndlstüberl auf.

Das Dirndlstüberl war ein Beisel, in dem man sich über so etwas wie ein Lichtkonzept keine Gedanken machte. Hier tranken ausschließlich müde Menschen. Eine einzelne Neonröhre gleißte erbarmungslos von der hohen Decke über die Gesichter und brachte zum Vorschein, was dem Franz im schummrigen Proberaum nicht so aufgefallen war. Er war klein. Früher war der Franz immer groß gewesen, aber der Tobi überragte ihn beinah um einen ganzen Kopf, auch zum David musste er aufschauen, und die Tessa war mindestens gleich groß wie er, obwohl sie flache Turnschuhe anhatte. Und sie waren Kinder. Sie hatten glatte, unverbrauchte Haut und weiße, unbenutzte Zähne, obwohl sie soffen und rauchten, als hätten sie vor, das so schnell wie möglich zu ändern. Beim dritten Bier wurde der David langsam gesprächig, und beim vierten ging dem Franz auf, dass er vorhin nicht aus Solidarität mit dem Tobi so wortkarg gewesen war, sondern aus Schüchternheit. Der Sound vom Franz erinnerte ihn an den Eric Clapton, sagte er, mit einem Hauch Django, und der Franz wuchs ihm einen Zentimeter entgegen und dachte, dass ihm der David von Anfang an sympathisch gewesen war. Während der Tobi in sein Bier schmollte, kamen die anderen überein, dass *Yesterday* immer noch der beste Song aller Zeiten war, und der Franz lächelte glücklich, weil sich wenigstens daran in den letzten zwanzig Jahren nichts geändert hatte. Je mehr sie tranken, desto weniger hatte sich geändert. Sie redeten über den Sound, ob er eher rockiger oder folkiger sein sollte für den Wettbewerb, und einigten sich, dass es doch so etwas wie übergeordnete Gerechtigkeit gab, wo doch jetzt ausgerechnet der Franz für den Tobi einsprang. Darauf trank der Franz gleich noch eins und versuchte dem Tobi in einer milden Bierseligkeit zu erklären, dass nicht er den Mülleimer in Brand gesetzt hatte, sondern dass es sich sehr wahrscheinlich um eine Verpuffung gehandelt hatte, die durch Lack oder einen Funken ausgelöst worden war, eventuell durch eine Zigarette, was ohne den wissenschaftlichen Beistand vom Egon nicht besonders plausibel klang.

Der Tobi sagte nur: »Wir gehen gleich noch auf ein Konzert«, und der Franz bezog sich selbst in das Wir ein und ging mit.

Normalerweise stand der Franz bei Konzerten nie vorn. Der David dafür immer. Und weil seine kräftige Statur in Kombination mit seinem Alkoholpegel für die verletzte Hand vom Tobi langsam gefährlich wurde, wurde der Franz dazu auserkoren, auf den David aufzupassen. Das bedeutete, ihn beim Tanzen zu stützen, andere Leute davor zu bewahren, von ihm umgetanzt zu werden, und ihm aufzuhelfen, wenn er hinfiel. Trotzdem hatte der Franz keine Schwierigkeiten, herauszuhören, dass die Cousinen ziemlich ähnlich klangen wie die Perlentaucher. Nur, auch das war nicht schwer zu hören, besser, stylischer. Der Gitarrist machte seine Sache ordentlich. Außerdem hatten sie einen DJ, der dafür zuständig war, die deutsche Popmusik um elektronische Beats und Zitate aus anderen Songs zu bereichern. Der Franz ertappte sich dabei, wie er mit dem Kopf im Takt wippte. Zusammen mit den Verrenkungen um den David hätte man es schon fast als Tanzen bezeichnen können.

Nach dem Konzert stellte die Tessa den Franz den Cousinen als ihre Geheimwaffe vor, sie lachten und redeten über den Wettbewerb, als wäre er ihnen egal, und tranken aufs Haus, bis das Republic zusperrte und der Franz sich fühlte, als wäre er nie draußen gewesen aus der Szene. Auch die Linn würde das bald merken. Er war eine musikalische Geheimwaffe, und darauf kam es an im Leben. Zur Feier dieses Lebens spendierte er eine Runde Käsekrainer bei der Würstelkönigin, und dann zogen alle gemeinsam weiter in die Schwarze Katz, die erst um vier in der Früh aufsperrte. Als sie sie gegen sechs wieder ausspuckte, leuchtete die Stadt.

Es hatte geschneit.

Der David setzte seine Leopardenmütze auf und drehte ein paar abenteuerliche Runden auf dem Fahrrad, bevor er die letzte Kurve nicht mehr kriegte und in Schlangenlinien in den Morgen verschwand. Die Tessa lachte über den sorgenvollen Blick vom Franz. »Ihm passiert nie was.«

Der Franz lachte auch. »Das müssen wir öfter machen«, sagte er. Er hatte sich nüchtern getrunken. Nicht einmal die Kopfschmerzen hielten sieben oder acht Bier stand. Hinter ihnen saß der Tobi in einem Taxi und hupte.

»Das machen wir jeden Tag«, sagte die Tessa, umarmte den Franz zum Abschied und stieg zum Tobi ins Taxi.

Der Franz ging ein paar Schritte und ließ sich die Flocken ins Gesicht schneien. Er hatte eine Band. Eine Newcomer-Band. War das die Erlösung? Gern hätte er den Egon gefragt, aber wo war der? An und für sich hatte er schon damit gerechnet, dass er dabei sein würde, wenn die Mali aufwachen und der

Egon endlich die weltbewegenden Dinge sagen würde, auf die er gewartet hatte, ein Lebtag lang.

Der Franz schaute sich um, aber alles, was er sah, war seine eigene einsame Spur.

15

Einsame Spur

So leise wie möglich drehte der Franz den Schlüssel in der Haustür. Das Gewand ließ er fallen, wo er stand, schlich ins Bett und schloss selig die Augen, genau während die Linn die ihren öffnete.

»Wem, glaubst du eigentlich, machst du was vor?«, fragte sie.

Wenn sich der Franz einem nicht gewachsen fühlte, dann war es ein Gespräch, das mit solch einer Frage begann.

»Lini, bitte, ich will mich jetzt nicht streiten, ich muss um zwölfe unterrichten.«

Sie würgte die Singdrossel ab, die zu ihrem morgendlichen Tirili ansetzte, und sagte: »Okay, geht mich ja auch nichts an, wo du die ganze Nacht bist oder dass du ausschaust wie der Groucho Marx.«

Der Franz fuhr sich durch die Haare, ihm waren sie eigentlich schon ein bisschen heller vorgekommen als gestern.

»Nur falls du glaubst, ich bemerk's nicht, hast dich getäuscht.« Sie stand auf.

»Ich hab eine Band«, sagte er.

Ohne ihn eines weiteren Blickes zu würdigen, ging sie aus dem Zimmer. Das war nicht die Reaktion, die der Franz erwartet hatte. Also schälte er sich wieder aus dem Bett und folgte ihr in seiner Unterwäsche. Die Linn machte bei der Julie das Licht an. Dann wanderte sie weiter in die Küche.

»Hast du gehört?«, sagte der Franz. »Ich hab eine neue Band.«

»Seit wann?« Sie füllte den Wasserkocher und zählte so konzentriert Kaffeelöffel in ihre Kanne, als handelte es sich dabei um ein wissenschaftliches Experiment.

»Seit gestern.« Er gab ihr noch einmal die Gelegenheit, in stehende Ovationen auszubrechen, die sie wiederum ungenutzt verstreichen ließ.

»Julie!«, rief sie stattdessen und stellte ein Glas Orangensaft auf den Tisch. Aber da sie nun nichts mehr zu tun hatte, bis das Kaffeewasser kochte, musste sie doch wenigstens zuhören, was er zu sagen hatte: »Es ist spät geworden, wir haben ziemlich lange geprobt, und dann waren wir noch was trinken.«

Die Julie schlurfte zwischen ihnen durch und setzte sich an den Tisch.

»Ich bin in einer Band«, erklärte der Franz auch ihr.

Sie nahm das mit einem minimalen Heben ihrer Augenbrauen zur Kenntnis, während sie ihren Saft trank.

Der Linn verkündete er stolz: »Am 22. hab ich ein Konzert im Rockhouse.«

»Am 22. Dezember?«, fragte sie nach.

»Also, es ist mehr ein Wettbewerb«, gab der Franz bescheiden zu. Er lachte verschämt, »für Nachwuchsbands.«

»Da ist Weihnachten.«

Das war alles, was ihr dazu einfiel.

»Weihnachten ist erst am 24., soviel ich weiß!« Es ärgerte ihn, wie sie ihn gegen die Wand rennen ließ. Seit Jahren predigte sie ihm Selbstverwirklichung und lamentierte über seine Passivität. Sie ließ ihn mit einem Geist allein und verlangte von heute auf morgen die Scheidung, um in dem Moment, in dem er sich und alles änderte, nichts Besseres zu tun zu haben, als mit verkniffenem Mund Kaffeesud zu schwenken. Sein Blick fiel auf die alte Weihnachtskarte am Kühlschrank. »Verstehst du nicht? Es wird alles wieder wie früher.«

Zum ersten Mal an diesem Morgen schaute sie ihn mit ihren Augen an und nicht mit zwei blauen Druckknöpfen aus dem Fahrstuhl zum Glück. Sie sahen ehrlich überrascht aus.

»Wie kommst du drauf, dass ich das will?«

Das war also auch wieder nicht recht. »Was willst du denn dann?«, schrie er.

Die Julie stand auf und ging ins Bad. Die Linn schaute ihr nach, bis sie die Tür hinter sich zugemacht hatte, dann drehte sie sich mit einem vorwurfsvollen Blick zum Franz.

»Was schaust mich so an?«, er begann leise, hielt das aber nicht lang durch. »Ich bin nicht derjenige, der sich trennen will. Weißt du, was ich glaub? Ich glaub, für dich ist längst alles entschieden. Dir geht's nur noch darum, dein Scheißprogramm von deinem Scheißguru durchzuziehen, und wo wir dabei bleiben«, er zeigte zwischen sich und der Badezimmertür hin und her, »ist dir völlig wurscht.«

Die Linn stand mit verschränkten Armen da. »Gibt's eine Sängerin?«, wollte sie wissen.

Der schnelle Themenwechsel nahm dem Zorn vom Franz den Schwung. Er verschränkte ebenfalls die Arme und schüttelte den Kopf. Er schüttelte recht lang, bis er den Absprung schaffte zu einem überzeugenden Nein, was schließlich uneingeschränkt der Wahrheit entsprach.

»Gut«, sie drückte den Deckel von ihrer Kaffeekanne hinunter. »Ich bin von Donnerstag bis Sonntag nicht da, da kannst du dich ja dann um die Julie kümmern.«

Wieso? Wo war sie denn? Sie konnte doch nicht innerhalb eines Ultimatums von siebzehn Tagen vier Tage wegfahren. Hatte sie es ihm gesagt, und er hatte nicht zugehört? Oder hatte sie nichts gesagt und erwartete jetzt von ihm, dass er fragte?

»Okay?«, sagte der Franz. Er hätte es nie für möglich gehalten, aber ›Okay?‹ war in diesem Moment die beste aller Antworten. ›Okay?‹ bedeutete: Ich weiß grad geschwind nicht mehr, wo du hinfährst, obwohl ich natürlich sehr wohl weiß, dass wir darüber gesprochen haben. Genauso gut bedeutete es aber auch: Wie, davon weiß ich ja gar nichts? ›Okay?‹ war universal einsetzbar, und es zwang das Gegenüber praktisch zum Weiterreden.

»Ich bin auf einem Workshop vom Scott«, sagte die Linn.

Das erlaube ich dir nicht, hätte der Franz gern geschrien, aber irgendwie beschlich ihn die dunkle Ahnung, dass sie so ein Verbot als weiteren Grund verbuchen würde, ihre unerträglich gewordene Beziehung nicht länger fortzuführen. Deshalb klappte er ein zweites Mal das Schweizermesser unter den Antworten auf: »Okay?«

»Er hat mich gefragt, ob ich seinen nächsten Workshop übersetz, und ich hab zugesagt.« Sie versuchte, das zu sagen, als wäre es das Selbstverständlichste auf der Welt, aber der Franz kannte sie gut genug, um zu wissen, wie sie innerlich darüber jubilierte.

»Okay?«

»Sagst du auch irgendwann einmal wieder was anderes?«, fuhr sie ihn an.

Der Franz sagte nichts. Er ging zurück ins Schlafzimmer.

Auf halbem Weg drehte er um, kam zurück und sagte etwas anderes – um genau zu sein, sagte er: »Hast du was mit dem?«

Die Linn starrte ihn nur mit offenem Mund an.

Die Julie kam aus dem Bad, geschminkt und frisiert, in einem Ohr hing ein selbstgebastelter Ohrring aus Taubenfedern.

»Zieh dich warm an, es hat geschneit«, sagte der Franz zu ihr, und die Julie schaute ihn dafür an, als hätte er nicht mehr alle Tassen im Schrank. Das schöne Hochgefühl, das er aus der Nacht mit nach Hause genommen hatte, war spätestens jetzt zu Ende.

»Einmal Welle, einmal Teilchen«, sagte eine Stimme neben dem Franz im Ehebett. Er musste nicht die Augen aufmachen, er wusste auch so, dass er nicht schlief und folglich auch nicht träumte. Zumindest nicht mehr als sonst.

»Ich hab geglaubt, du bist erlöst«, sagte er zum Egon.

Der Egon zuckte nur bedauernd mit den Schultern. »Es verläuft alles nicht ganz so, wie wir uns das vorstellen.«

Er sah genauso ratlos und müde aus wie der Franz, den jetzt die letzte Nacht aus dem Hinterhalt traf. Sein Inneres fühlte sich auf einmal komplett flüssig an.

»Wieso hat sie das gefragt, das mit der Sängerin?«, wollte der Egon wissen.

Der Franz zog sich die Decke über den Kopf. Er konnte jetzt nicht darüber reden, dass er vor vielen Jahren, als die Linn mit der Julie schwanger gewesen war, eines Nachts mit der Patrizia im Bett gelandet war. Die Patrizia war damals aber nicht nur die Sängerin von EXIT gewesen, sondern auch die Freundin vom Schurli, was nach einer ebenso langwierigen wie schmerzhaften Phase das Ende dieser Beziehung bedeutet hatte und das der Band gleich mit. Aber darüber wollte der Franz jetzt nicht reden. Er musste schlafen, wenigstens kurz.

Die Julie stieg eine Haltestelle später in den Bus ein, und da war der Platz neben der Tamara besetzt. Jetzt konnte natürlich niemand wissen, ob die Tamara der Julie den Platz nicht mehr frei hielt oder ihn nur hergab, wenn sie bei ihrer normalen Station ausblieb, und das war vielleicht auch für beide am besten. Die Julie ließ sich von den Rucksäcken der anderen platt drücken und schaute aus dem Fenster, bis sie es am Hanuschplatz nicht mehr aushielt, fünf Meter von der Tamara entfernt nicht von ihr bemerkt zu werden, und sich aus dem vollen Bus spülen ließ. Sie konnte von hier aus zu Fuß gehen und kam immer noch rechtzeitig in die Schule. Die Tamara und sie gingen oft zu Fuß – waren oft zu Fuß gegangen, früher, als sie noch Freundinnen gewesen waren, und manchmal hatten sie es sich noch anders überlegt und waren statt in die Schule zur Tamara nach Hause gegangen. Auch das war vorbei. Die Julie konnte nicht zu Hause schwänzen, weil der Franz immer frühestens zu Mittag das Haus verließ, und um sich in der Stadt herumzutreiben, bis er weg war, hatte sie zu wenig Geld mit. Es reichte gerade noch für ein nacktes Semmerl. Das war wirklich zum Heulen, wobei der Verlust vom Lukas Niedermeier und seinen blöden Dreads vom Friseur eigenartigerweise viel leichter zu verschmerzen war als der von der depperten Tamara.

Als sie das Papiersackerl aus der Bäckerei öffnete, sah sie, dass ihr die Verkäuferin zum Semmerl noch einen Faschingskrapfen gepackt hatte. Vielleicht hatte sie sich vertan. Vielleicht hatte sie aber auch gemerkt, dass die Julie heute dringend ein bisschen Fett und Marillenmarmelade nötig hatte. Denn wie die Julie sich den Staubzuckerbart von der Oberlippe wischte, dachte sie, dass eigentlich nichts gegen einen kleinen Umweg über den Berg sprach. Es hatte geschneit, und ihre Eltern wollten sich scheiden lassen. Das waren gleich zwei plausible Entschuldigungen, um zu spät in die Schule zu kommen. Oder auch gar nicht.

Sie stapfte den Weg entlang, den sie am Dienstag entdeckt hatte, schoss einen Schneeball in die Stadt hinunter. Langsam weichten ihre Stiefel durch. Der Australier, der die sich ausgedacht hatte, konnte natürlich nicht wissen, dass Winterschuhe nicht bloß warm, sondern wenn möglich auch wasserdicht sein sollen. Am Schloss vom Johannes führten schon Fußspuren vorbei, manche hatten Schlitten gezogen oder ausgelassene Hunde Gassi geführt. Die Julie fragte sich, wie schnell eine Scheidung ging. Vielleicht würde sie dem Johannes gar nicht sagen müssen, dass der Franz ihr Vater war. Sie schämte sich sofort, dass sie nicht trauriger war, und mitten in dieses schlechte Gewissen hinein traf ein Schneeball den Baum, unter dem sie gerade durchging.

Zehn Meter hinter ihr stand der Johannes und hielt sich lachend die Hand vor den Mund. Anscheinend hatte er nicht damit gerechnet, so gut zu treffen. »Hey, sorry«, sagte er. Er half mit, den Schnee aus ihrem Kragen, aus ihren Haaren und vom Ohrring zu fischen. Dann schaute er in die Richtung, aus der sie gekommen war, und fragte: »Stalkst du mich jetzt?«

Die Julie spürte, wie ihr Gesicht heiß wurde. Geschmolzener Schnee lief ihr über den Rücken in die Unterhose. Deshalb sagte sie vielleicht ein bisschen patziger, als sie wollte: »Vielleicht wohnst du aber auch zufällig da, wo ich geh? Oder gehört dir der Berg auch?«

»Nein«, sagte er erschrocken.

»Also«, sie stapfte weiter. Nach ein paar Schritten holte er sie ein. »Mir gehört sowieso nichts«, sagte er.

Die Julie entschuldigte sich, und der Johannes sagte, dass sie das nicht musste, und nach einer Weile fragte die Julie, ob die Eltern vom Johannes geschieden waren und wie sie es ihm gesagt hatten.

»Wieso?«, wollte er wissen. »Deine?«

Über ihre Eltern zu reden war riskant, aber die blöde Tamara, mit der sie eigentlich darüber hätte reden sollen, war ja zu gestört, um eine Freundschaft länger als zehn Minuten aufrechtzuerhalten, wenn ihr zufällig ein Grübchen mit Dreads über den Weg lief. Im Grunde war alles die Schuld von der Tamara. Dass die Julie niemanden zum Reden hatte, dass sie vom Johannes dabei erwischt wurde, wie sie an seinem Schloss vorbeischlich, und dass sie ihm nicht erzählen konnte, wer ihr Vater war.

»Sie haben mir beide eine Playstation 4 zum Geburtstag geschenkt«, sagte der Johannes.

Die Julie schaute ihn ungläubig an.

»Ja, die war gerade draußen, und sie waren die ganze Zeit unheimlich nett, und meine Lehrer waren auch unheimlich nett, und da konnt ich's mir dann denken.

In dem Jahr, in dem sich die Eltern von der Tamara hatten scheiden lassen, hatte sie in Mathe in allen sechs Schularbeiten Fünfer geschrieben und war am Ende trotzdem aufgestiegen, wegen angeblicher guter mündlicher Mitarbeit.

»Sie haben nicht mit dir geredet?«

»Doch. Natürlich.«

Natürlich. Früher oder später würden sie mit ihr sprechen.

»Na ja«, überlegte die Julie, »vielleicht krieg ich ja dann in Latein einen Vierer?«

»Ah ja, warte«, sagte der Johannes und kramte einen grünen iPod touch aus seiner Jacke. Es war wieder die, in der sie gekotzt hatte, und während er auf dem iPod herumdrückte, um zum richtigen Track zu gelangen, inspizierte die Julie sie genau. Sie konnte keine Flecken darauf entdecken, und sie roch schwach nach Frühling. Der Johannes gab ihr den Player. »Hier, für dich.«

Gespannt steckte sie sich die Stöpsel in die Ohren, horchte, was er ihr mitgebracht hatte, und begann breit zu grinsen.

»Danke«, sagte sie, und er machte ihr ein Zeichen, dass sie nicht so schreien musste. »Danke«, sagte sie noch einmal leiser, wickelte die Kopfhörer auf und steckte sie in die Tasche, »du bist echt nett.«

»Du auch«, sagte er, und dann konzentrierten sich beide auf den Weg, weil der ja ziemlich rutschig war. Der Eckzahn vom Johannes stand einen Millimeter vor, und wenn er lächelte, drückte er so ein bisschen in seine Unterlippe. Die Julie wollte plötzlich nirgendwo anders mehr hingehen als zur Schule, neben dem Johannes und seinem Eckzahn den Berg hinunter, an Frauen vorbei, die die falschen Schuhe angezogen hatten, an den Motorhauben, von denen Kinder den Schnee gekratzt hatten, und an Plakatwänden, an denen Eiszapfen aus Kleister hingen.

»Hey«, sagte der Johannes, er zeigte auf sechs Plakate, die alle dasselbe Konzert ankündigten, am 18. Dezember. »Hättest du Lust, dahin zu gehen?«

Sie standen vor ihrer Schule. Es wurde Zeit, dass sie hineinging, bevor irgendjemand vorbeikam, der wusste, wer sie war, und sich einen blöden Witz über den Franz nicht verkneifen konnte. Die Julie hatte Lust, auf das Konzert zu gehen. Sie wusste überhaupt nichts, auf das sie mehr Lust gehabt hätte. Sie mochte sogar die Band.

»Das ist ein Donnerstag. Da darf ich nicht.« Das wusste die Julie deshalb so genau, weil am Freitag, dem 19., die Lateinschularbeit geschrieben wurde, mit der ihr die Linn seit der letzten Lateinschularbeit in den Ohren lag.

»Ach, weißt du, wenn sie sich wirklich scheiden lassen, haben sie für so was keinen Kopf«, sagte der Johannes.

Die Julie lächelte, diese Scheidung hatte eigentlich nur Vorteile. »Okay«, sagte sie.

Der Johannes tippte mit dem Zeigefinger an das Weiße von ihrer Feder, und die Julie schaute ihm nach, wie er die paar Meter zum Eingang von seiner Schule ging, und spürte den Ohrring wackeln – und immer noch, als sie oben in der Klasse angekommen war, und den ganzen Vormittag.

Der Kopf vom Franz spielte *Space Oddity* von David Bowie. Diesmal hatte sie ihn erwischt. Sie hatte sich in ihrem Jägerleinenkostüm ins Lehrerzimmer gepirscht, gerade als der Franz am Fenster stand und dem Winterzauber dabei zuschaute, wie er sich in seifigen Matsch verwandelte. Die Anke kannte seinen Stundenplan wahrscheinlich besser als der Franz selber, und er konnte beim besten Willen nicht so tun, als hätte er es eilig, irgendwohin zu kommen.

»Seit wann geht das?«

»Was denn?«, fragte er. Er hatte eine recht genaue Vorstellung davon, was die Anke meinte, aber er musste Zeit gewinnen und durfte vor allem nichts zugeben, was sie nicht sicher wusste.

Weil der Gitarrenunterricht viel in den Nachmittagsstunden stattfand, war der Franz nicht so der sozialen Kontrolle ausgesetzt wie seine Kollegen. Es war kein Problem, ein paar Minuten später zu erscheinen oder früher Schluss zu machen, aber seit dem Unfall hatte er praktisch nichts anderes mehr getan. Wenn er überhaupt in der Schule auftauchte, murmelte er die meiste Zeit vor sich hin und tat alles, um seine Schüler möglichst schnell wieder loszuwerden. Und anstatt dass sie den Mund hielten und die geschenkte Freizeit sinnvoll nutzten, hatten sie nichts Besseres zu tun, als es herumzutratschen, bis auch die Direktorin davon erfahren hatte.

Sie ging vor in ihr Büro und öffnete das Fenster, um die frische Luft und den Straßenlärm ins Zimmer zu lassen. Sie klappte ihren Laptop zu und schob ihn auf die Seite. Es sollte keine Barrieren zwischen ihr und ihrem Gegenüber geben. Einzig die Welt, die als politische Karte auf ihrer Schreibtischunterlage abgebildet war, spannte sich zwischen ihnen auf.

»Du schickst sie einkaufen?«

Während er vorgab, sich beim besten Willen nicht vorstellen zu können, was sie meinte, heftete sich sein Blick an einem verchromten Dackel fest, der rechts neben Amerika stand.

»Du verletzt deine Aufsichtspflicht.«

»Das ist lächerlich.«

»Ja? Wie kommen die dann auf so was?«

»Wer?« Der Franz schob den metallenen Hund vom Ozean aufs Festland.

Die Anke lehnte sich vor. »Die Kinder, deren Unterricht nicht stattfindet«, sagte sie gepresst. Allmählich verlor sie die Geduld, und dem Franz fiel immer noch keine Ausrede ein.

»Hast du eine Fahne?«, fragte sie angewidert.

Er versuchte, seine Fahne hinunterzuschlucken, und starrte auf den Papierkorb mit Pferdemotiv unter dem Schreibtisch. Bestand auch nur der Hauch einer Möglichkeit, ihn zur Explosion und die Anke mit dem darauf folgenden Feueralarm von diesem Gespräch abzubringen?

»Was ist los mit dir, Brandstätter?«

Wenn sie einen mit Nachnamen anredete, bot das wahrhaft Anlass zur Sorge.

»Burnout.«

Es war ein Geistesblitz. Die Eingebung, auf die er gewartet hatte, seit er nach ihrem Überraschungsangriff Platz genommen hatte.

Aus der Anke entwich die Luft. Als hätte einer den Stöpsel gezogen. Fast wäre sie mit dem Kopf auf dem Schreibtisch gelandet, ungefähr bei Spitzbergen.

»Ein Burnout?«, fragte sie unter ihrer Frisur heraus. »Mit zehn Wochenstunden?«

Der Franz nickte, einerseits froh, weil ihm die perfekte Entschuldigung für sein Benehmen eingefallen war, andererseits leidend, wegen dem Burnout.

»Nein. Du bist der Vierte. Mir steht's bis da.« Sie setzte sich wieder auf und zeigte, bis wohin es ihr stand. »Du kannst kein Burnout haben«, flehte sie.

»Doch«, jetzt durfte er nicht nachgeben, »ich hör schon Stimmen.« Das stimmte ja sogar. Dem Franz kam der Gedanke, dass er vielleicht gar nicht log.

Die Anke war nicht so schnell überzeugt. Energisch riss sie ihre oberste Schreibtischschublade auf. »Wenn du Stimmen hörst, dann nimm gefälligst Tabletten. Da, ich leih dir welche.«

Sie warf eine große Schachtel auf den Tisch, deren Inhalt sich über die nördliche Hemisphäre verteilte. Der Franz erkannte die ovale Form und die rosa Farbe sofort. Die vielen leeren Hüllen ließen ihn ahnen, dass die Anke sie offensichtlich ähnlich großzügig konsumierte wie er Kopfwehtabletten oder Bier. Wo sie schon dalagen, drückte sie sich gleich eine heraus und spülte sie am Waschbecken hinunter.

»Du stockst auf, auf zwanzig«, teilte sie ihm über den Waschbeckenspiegel mit, »wenigstens bis die Silvia wieder da ist.«

Der Franz nahm den Dackel. Er brauchte etwas zum Festhalten. Die Silvia leitete mit großem Enthusiasmus den Schulchor, und jetzt war sie außerdem schwanger. Das konnte dauern. Er stand auf. »Aber, aber –«, stotterte er.

Die Schüler mochten ihn nicht, und das beruhte durchaus auf Gegenseitigkeit. Er hatte keinerlei Ambitionen, ihnen zehn Stunden länger die Woche gegenüberzustehen. Er musste doch seinen Geist erlösen und seine Ehe retten, mit der neuen Band proben und sich zur Abwechslung wieder einmal ausschlafen.

Die Anke stand immer noch am Waschbecken und renovierte ihren Scheitel mit den Fingern. Die Angelegenheit war für sie erledigt. Sie sah nicht, wie der Dackel dem Franz aus der Hand rutschte, kurz in der Luft stehen blieb und eine äußerst merkwürdige Kurve machte. Deshalb erschrak sie auch so, wie er auf einmal das Fenster durchschlug, dass es nur so schepperte.

»Ich bin meinen Job los.« Der Franz starrte apathisch auf die Glasscherben, die im verschneiten Gras glitzerten.

Das würde Konsequenzen haben, hatte die Anke gesagt. Ansonsten war sie – das hatte er vermutlich den rosa Tabletten zu verdanken – erstaunlich gefasst geblieben, als sie ihn bat, ihr Büro und ihre Schule »bis auf weiteres« zu verlassen.

»Aber woher denn? So schnell verliert man einen Job nicht«, beschwichtigte ihn der Egon.

Der Franz schaute ihn fassungslos an. »Ich weiß nicht, ob es dir schon aufgefallen ist, wir haben nicht mehr 1949! Heutzutage verliert man einen Job schnell!«

»Dann hättest du den – den Ding nicht schmeißen sollen.«

»Du! Du hättest ihn nicht schmeißen sollen! Ich war schon so gut wie draußen!«, brüllte der Franz.

Der Egon sah ihn beleidigt an. Er leckte sich über die Lippen und machte den Mund mehrmals auf und zu, bevor er anfing zu sprechen. »Das war ich nicht. Jedenfalls nicht allein.«

Der Franz verdrehte nur ganz müde die Augen.

»Franz, du hast ihn in der Hand gehabt.«

»Aber du hast –«, fing der Franz an, »er ist mir aus der Hand gehüpft und durch dich durch und dann durch das Fenster.«

»Ich wollte dir nur helfen«, verteidigte sich der Egon, »es war eben ein hochenergetischer Moment.«

Der Franz musste sich auf einen der großen Steine an der Straße setzen. Der Schnee darauf schmolz kalt unter seinem Hintern. Er dachte an den explodierten Mistkübel und an die gestohlenen Strümpfe.

Der Egon stand vor ihm und knetete sich das Kinn. »Es ist nicht leicht, die Energie beisammenzuhalten, das darfst du mir glauben. Und du musst auch das Positive an der Sache sehen«, sagte er.

Gespannt schaute der Franz auf, um zu erfahren, was das Positive an der Sache war.

»Du hasst diesen Job.«

Der Franz seufzte ein Lachen. Er hasste den Job nicht. Er brauchte einen Job, und dieser Job war der beste, den er kriegen konnte. Er wollte ihn nur nicht machen.

»Du hast diesen Spurwechsel wahrscheinlich unbewusst provoziert«, meinte der Egon zuversichtlich, »damit du dich ganz auf die Band konzentrieren kannst und deine Frau sich wieder in dich verliebt.«

Der Franz rieb sich die Augen. Er schaute den Egon an und fing an zu denken, dass er vielleicht nicht der verschrobene, aber gutmütige Geist war, für den er ihn hielt. Vielleicht war er ein böser Dämon, in dessen Bann er geraten war und der sukzessive sein Leben zerstörte. Denn so viel war sicher: Wenn der Franz der Linn mitteilen würde, dass er seinen Job geschmissen hatte, um sich ganz auf seine Band zu konzentrieren, würde sie sich nicht wieder in ihn verlieben. Die Linn durfte von der ganzen Sache nichts erfahren.

»Tu mir einen Gefallen«, sagte er, »hilf mir nicht. Lass mich bitte einfach in Ruhe.«

Gekränkt drehte der Egon ab und humpelte mit hochgezogenen Schultern davon, als würde ihn frieren.

»Alles in Ordnung, Herr Professor?« Der Hausmeister kam mit einem Besen und einem Kübel aus seinem Verschlag und begann, die Scherben von der Wiese zu pflücken.

Jaja, nickte der Franz, alles klar. Er musste nur noch ein bisschen mit seinem kaltem Hintern auf dem Stein sitzen und darüber nachdenken, warum das ganze jahrelange Üben und Proben und Hoffen und Warten zu nichts geführt hatte als dazu, dass er einer Band nachtrauerte, die längst Geschichte war. Er konnte froh sein, wenn er in einer Newcomer-Band mitspielen und solche unbegabten Gfraster wie den Johannes Metzger unterrichten durfte.

Der Hausmeister schmiss die Scherben in den Kübel und verfluchte jeden, der jemals etwas mit diesem Fenster zu tun gehabt hatte, die Ministerin, den Glaser, die Direktorin, die Schüler. Für die benutzte er ebenfalls das Wort Gfraster, etwas synkopisch zu den Gedanken vom Franz. Jetzt hebelte er mit seiner Schaufel den Chromdackel aus der Wiese.

»Wahnsinn«, sagte er, »da hätt ja einer sterben können!«, er schaute ungläubig nach oben zum zweiten Stock. »Haben Sie was gesehen? War das ein Anschlag?«, fragte er.

Der Franz schüttelte nur bedauernd den Kopf. Er wusste wirklich nicht, was da oben geschehen war.

Die Elisabeth war kurz davor, für heute Schluss zu machen, als die Linn ins Büro kam. »Und? Gibt's schon Anzeichen für die große Verwandlung?«, fragte sie genüsslich.

Die Linn dachte an die neue Haarfarbe. »Wie man's nimmt.« Sie lud erst einmal ihre Weihnachtseinkäufe ab. In einem akuten Anfall von schlechtem Gewissen hatte sie für die Julie ein neues Handy gekauft und außerdem zwei von diesen Kapuzenpullis mit den dicken Kordeln, wie die Tamara sie hatte. Und bei der Gelegenheit hatte sie sich auch gleich selber ein bisschen beschenkt, schließlich musste sie ja nach etwas ausschauen, wenn sie nächste Woche für den Scott arbeitete.

»Er hat eine neue Band.«

Das war mehr, als die Elisabeth erwartet hatte. Sie ging am Freitag gern früher heim, aber auf einen Kaffee konnte sie schon noch bleiben.

»Gibt's eine Sängerin?«, wollte sie wissen, während sie die Pads in die Maschine legte.

Die Linn schüttelte den Kopf. Sie präsentierte der Elisabeth ein schwarzes Kleid, mit einem schwingenden Rock, bei dem sie sich nicht ganz sicher war. Die pfiff durch die Zähne, und als sie nach dem Preisschild gegriffen hatte, pfiff sie gleich noch einmal, nur ein bisschen höher.

»Ich bin nächsten Donnerstag und Freitag nicht da«, sagte die Linn beiläufig.

»Wo bist denn?« Die Elisabeth stöberte durch den restlichen Einkauf, wobei sie feststellte, dass er vielleicht nicht finanziell, aber quantitativ jedenfalls stark zugunsten von der Linn ausgefallen war. T-Shirts und Unterwäsche. Zwei Jeans. Sie machte schmale Augen und fing an zu kichern und drückte der Linn einen Akupressurpunkt, der total verspannt war, den Schulterbrunnen. »Und? Kenn ich ihn?«, wollte sie wissen.

Da dämmerte der Linn, dass sie ihr eine Affäre andichtete. »Nein«, wehrte sie sich, »es ist ein Job.«

»Bitte was denn für ein Job?«

»Ich übersetz einen Workshop in der Schweiz«, nuschelte die Linn. Mehr war nicht nötig. Die Elisabeth ließ den Schulterbrunnen los und schnappte nach Luft.

Die Linn hatte so lange gezögert, ihr von dem neuen Auftrag zu erzählen, weil sie schon damit gerechnet hatte, dass die Elisabeth sich nicht uneingeschränkt für sie freuen würde. Dass ihr jetzt die Tränen in die Augen schossen und sie verzweifelt »Wieso du?« hauchte, überraschte sie dennoch etwas.

»Wieso nicht?«, fragte sie zurück. Das hatte sie aus einer der Hands-on-Übungen aus dem Elevator: *Wie man Kritik nicht an sich heranlässt in vier Schritten.* Ein Schritt davon war: *Frage dein Gegenüber, ob es deine Gefühle absichtlich verletzt. In neunzig von hundert Fällen tut es das nicht.*

»Ich bin nur enttäuscht«, die Elisabeth biss sich von innen auf die Lippen und klemmte sich mit den Fingern die Tränenkanäle ab, bevor sie weitersprechen konnte, »dass ich das jetzt erst erfahr. Ich find schon, dass mich das was angeht.«

Schließlich hatte die Elisabeth dem Scott, als sie sich kennengelernt hatten, nicht nur gesagt, dass sie Übersetzerin war, sie hatte die anwesende Übersetzerin auch häufig korrigiert. Sie hatte bei der Anfangsübung als größten Wunsch ihres Lebens angegeben, der Menschheit zu helfen, und dann hatte sie ihm ihre Handynummer gegeben. »Und ich mein ja nur, du hast halt noch nie simultan übersetzt.«

Der Schulterbrunnen von der Linn versteinerte augenblicklich. Am Donnerstagabend hielt der Scott in der Nähe von Luzern einen Vortrag zum Thema *Fearlessness im Business* vor einer ganzen Firmenbelegschaft. Er sprach immer ohne Script, gern stundenlang. Am Freitag begann dann ein zweitägiger Elevator-Workshop für die Führungskräfte. Die

Außenwelt ist nur ein Spiegel meiner Innenwelt, dachte die Linn. Aber warum war ihr die eigene Innenwelt eigentlich so feindlich gesinnt?

»Das hört sich so an, als würdest du dich freuen, wenn ich es nicht schaff«, versuchte sie es ein zweites Mal mit dem Konfrontations-Tool.

Der Spiegel ihrer Innenwelt starrte ihr entsetzt entgegen. »Also, wenn du das von mir glaubst«, die Elisabeth sagte nicht, was dann war, weil das Handy von der Linn klingelte. Sie brach sich ein schiefes Stück von einer Tafel Bensdorp-Schokolade ab und schob es sich in den Mund. Es war einfach lachhaft, ihr vorzuwerfen, sie gönne der Linn den Erfolg nicht, den sie zum Großteil ihrem Aussehen verdankte. »Ich mach mir bloß Sorgen um dich«, schmatzte sie.

»Da bist du nicht die Einzige«, gab die Linn zu, dann redete sie ins Telefon: »Ja. So große blaue? Unter der Abwasch.«

Völlig verblüfft wandte sie sich wieder an die Elisabeth: »Er räumt auf.«

»Der Scott?« Die Elisabeth schluckte mit der Schokolade auch die Tatsache hinunter, dass sie nicht die Einzige war, die mit dem Scott Telefonnummern ausgetauscht hatte, aber die Linn schüttelte den Kopf: »Nein, der Franz.«

Jetzt musste die Elisabeth aber wirklich. Der Franz, der seinen Keller ausmistete, war für sie gänzlich uninteressant. Der Bernie machte das jeden zweiten Samstag.

Die Linn dagegen starrte ihr Handy an und versuchte sich zu erinnern, wann der Franz jemals unaufgefordert aufgeräumt hatte.

»There's a first time for everything«, sagte sie schließlich. Und weil die Elisabeth darauf nichts antwortete, sondern sich bloß in ihren Schal wickelte, setzte sie nach: »Steht im Elevator.«

»Seite 33«, bestätigte die Elisabeth im Hinausgehen. Sie

war, was den Elevator betraf, weit bewanderter als jede andere, da konnte kommen, wer wollte.

Vorsichtig kletterte die Linn die Kellerstiege hinunter, auf der ihr schon blaue Müllsäcke und Pappkartons entgegenwuchsen. Die Tür zum Kellerraum selbst brachte sie kaum auf, wegen dem ganzen Zeug, das der Franz in der vorderen Hälfte gestapelt hatte. Die hintere Hälfte war dafür völlig leer, bis auf das Sofa von der Oma und eine Staubwolke. Darin hockte der Franz und kehrte Dreck auf eine Schaufel.

Die Linn wollte anerkennend pfeifen, aber die Luft war so staubig, dass sie husten musste. Der Franz fuhr herum. Er streifte sich die Hände an der Jeans ab und klopfte ihr auf den Rücken. Es war ihre erste Berührung, seit er aus dem Fahrstuhl zum Glück ausgestiegen war.

»Das kommt alles weg?«, fragte sie.

»Ja, das. Das alles«, er zeigte hinter sie, und weil sich ihr Husten gelegt hatte, hatte er keinen Grund, ihr noch einmal die Hand auf den Rücken zu legen.

Die Linn drehte sich um. Vor ihr lagen Kinderfahrräder in verschiedenen Größen, lang vertrocknete Farbkübel, kaputte Möbel und Spielsachen, mehrere Jahrgänge Musikfachzeitschriften. Als sie in einem Müllsack ein zusammengerolltes und in der Mitte geknicktes Plakat entdeckte, schaute sie schnell zur Wand überm Sofa. Nichts als unverputzte Ziegelsteine. Mit dem Zeigefinger öffnete sie ein paar andere Plastiksäcke und lugte hinein. Größtenteils befand sich altes Gewand darin, das irgendwann einmal zu schade zum Wegschmeißen gewesen war. Aus einem fiel ihr ein blau-beige geringelter Ärmel entgegen. »Den auch?«, entfuhr es ihr.

Sie hielt den Ärmel zwischen Daumen und Zeigefinger und zeigte ihn dem Franz.

»Wie kommt denn der da hinein?«, wunderte er sich. Er half ihr, den schweren Pullover aus dem Sack zu ziehen. Beide passten sie gut auf, dass er dabei nicht über den Boden schleifte.

In diesem einen Winter vor vielen, vielen Jahren war der Franz mit der Band unterwegs gewesen und hatte die Linn aus Telefonzellen angerufen und sich beschwert, wie kalt ihm war und wie schlecht die Veranstalter für die Bands sorgten, und die Linn war jung und verliebt gewesen und immer auf seiner Seite. Ihre Tage hatten nicht enden wollen ohne den Franz, und noch weniger die Nächte. Da hatte sie Wolle gekauft und ihm diesen Pullover gestrickt, so wie die Frauen von Bayeux seinerzeit ihren Männern den Teppich gestickt hatten. Vielleicht nicht ganz so. Nicht ganz so schön. Aber dafür fast so groß. Von da an hatte der Franz den Pullover immer dabeigehabt, bei jedem Konzert.

Die Linn konnte gerade noch dem Drang widerstehen, ihn schnell in die Waschmaschine zu stecken. »Nein«, sie ließ den Pullover achselzuckend los, »tu ihn ruhig weg.« Die Elisabeth hatte recht. Es war schwer, nicht verheiratet zu tun, wenn man so daran gewöhnt war. Sie würde noch ganz andere Sachen loslassen müssen. Hier ging es schließlich nur um ein paar Meter Wolle, um ein paar tausend.

»Bist du wahnsinnig? Den hast du *gestrickt*«, erklärte ihr der Franz.

Mit dem Stricken ging es dem Franz wie anderen Leuten mit den Barré-Akkorden. Es war ihm unbegreiflich, wie jemand so etwas Kompliziertes in so kurzer Zeit hinkriegte und es dann auch noch passte. Er rollte den Pullover zu einem fetten Knäuel zusammen und ging in die Ecke, in der unter Malerfolie seine Verstärker, Gitarren und die Anlage standen. Auf dem Tisch lag die alte Sporttasche, die war schon zur Hälfte voll mit Kabeln und Effektgeräten. Darauf stopfte er noch den Pullover, und jetzt ging sie nicht mehr zu.

»Franz?«, sagte die Linn.

Er schaute auf.

»Gut, dass du wieder Musik machst.«

Der Reißverschluss von der Tasche verhakte sich im Pullover.

»Es ist alles nicht so einfach«, sagte der Franz.

Er machte wieder Musik, und das war gut. Weniger gut war, dass er mutwillig Sachen zerstörte oder einsteckte, ohne es zu merken, dass er schleunigst einen Arzt finden musste, der ihm sein Burnout bestätigte, dass die Anke seinen Vertrag nicht verlängern würde und die Linn ihn verließ. Diesen komplexen Sachverhalt fasste der Franz mit den Worten zusammen: »Der Wettbewerb und so.«

Die Linn bemühte sich, nicht darüber zu lachen, wie ernst er diesen Wettbewerb nahm. Ein paar Salzburger Bands traten gegeneinander an, und der Gewinner durfte einen Song produzieren oder ein Video drehen oder von ihr aus auch beides. Als sie die Ankündigung dafür in der Zeitung gelesen hatte, hatte sie an Kinder gedacht, an die Julie oder die Schüler vom Franz. Aber wer war sie, darüber zu urteilen? Noch dazu, wenn es ihn veranlasste, acht Jahrgänge vom *Rolling Stone* zu entsorgen.

»Und du kriegst das alles hin? Mit dem Proben und dem Unterrichten?«

»Ja, sicher, ich hab alles im Griff«, sagte er zu seinem Pullover. Die Linn schaute noch ein bisschen zu, wie er probierte, die Maschen aus dem Reißverschluss zu hakeln, und dann, weil nicht absehbar war, ob er damit irgendwann auch wieder aufhörte, kletterte sie über ihre ausrangierte Vergangenheit zurück nach oben.

Der Egon thronte mit verständnisloser Miene auf dem Sofa. »Und was willst du am Montag machen? So tun, als hättest du noch einen Job?« Er kam dem Franz kleiner vor, aber vielleicht lag das auch nur daran, dass das Sofa in der leeren Kellerhälfte viel größer wirkte als vorher.

Genau das hatte der Franz vor. Er würde zur gewohnten Zeit das Haus verlassen und vor der Schule parken, damit die Julie sein Auto nicht vermisste, falls sie zufällig auf den Lehrerparkplatz hinunterschaute. Er würde direkt den Harald anrufen und sich krankschreiben lassen, sein Gehalt weiter beziehen und in der Zwischenzeit mit seiner neuen Band den Durchbruch schaffen, den Egon erlösen – und dann, allerfrühestens, würde er der Linn die Wahrheit sagen.

Der Franz kriegte schlecht Luft. Der Staub zog aber auch nicht ab durch die winzigen Fenster. Bitte, ließ er den geschissenen Zipp eben offen.

»Ist das wirklich so schwierig, einen Tunnel zu finden in eine andere Welt?« Das war die zweite Möglichkeit, über die er nachdachte.

Der Egon lachte ihn aus. »Mit dem Finden allein ist es nicht getan. Du musst ihn ja offen halten und verbreitern, vom Durchkommen ganz zu schweigen. Was willst du denn machen, wenn dir der Tunnel in der Hälfte zusammenbricht?«

Genau das war es ja, was der Franz nicht wusste.

Er ging zum Plattenregal und suchte nach der *Laughing Stock* von Talk Talk, fand sie aber nicht, und wie er dafür die *Blue Valentine* vom Tom Waits herauszog, rutschte eine Schellackplatte mit, die der Franz irgendwann auf einem Flohmarkt gekauft oder geschenkt gekriegt hatte. Darauf sang das Wiener Bohème-Quartett vierstimmig *Das Glück is a Vogerl*.

16

Das Glück is a Vogerl

Der Franz hatte sich die gerahmten Fotos, die auf der Mali ihrer Seite an der Wand hingen, noch nie genauer angeschaut. Auf drei davon war sie selber zu sehen. Das eine schwarz-weiße musste Ende der Sechziger entstanden sein. Darauf war die Mali vielleicht dreißig Jahre alt. Davon hatten sie einen Ausschnitt für die Geburtstagsanzeige in der Zeitung benutzt, meinte der Egon. Das ganze Bild zeigte sie neben einem Mann, und die zwei sahen aus, als würden sie gleich in die Oper gehen oder auf einen Ball, sie im dunklen Abendkleid mit schwingendem Rock. Den einen Fuß in ihren Stöckelschuhen hatte sie an den anderen gezogen und leicht abgeknickt, wie es die Fotomodelle in den fünfziger Jahren getan hatten. Die Posen, die man sich in der Jugend mühselig antrainierte, wurde man nachher halt schwer wieder los, aber im Gesicht von der Mali fand der Franz nichts Künstliches. Sie lachte aus vollem Hals in die Kamera. Der Mann neben ihr, dunkler Anzug, Mascherl, Brille, die Haare nach hinten frisiert, hielt sie um die Taille fest. Er lächelte, wenn überhaupt, eher besorgt – so, als hätte er Angst, sie würde ihm gleich davonhüpfen, hinaus aus dem Bild. Der Egon betrachtete den Mann und schmatzte abschätzig.

Auf dem zweiten Bild, einem Polaroid aus den Siebzigern oder frühen Achtzigern, das nur noch aus Rosa- und Beigetönen bestand, waren die beiden vor einer Schiffsreling zu sehen. Die mittlerweile kurzgeschnittenen Locken von der Mali wurden vom Wind in einem Neunziggradwinkel nach rechts gezogen, genau wie die helle Schlaghose, die der Mann anhatte. Zwei andere Bilder zeigten Gebirgslandschaften, und auf dem letzten saß eine ganz junge Mali, wieder in Schwarz-Weiß, umrahmt von einer Kapuze auf einem Berg und wärmte sich die Hände an einem Becher oder einer Tasse. Der Egon legte den Kopf schief. »Das ist meiner«, sagte er auf einmal, »das ist der Deckel von meiner Thermoskanne.«

Der Franz schaute sich das Foto genauer an und suchte nach einem Arm oder einem Fuß vom neunzehn Jahre alten Egon neben dem Mädchen, stellte ihn sich vor, in einer Knickerbocker und selbstgestrickten Stutzen, wie er in die Wintersonne blinzelte.

»Das Foto hab ich gemacht«, sagte der Egon und wechselte in der Vorstellung vom Franz den Platz, jetzt saß er nicht mehr neben der Mali, sondern kniete fünf Meter vor ihr, einen Fotoapparat in der Hand, mit der Knickerbocker im Schnee. »Wenn ich sie an dem Tag einfach nicht heimgebracht hätte«, sagte er, »sondern mit ihr weggegangen wär –«

»Wohin denn?«, fragte der Franz.

»Wie bitte?« Die Frau Meier war mit ihrer Aufmerksamkeit wieder einmal nicht recht bei den nordischen Kombinierern im Fernsehen.

»Ist doch egal, wohin«, der Egon machte mit dem Kinn eine grantige Bewegung zu den Bildern an der Wand, »dann wäre ich er.«

»Wer weiß, was aus ihm geworden ist«, versuchte der Franz ihn zu trösten.

»Ich glaub, der erste Mann war Bombenentschärfer, die hat man ja viel gebraucht nach dem Krieg.«

Der Egon, der sich sonst nie für den Tratsch von der Frau Meier interessierte, drehte sich zu ihr um. Deshalb begriff auch der Franz, was er da gerade gehört hatte: »Was heißt, der erste? Gibt's leicht noch mehr?«

Die Frau Meier schaute ihn an, als nehme sie ihm so viel Naivität nicht ab. »Na, glauben S', von einem allein können Sie sich das hier leisten?« Ihre Geste umschloss die gesamte Seniorenresidenz und endete auf dem rosa Foto mit dem Schiff. »Da, der da, das ist der Amerikaner. Der hat das Geld gehabt.«

Der Egon betrachtete den Amerikaner hasserfüllt, und der Franz wunderte sich, dass er sich nicht schon früher gewundert hatte, wie die Mali das Altersheim finanzierte. Er ging einen Schritt näher an das Farbfoto heran. Der Amerikaner mit dem Geld war einen Hauch kleiner als die Mali, obwohl sie auf dem Schiff flache Schuhe trug, und nicht größer, wie der von dem Ballfoto, auf dem sie Stöckelschuhe anhatte und der folglich der Bombenentschärfer sein musste.

»Was ist mit ihm passiert?«, wollte der Franz von der Frau Meier wissen.

Die spekulierte bereitwillig drauflos: »Womöglich hat er sich einmal vertan bei seiner Arbeit? Oder sie haben sich nicht vertragen?«

Der Franz drehte sich wieder zu den Fotos. Es waren zwar verblasste, alte Aufnahmen, aber bis auf ihre Größe sahen sich die Männer mit ihren Brillen und Frisuren wirklich zum Verwechseln ähnlich. Eifersüchtig stand der Egon zwischen ihnen, in seinem Anzug und mit seinen zurückfrisierten Haaren, und passte so hervorragend dazu, dass der Franz die Brille vom Egon, die er immer noch in der Innentasche von seiner Jacke hatte, herausholte und sie ihm grinsend vors Gesicht hielt. »Sie hat aber schon einen speziellen Typ favorisiert, oder?«

»Das tut ein jeder. Unbewusst«, sagte die Frau Meier. Dazu schenkte sie dem Franz einen tiefen Blick.

Der Egon schaute durch seine Brille erst den Franz an, dann die Fotos, die Brille, wieder den Franz – und endlich ging ihm ein Licht auf. Er begann unsicher zu lächeln. Gut, mit den Zähnen vom Amerikaner hatten die vom Egon wenig gemeinsam, aber davon abgesehen hätten die drei Männer ein und derselbe sein können.

»Sie hat dich geliebt, verstehst, du warst das Modell für jeden anderen, mit dem sie danach zusammen war, sie hat eigentlich immer nur dich gesucht«, sagte der Franz im Auto, auf dem Weg zur Probe, »macht dich das nicht glücklich?«

Der Egon klopfte mit den Fingerknöcheln fest auf sein kürzeres Bein.

»Vielleicht war deine Frau der Mali ja auch irgendwie ähnlich«, vermutete der Franz.

»Nein«, sagte der Egon hinter zusammengebissenen Zähnen und machte insgesamt keinen besonders glücklichen Eindruck auf dem Beifahrersitz.

Genau wie wenig später auf der Probe der Tobi. Er hörte auf zu singen und schwenkte die Gipshand. »Das geht so nicht, das ist scheiße!« Das letzte Wort schrie er, dann ließ er sich in den Fernsehsessel fallen. Er zündete eine Zigarette an und wischte ein paar Ascheflocken von seiner unbenutzten Gitarre.

»Es ist gar nicht so schlecht«, sagte der Franz und wurde kurz vom Egon abgelenkt, der laut durch die Zähne Luft einsog, was umso geringschätziger wirkt, wenn man normalerweise gar nicht atmet.

»Na, Hit ist es keiner«, rechtfertigte er sich auf den strengen Blick vom Franz.

Noch neun Tage bis zum Wettbewerb. Wenn die Cousinen auch nur die Hälfte ihres Publikums vom Donnerstag mobilisieren konnten, war ihnen der Sieg nicht zu nehmen. Die Band, die die meisten Eintrittskarten verkaufte, hatte von jeher die besten Gewinnchancen. Es sei denn, die Jury aus Rockhouse-Technikern und lokaler Prominenz favorisierte eine andere Band.

»Wir haben nur zwei Möglichkeiten«, sagte der Franz.

»Bist du jetzt der Chef?«, maulte der Tobi dazwischen.

Der Franz stockte kurz, blieb aber ganz ruhig. »Nein«, sagte er, »du bist der Chef.« Er grinste und zeigte mit dem Daumen eine Eins. »Entweder wir lassen den Song weg.« Der Tobi rang sich ein verächtliches Schnaufen ab. »Oder«, der Franz zeigte eine Zwei, »er ist fertig.«

Unterschiedliche Meinungen zu dem Thema waberten auf den Rauchschwaden im Raum. Dem Franz war der Song, *Perle* hieß er, gleich zweifach peinlich, einmal, weil er musikalisch schwer in die Schlagerrichtung driftete, und zum anderen, weil der Tobi diesmal beim Text ganz darauf verzichtet hatte, rätselhaft und mehrdeutig zu bleiben. *Ich will sie berühren, doch sie lässt mich nicht, alles, was sie mir gibt, ist eine Watschen ins Gesicht.*

»Es muss, es müsste –«, der Franz suchte nach möglichst freundlichen Worten, damit der Tobi nicht sofort wieder auszuckte, »es wäre gut, wenn's ein bissl egaler klingen würde.«

»Es ist mir aber nicht egal!«

Das wurde jedes Mal offenbar, wenn er sang. Er war schon ganz heiser von dem Schmerz, der dem Song zugrunde lag, oder von der vielen Arbeit, die er in den Refrain gesteckt hatte, oder auch nur davon, dass der Franz so laut drüberspielte.

»Schau, Tobi, ich weiß, du möchtest gern gewinnen«, versuchte es der Franz noch einmal, »aber wir können doch nicht auf die Bühne gehen und um den Preis betteln, mit so einem Schrott.«

Es wurde still im Raum.

»Ich mein ja nur, wir müssen hinausgehen und das beste Stück spielen, was geht.«

Der Egon schnaubte kurz, aber der Tobi krächzte: »Was bildet sich der Arsch eigentlich ein?«

»Geh, Tobi«, die Tessa packte ihren Tabak aus, zum zehnten Mal in den letzten zwei Stunden.

In die Stille, die darauf folgte, meldete sich der Egon zu Wort: »Vielleicht muss man es einfach aushalten.«

»Was?«, sagte der Franz verwirrt und schaute in fragende Bandgesichter. »Nein, ich mein –«, er verzichtete auf weitere Erklärungen.

»Wir sind nichts anderes als Korken im Meer«, sagte der Egon und lachte hoffnungslos. »Wir glauben, wir schwimmen, dabei treiben wir nur auf den Wellen. Kitzeln, Strümpfe, der Wettbewerb. Alles nur, weil wir es nicht aushalten, dass wir keinen Einfluss haben auf die Strömung, überhaupt keinen.«

Der Franz rieb sich seine brennenden Augen. »Wir tauschen unsere Lines.« Er zeigte auf den Egon, gemeint war aber die Tessa. Einen Moment waren alle still, dann steckte die Tessa ihre Zigarette in die Saiten und begann auf dem Bass die Melodie vom Franz zu spielen und der Franz spielte auf der Gitarre die Basslinie dazu. Alle Köpfe im Raum, sogar der vom Egon und der vom Tobi, neigten sich, der Reihe nach gingen alle Münder auf und fingen an zu lächeln.

Die Verzauberung hielt, bis der Tobi wieder am Refrain ankam und der Welt sein Elend entgegenplärrte. Das Einzige, was ihn vor einer Kehlkopfentzündung bewahrte, war, dass die Tessa zum Dienst musste.

»Na ja«, der Franz schnalzte mit der Zunge, »aber dann

wissen wir wenigstens, in welche Richtung wir morgen wei-
terschwimmen.« Er zwinkerte dem Egon zu.

»Seit wann sagst du, was wir wann tun?«, der Tobi kam be-
drohlich nah an den Franz heran, weil er nur noch so leise reden konnte. Deshalb sah der Franz, dass er Sommersprossen
hatte und in seinen grünen Augen kleine braune Sprenkel,
als würden die Sommersprossen dort weitergehen. Darunter
lagen tiefe Schatten, die waren fast lila. Er schlief zu wenig.
Vielleicht feierte er zu viel oder konnte nicht schlafen in
der Nacht, weil ihm seine Hand wehtat oder er sich Sorgen
machte. Der Franz hatte ihm den Finger gebrochen und die
Gitarre weggenommen. Und alle fanden das super. Sie be-
ruhigten sich gar nicht mehr darüber, was der Franz nicht
alles konnte auf der Gitarre und wusste über Musik. Kein
Wunder, dass der Tobi wisperte: »Was willst du eigentlich, du
Wappler?« Über ihnen prasselte der Regen aufs Dach.

Der Franz hätte ihm am liebsten auf die Schulter geklopft,
er zuckte aber nur bescheiden mit den Achseln: »Den Wettbewerb gewinnen, wenn's geht.«

Als sie die Metalltreppe hinaufstiegen, kam ihnen oben das
Wasser entgegen. Die Tessa ließ ihr Fahrrad stehen und flüchtete zum Franz ins Auto. »Deine Schüler haben echt Glück«,
sagte sie. Darüber lachte sogar der Egon auf der Rückbank,
und auch der Franz musste lachen und sagte: »Ich glaub, die
sehen das anders.« Das klang jetzt wieder, als würde er gern
noch mehr Komplimente hören, deshalb sagte er: »Nein, im
Ernst, ich muss mir bis nächste Woche von einem Psychiater
bestätigen lassen, dass ich ein Burnout hab und nicht völlig
unzurechnungsfähig bin, sonst war's das mit dem Unterrichten.«

»Oh, Scheiße«, die Tessa schloss ihren Sicherheitsgurt,
aber in ihrer Stimme klang durchaus Anerkennung mit.

»Allerdings«, sagte der Franz. »Ich find nämlich keinen.«

Der Harald hatte sich geweigert, ihm ein Attest auszustellen. Ferndiagnose, hatte er am Telefon gesagt, ungern. Burnout, das konnte alles sein und nichts, und dass sich der Franz gar nicht gut anhörte. Und da hatte der Franz gedacht, dass er wirklich verheerend klingen musste, wenn der Harald sich auf einmal so anstellte, wo er sonst immer verlässlich zur Stelle war mit Attesten und rosa Pillen. Er hatte dem Franz geraten, sich lieber gleich an einen Spezialisten zu wenden. Die Anke hatte sich da ähnlich ausgedrückt, und der Harald hatte ihm ausdrücklich einen Psychiaterfreund empfohlen, der hatte am 8. Jänner einen Termin frei für den Franz. Vorher? Vor Weihnachten? Haha, also, so herzlich hatte der Harald aus seinem runtergeknöpfelten Hemdkragen heraus ins Telefon hineingelacht, dass der Franz gedacht hatte, was für ein lustiges Leben die Leute haben mussten, die es sich leisten konnten, bis zum 8. Jänner nichts Unvorhergesehenes mehr in ihr Leben zu lassen.

Die Uniform von der Tessa war heute gelb. Sie kam mit zwei Wasserschüsseln ins Zimmer 318 und begann die Mali mit einem Waschlappen zu waschen und hielt dabei die ganze Zeit Körperkontakt mit ihr. Das diente der basalen Stimulation, erzählte sie dem Franz. Vor ein paar Jahren war die Mali aus Amerika zurückgekommen und in eine der Wohnungen im ersten Stock gezogen. Nach einem kleinen Schlaganfall musste sie dann in den Pflegetrakt übersiedeln, kurz nachdem die Tessa ihr Praktikum angefangen hatte. Warum sie am Nachmittag von ihrem Geburtstag ins Wachkoma gefallen war, konnte die Tessa dem Franz aber auch nicht sagen, nur, dass das häufiger vorkam. »Oft denk ich mir, sie möchten sterben, aber sie finden den Ausgang nicht gleich«, sagte sie und lächelte über den Franz, der sich unbehaglich umschaute.

Der Egon saß auf einem Besucherstuhl und hatte gar nicht zugehört. Seit seinem Exkurs über die Korken im Meer erinnerte er den Franz an jemanden, der schnell viel abgenommen hat, aber bei dem man auf den ersten Blick sieht, dass es keine Diät war, sondern eine Krankheit.

»Was ist eigentlich aus den Strümpfen geworden?«, fragte der Franz.

Die Tessa hielt weiter den Körperkontakt mit der Mali, aber sie deutete mit dem Kinn auf das Nachttischchen, und da lagen die Strümpfe, fein säuberlich zusammengelegt in der Schublade. Mit der Tessa gemeinsam war es überhaupt kein Problem, sie der Mali anzuziehen. Es dauerte keine fünf Minuten, und als sie fertig waren, dachte der Franz, dass die Mali wirklich einmal bemerkenswert schöne Beine gehabt hatte.

Die Tessa musste das Gleiche gedacht haben. »Ich glaub, sie ist früher gern gewandert.« Sie zeigte auf eines der Bergfotos an der Wand: »Sind das die Rocky Mountains?«

Der Franz hatte keine Ahnung, welche Berge auf den Fotos zu sehen waren. Für solche Sachen war die Linn zuständig, aber das Rätselraten weckte den Egon aus seinem Dämmerzustand: »Rocky Mountains!«, schnaubte er verächtlich, »das ist das Zwölferhorn!«

»Da war ich mit ihr oben«, erzählte er, wie er neben dem Franz zum Auto humpelte. »Ich weiß nicht mehr, wie wir da hinausgekommen sind, aber wir haben einen Tee in der Thermoskanne dabeigehabt, ein Brot und sogar eine Wurst, diese eckigen.«

»Landjäger«, half ihm der Franz, aber der Egon war weit weggewandert mit seinen Gedanken, auf tausendfünfhundert Meter.

»Sie wartet auf dich«, beharrte der Franz, »wieso hätte sie denn sonst zurückkommen sollen aus Amerika?«

Im Auto fing er leise an zu pfeifen, *Ain't no sunshine, when she's gone,* im Rhythmus der Scheibenwischer. Aber der Text vom Bill Withers hatte mit der Stimmung vom Franz ausnahmsweise gar nichts zu tun, denn er hatte das Gefühl, und das war ein ganz ungewohntes Gefühl für den Franz, dass sich etwas rührte. Er blieb auf dem Heimweg noch schnell beim Billa stehen, um etwas zu besorgen. Der Egon wartete im Auto. Er sah nicht aus, als ob er das Gefühl vom Franz teilte.

Beim Weiterfahren pfiff der Franz nicht mehr, aber im Ticken vom Blinker hörte er das Lied trotzdem noch. *And I know.*

»Es muss was geben«, sagte er, »wir haben es nur noch nicht gefunden.« Er zog die Handbremse an.

»Ich bin zu spät«, sagte der Egon verzweifelt, »sie wird nie erfahren, dass ich sie nicht sitzengelassen hab.« Und schon war er draußen. Der Franz folgte ihm, aber weil er anders als der Egon zum Aussteigen die Tür benutzte und auch zum Ins-Haus-Kommen, war der ihm schnell ein Stück voraus.

Der Franz machte Licht im Keller: »Da, leg dich nieder. Du musst ein bisschen rasten.« Er klopfte die Couchpolster auf, obwohl der Egon ihm erklärte, dass masselose Teilchen nicht rasten mussten, und wenn, dann sicher nicht im Liegen.

»Dann sagst du mir jetzt, was mit dir los ist«, schnauzte der Franz ihn an, »und warum du so schlecht ausschaust. Du wirst ja immer weniger!«

Jetzt setzte sich der Egon doch auf die Couch. »Ja weißt du, man glaubt halt immer, man hat ewig Zeit, aber das stimmt eben nur, bis es nicht mehr stimmt.«

Der Franz musterte ihn verständnislos.

»Ich verlier Energie.« Der Egon erklärte ihm, dass es ihm

zunehmend schwerfiel, seine Gestalt zusammenzuhalten oder wieder zusammenzusetzen, wenn sie auseinanderdriftete. Wenn er durch Wände ging, zum Beispiel.

» Ja, aber – dann laden wir dich halt wieder auf«, sagte der Franz, »das muss doch gehen.«

Der Egon nickte. »Ja, mit der Strahlung in einem Kernkraftwerk zum Beispiel. Eine Atombombe wär auch nicht schlecht.«

Der Franz wartete, ob er vielleicht noch eine praktikablere Lösung im Angebot hatte.

»Zur Not ginge vielleicht auch ein Vulkanausbruch«, sagte der Egon.

»Aha, aber was wird aus unserm gemeinsamen Plan?«, sagte der Franz, der nicht recht wusste, wo er auf die Schnelle eins der drei herkriegen sollte. »Der gilt schon noch? Du weckst die Mali auf, und die Linn und ich, wir vertragen uns wieder. Das gehört doch zusammen, hast du gesagt.«

»Wär vielleicht besser, das zu entkoppeln«, murmelte der Egon finster.

Der Franz legte die Schellackplatte vom Wiener Bohème-Quartett auf und stellte den Plattenspieler so ein, dass die Seite mit *Das Glück is a Vogerl* immer wieder von vorn anfing. Ab jetzt wurde Energie gespart, beschloss er. Kein unnötiges Durch-die-Wand-Gehen mehr und Aus-dem-Auto-Aussteigen ohne Tür. Als er sich zum Egon zurückdrehte, hatte der sich auf der Couch ausgestreckt, und wenn den Franz nicht alles täuschte, dann war er im nächsten Moment eingenickt.

Die ganzen letzten fünfundsechzig Jahre bis einschließlich Montag vor zwei Wochen hätte er die Mali finden können und ihr die Wahrheit sagen, dachte der Franz. Dann hätte sie es gewusst. Vielleicht hätte sie ihn ja wirklich nicht haben wollen, mit seinem hatscherten Fuß und seinem speckigen Anzug, aber sie hätte es wenigstens gewusst.

»Im Keller läuft Musik«, bemerkte die Linn.

Der Franz nickte. Es gab Linsensuppe, eins der wenigen Essen, die er nicht mochte. Die Julie war auch keine große Linsenfreundin, und der Franz glaubte nicht einmal der Linn, dass ihr die seltsame Konsistenz von den Linsen schmeckte, auch nicht, wenn sie herunterbeten konnte, was sie für Spurenelemente enthielten, dann erst recht nicht.

»Warum?«, fragte die Linn. Sie schenkte sich ein Glas Rotwein ein.

»Weil's mir gefällt«, sagte der Franz knapp.

»Du kannst sie aber nicht hören«, sagte die Linn. Sie trank einen ordentlichen Schluck und schenkte sich direkt nach.

»Vielleicht gefällt sie mir grad deswegen«, sagte der Franz. Sein Löffel unterstützte eine Handbewegung, die in etwa ›Darüber müssen wir doch nicht streiten‹ bedeutete und einen braunen Fleck auf dem Tischtuch hinterließ.

Die Linn schaute den Fleck an und aß weiter.

· Die Julie sortierte die Linsen auf die eine Seite von ihrem Teller und die Karotten auf die andere. Hin und wieder nippte sie an der Suppe, die dazwischen ein Rinnsal bildete, darauf gefasst, dass einer von den beiden, sie tippte auf die Linn, ein ernstes Gesicht machen und ihr mitteilen würde, dass sie ihr etwas zu sagen hatten. Der Johannes hatte sich nicht gemeldet, er hatte ja nicht einmal nach ihrer Nummer gefragt, dafür hatte die Tamara das Emoji mit dem winkenden Mädchen und ein Fragezeichen gesendet. Die Julie wusste gar nicht, was dieses Mädchen bedeutete. Am besten, sie löschte die Tamara gleich ganz aus ihren Kontakten, dass sie ihr nicht noch aus Versehen schrieb.

Der Franz aß einen großen Löffel Linsen. »Wer sagt eigentlich, dass alles, was man tut, einen Sinn haben muss?«, fragte er mit vollem Mund. »Wahrscheinlich fährt man genauso gut, wenn man genau das Gegenteil macht von dem, was man glaubt, dass es einen Sinn hat. Oder was sagst du?«

Die Julie musste sich erst vergewissern, dass tatsächlich sie gemeint war, reagierte dann aber auf Zack: »Kann ich am Donnerstag auf ein Konzert?«

Der Franz schaufelte weiter Suppe in seinen Mund. So schlecht war sie gar nicht. »Von mir aus, sicher.« Gegen Konzerte war generell nichts einzuwenden, und überhaupt sollten doch alle tun, was ihr Herz begehrte, solang sie wussten, was das war.

Eigenartigerweise teilte die Linn diese Ansicht nicht. In einer kurzen Grundsatzrede informierte sie sowohl den Franz als auch die Julie, dass der Donnerstag in der kommenden Woche zufälligerweise vor den Freitag fiel, an dem nicht nur Schule im Allgemeinen, sondern auch die Lateinschularbeit im Besonderen stattfand, und die Julie gar nichts durfte, was sich jenseits von ihrem Schreibtisch und der letzten Chance auf ein positives Halbjahreszeugnis abspielte.

Der Franz warf der Julie einen Blick zu und hob die Schultern. An ihm lag es nicht.

Und die Julie schaute die Linn an, legte den Kopf schief und sagte: »Andere Eltern sind nett, wenn sie sich scheiden lassen.«

Die Linn sagte nichts. Sie warf ihren Löffel in den Teller, dass jeder von ihnen ein paar Spritzer ins Gesicht kriegte, vom Tischtuch ganz zu schweigen, stand auf und ging ins Wohnzimmer. Ihr Glas nahm sie mit.

»Wie kommst du denn darauf?«, fragte der Franz die Julie.

»Ich hab Ohren?«, sagte sie.

Sie hatte Ohren. Die standen ganz leicht ab, wie die von der Linn, an einem hing eine kleine Taubenfeder und noch eine, die den Franz an den Indianerschmuck aus seiner Kindheit erinnerte. Außerdem konnte sie damit hören. Er schob seinen Teller weg.

»Wir haben Probleme, das stimmt«, gab er zu. »Es ist aber noch nichts entschieden. Im Gegenteil. Und mit dir hat das Ganze überhaupt gar nichts zu tun, wirklich nicht.« Je mehr er redete, desto stolzer wurde er. Besser hätte die Linn das sicher nicht hingekriegt. So fair.

»Das weiß ich?« Die Julie zog den Kopf zurück und rümpfte die Nase, und der Franz war nicht ganz sicher, ob sie jetzt meinte, dass sie es wusste, oder ob sie ihn fragte, ob sie es wusste.

»Darf ich jetzt auf das Konzert?«

Er stand auf und hob die Hände. »Ich red mit ihr«, sagte er, und weil er sich innerlich schon vorbeugte, um die Medaille für den Vater des Jahres umgehängt zu bekommen, setzte er noch nach: »Die Karotten kannst eigentlich schon essen.«

Sie reagierte noch nicht einmal auf diese kleine Erziehungsanwandlung. »Wann wollts ihr das entscheiden?«, fragte sie stattdessen.

»Zu Weihnachten.«

Darauf sagte sie gar nichts. Ihr Blick aber malte ein so großes Fragezeichen in die Luft, dass der Franz unmöglich die Verantwortung für diesen Termin übernehmen konnte.

»Also, die Mama. Die Mama entscheidet. Zu Weihnachten.«

»Schöne Idee«, sagte die Julie, ließ den Franz und ihr Yin und Yang aus Linsen und Karotten stehen und ging in ihr Zimmer.

Der Scott saß leicht erhöht, von Jüngern umgeben, und leitete eine geführte Meditation auf DVD. Die Linn stand mit der Fernbedienung in der einen Hand und mit dem Rotweinglas in der anderen davor und atmete tief ein. Als sie merkte, wie die Tür hinter ihr aufging, verzichtete sie allerdings aufs entspannende Ausatmen.

»Jetzt bist du also auf einmal der coole Dad, der alles erlaubt? Und was, bitte, macht das aus mir?«

Der Franz fragte sich, wie es eigentlich möglich war, dass immer genau das Gegenteil von dem passierte, was er sich vornahm. Er war mit dem festen Vorsatz aus dem Keller gekommen, jede noch so versteckte Gelegenheit zu ergreifen, die sich bot, um der Linn zu zeigen, dass er sie liebte.

Im Moment allerdings liebte er sie nicht. Im Moment war sie ihm nicht einmal sympathisch. Sie ging ihm fast noch mehr auf die Nerven als der Synthesizer, der die Meditation auf der DVD begleitete. Es war ihm unbegreiflich, wie sich irgendjemand dabei entspannen sollte.

»Es ist doch erst das erste Semester«, sagte er.

Die Linn trank einen Schluck Wein.

»Linn, erlauben wir's ihr halt.«

»Seit wann weißt du, was für ein Semester ist?«

Das war boshaft und ungerecht. Der Franz wusste immer, wie lang es noch dauerte bis zu den großen Ferien. Er war vielleicht nicht immer ad hoc in der Lage, den Zusammenhang zur Julie und ihren schulischen Leistungen herzustellen.

»It's not about saying the right things, it's listening that really connects you with the other person«, sagte der Scott, und der Franz haute ihm mit der flachen Hand gegen die Stirn, weil der Trottel sich in alles einmischen musste.

»Spinnst du?«, die Linn sprang zwischen ihn und den Fernseher, um den Scott vor weiteren Angriffen zu schützen. Alles, was passierte, war, dass der Fernseher nach hinten gegen die Wand kippte. Nicht einmal das Scartkabel löste sich. Der Scott und seine Jünger meditierten ungestört in Schieflage weiter.

»Linn, sie ist fünfzehn. Dann bleibt sie halt einmal sitzen. Vielleicht ist das Gymnasium ja auch nicht das Richtige für sie.«

Immer wenn die Linn kurz davor war, die Fassung zu verlieren, kriegte ihr Kinn so unregelmäßige Dellen. Sie stand vor dem Franz und schrie: »Vierzehn!«, und in diesem Schrei hallte mit, wie wenig wurscht ihr war, ob die Julie das Gymnasium packte oder sitzenblieb oder sie diejenige war, die zu uncool war, ihre vierzehnjährige Tochter mitten unter der Woche auf ein Konzert gehen zu lassen.

»And we're going deeper, and deeper«, sagte der Scott hinter ihr in seinem transzendenten Singsang. Die Kamera überblendete von seinem Gesicht auf eine Flugaufnahme von Bergen, die vermutlich die wirklichen Rocky Mountains waren, und dazu fiedelte der Synthesizer Klänge aus einer anderen Dimension.

17

Aus einer anderen Dimension

Am Sonntagmittag holte der Franz bei der DGKS Angelika die Erlaubnis, die Mali auf einen kleinen Spaziergang mitzunehmen. Bis in den Mirabellgarten und nicht weiter, sagte die DGKS streng, es ist kalt. Sie packten die Mali ein und gurteten sie in einen speziellen Rollstuhl mit Kopfstütze. Der Franz fuhr mit ihr im Lift hinunter, durch den Mirabellgarten durch, über die Brücke hinüber und mit dem Aufzug auf den Mönchsberg hinauf.

Dort oben hatte der Regen den liegengebliebenen Schnee in eine Eisbahn verwandelt. Besonders weit kamen sie nicht, aber dann mussten die fünf Meter vor bis zur Terrasse eben reichen. Der Franz hatte eine Thermoskanne mit Tee dabei und die Landjäger, die er beim Billa gekauft hatte. Er nahm die Hände von der Mali und hielt sie abwechselnd an eine Tasse mit warmem Tee. Die Wurst wickelte er aus und legte sie vor ihr auf die Mauer. Die Mali wurde per Sonde ernährt, sie konnte keine Landjäger essen, aber der Franz hatte sich gedacht, dass sie sie vielleicht gern riechen würde, hier oben am Berg. Er hatte auch geglaubt, dass er dem Egon damit eine Freude machte, aber der stritt sich nur mit ihm darüber, ob das Spucke-Rinnsal am Kinn von der Mali wegen dem Landjägerduft schneller floss als sonst oder nur wegen der Schwerkraft, weil sie anders als sonst einmal aufrecht saß. Im Grunde war es dem Franz egal. Die Mali schaute in die Ferne, und er freute sich, dass es dort zur Abwechslung einmal etwas zu sehen gab, den Kapuzinerberg, den Gaisberg und die anderen. Der Franz trank den Tee aus, bevor er auskühlte, und schenkte heißen nach, damit die Mali keine kalten Hände kriegte, und als es langsam dunkel wurde, brachten sie sie wieder heim. Genau wie damals, an dem Tag vor fünfundsechzig Jahren, an dem der Egon sie einfach hätte schnappen können und mit ihr überallhin gehen.

»Bist schon ein braver Bub, Franz, ein ganz braver«, sagte die Frau Meier, als er die Mali wieder ins Zimmer 318 schob.

Gar nicht so sehr, dass sie ihn lobte, sondern dass sie überhaupt wusste, wie er hieß, erstaunte den Franz so, dass ihm nichts anderes einfiel, als ihr den übrigen Landjäger zu schenken, den er in seiner Jackentasche fand.

Die Tessa hatte sie schon am Gang entdeckt. Jetzt kam sie mit einem kleinen Plastikbecher ins Zimmer, der Frau Meier ihrer Medikamentenration für den Abend.

»Wer ist brav? Er?«, fragte sie und zwinkerte dem Franz zu. »Wir legen sie besser schnell hin, bevor euch die Angelika bemerkt, ihr seids ein bissl spät dran.«

»Nein, das tun nicht viele Kinder«, beharrte die Frau Meier.

Die Tessa verzichtete darauf, die Verwandtschaftsverhältnisse zwischen der Mali und dem Franz klarzustellen, sondern mehrte stattdessen seinen Ruhm: »Und haben Sie gewusst, dass er auch ein super Musiker ist?«

Der Franz lächelte matt, aber die Frau Meier nickte ehrfürchtig und schluckte dabei gewissenhaft eine Tablette nach der anderen hinunter. Sie hatte ihn spielen gehört, wenn auch nur kurz. Die Tessa schlug die Zeitung auf, um der Frau Meier eine Ankündigung für die *Local Heroes* zu zeigen: »Da spielen wir mit unserer Band. Vielleicht kommen S' ja.«

Die Frau Meier winkte zuwider ab. Trotzdem nahm sie die Seite heraus und faltete sie so, dass sie aufrecht stehen blieb, wenn sie sie gegen die Blumenvase lehnte und mit dem Landjäger abstützte.

»Für dich hab ich auch was«, sagte die Tessa zum Franz und holte einen zusammengefalteten Zettel aus ihrer Jackentasche. »Das ist die Praxis von unserem – von unserem *Arzt*«, sagte sie, weil die Frau Meier ja nicht dringend mitkriegen musste, dass es sich beim Arzt um den Psychiater handelte. »Weißt, es ist eine Gemeinschaftspraxis«, sagte sie noch, »und er sagt, sie kriegen dich auf jeden Fall vor Weihnachten unter.« Dann machte sie der Mali Komplimente über ihre gesunde Farbe und fing an, sie aus ihren Decken und ihrem Rollstuhl zu schälen.

Der Franz schaute ganz ergriffen auf die runde Mädchenschrift, in der sie die Adresse und Telefonnummer von der Praxis aufgeschrieben hatte. Der Werbeaufdruck auf dem Zettel war von der Firma, die seine Kopfwehtabletten herstellte. Das hielt der Franz für ein gutes Zeichen.

Am Mittwoch um acht in der Früh saß der Franz in der psychiatrischen Praxis, die die Seniorenresidenz betreute. Nach reiflicher Überlegung setzte er sich auf den linken der beiden Stühle, die vor dem Schreibtisch standen, und ging im Kopf noch einmal die Symptome vom Burnout durch, die er im Internet gefunden hatte. Hinter ihm stand eine Behandlungsliege, an den lindgrünen Wänden hingen Bilder. Abstrakt. Nichts, was einen aufregen konnte. Der Franz hatte sich keine Legende zurechtgelegt. Mit Absicht. Was er sagte, sollte nicht auswendig gelernt klingen, und außerdem hatte der Harald recht, zumindest insofern, als dass viele Charaktereigenschaften vom Franz als Burnout-Symptom in Betracht kamen: Antriebslosigkeit, Desinteresse, Reizbarkeit. Viele Lehrer krankten daran. Das war schon einmal positiv. Das einzige, was er in keinem Forum gefunden hatte, war die permanente Begleitung durch einen kürzlich Verstorbenen aus masseloser Energie, und deshalb flehte er den Egon leise an, ihm nicht beizustehen, sondern bitte draußen auf ihn zu warten. Egal, was er dem Psychiater erzählen würde, ein Geist würde auf keinen Fall darin vorkommen, es musste eine absolut geistlose Geschichte sein, dann hatte er eigentlich nichts zu befürchten.

Die Sprechstundenhilfe kam herein und legte eine frische Patientenakte auf den Schreibtisch. Sie lächelte dem Franz zu, »Gleich, gell«, und verschwand wieder. Laptop, Wasserkaraffe, zwei Gläser, ein furnierter Bilderrahmen mit abgerundeten Ecken, alles beruhigend im rechten Winkel angeordnet. Allein in seinem Kollegium, dachte der Franz, gab es einige bedeutend verrücktere Leute als ihn, und die arbeiteten seit Jahrzehnten im Staatsdienst. Aber während er auf die Kunstdrucke blickte – Farbverläufe von Rot nach Blau und von Grün nach Gelb –, schoss ihm in den Kopf, dass die meisten von ihnen einfach niemals bei einem Psychiater vorstellig geworden waren.

»Herr Brandstätter?«

Der Psychiater war eine Frau. Sie klang freudig überrascht. Wahrscheinlich war das ihr Trick. Eine Taktik, mit der sie ahnungslose, normale Leute überrumpelte und ihnen ihre Geheimnisse entlockte, um sie dann jahrelang in Sicherheitsverwahrung zu stecken.

Der Franz stand auf und begrüßte sie mit den Worten: »Sie dürfen mich nicht gegen meinen Willen einweisen, oder?«

»Aber nein«, sagte sie. Sie bot ihm den Platz an, auf dem er gerade schon gesessen hatte, und lachte, als sie sich ihm gegenübersetzte. »Es sei denn, sie gefährden sich oder andere.«

Das gefiel dem Franz gar nicht. Nicht, weil er sich oder andere gefährdete, sondern weil jemand anderer als er selber das einschätzen sollte.

Sie klappte den Laptop auf, öffnete seine Patientenakte und schrieb das Datum hinein. »Aber wir beide kennen uns ja«, behauptete sie dabei. Vorsicht, dachte der Franz. War das ein Test? Er jedenfalls kannte sie nicht.

»Sie sind der Gitarrenlehrer meines Sohnes«, half sie ihm weiter. Dabei drehte sie den Rahmen auf dem Schreibtisch so, dass er sehen konnte, wie der Johannes Metzger ihn aus der Furnier heraus auslachte. Ein paar Sekunden hörte ihm der Franz zu, bevor er es schaffte, den Mund zu einem freundlichen Grinsen zu verziehen: »Frau Dr. Metzger!«

Verdammte Scheiße. Wie ist so was möglich, dass die Tessa das nicht erwähnt und die Sprechstundenhilfe auch nicht? Wahrscheinlich stand es auf dem Schild neben dem Behandlungszimmer, genau wie auf dem Anstecker an ihrem Kittel, den sie sich lässig über die schicke Bluse geworfen hatte, aber vor lauter Anstrengung, ganz normal zu wirken, hatte der Franz das Lesen verlernt.

Die Frau Dr. Metzger schenkte ihm ihre ungeteilte Aufmerksamkeit: »Wie kann ich Ihnen helfen?«

»Ah«, sagte der Franz. Er hatte keine Ahnung. Es war ihm auch nicht recht, sich von ihr helfen lassen zu sollen, aber schließlich riss er sich zusammen: »Ich hab ein Burnout.«

»Was lässt Sie glauben, dass es sich um ein Burnout handelt?«

Ja, was? Was waren jetzt die Symptome? Der Franz steckte

die Hände in die Jackentaschen und holte ein verbogenes Tablettenbriefchen heraus. »Darf ich?«, fragte er.

Die Frau Dr. Metzger hatte nichts dagegen. Sie schenkte ihm sogar ein Glas Wasser ein und wartete geduldig, bis er es ganz ausgetrunken hatte und sich wieder daran erinnern konnte, was er gelesen hatte.

»In letzter Zeit«, sagte er, »kommt's mir vor, als hätte mir einer den Stecker gezogen. Ich bin ständig müde, ich schlaf auch schlecht.«

Sie sah ihn aufmerksam, aber keinesfalls überzeugt an, weshalb der Franz sich genötigt fühlte, alles aufzuzählen, was er noch wusste: »Lustlosigkeit, Sinnlosigkeit, Angst, den Anforderungen nicht mehr gewachsen zu sein.«

Sie zog die Brauen zusammen. »Und da haben Sie einen Stein durch ein Fenster im zweiten Stock geworfen?

Brühwarm hatte die Anke es ihr erzählt. Hätte er sich denken können.

»Einen Hund«, berichtigte der Franz. »Dackel. Aus Metall.«

»Okay?«

Da war es wieder. Er seufzte und redete weiter. »Eigentlich ist er mir aus der Hand gerutscht«, sagte er, »und das Fenster daneben wär offen gewesen.«

Sie kniff das eine Auge zu, wie sie es damals im Regen getan hatte. Sie war nicht leicht zufriedenzustellen, die Frau Dr. Metzger. »Würden Sie sagen, dass Sie öfter unangemessen aggressiv auf ihre Umgebung reagieren? Oder zynisch?«

Der Franz schloss die Augen. Er hätte sie nicht so stehenlassen sollen vor der Schule. Was wäre ihm nicht alles erspart geblieben, hätte er sich Zeit genommen für ein Gespräch über die Gitarrenkünste ihres Sohnes.

»Herr Brandstätter?«, hakte sie nach.

Der Franz blies seine Backen auf und ließ die Luft entweichen. »Vielleicht. Manchmal«, gab er notgedrungen zu.

Die Frau Dr. Metzger nickte mit ihm mit, um ihm das Geständnis zu erleichtern.

»Das ist der Stress«, fügte er noch hinzu, »Burnout halt.«

Sie zog die Augenbrauen hoch und kreiste eine Notiz auf seiner Akte ein, die der Franz nicht entziffern konnte. *You should never smoke in pajamas,* sang der Frank Zappa in seinem Kopf, *you might start a fire 'n' burn your face.*

»Sie arbeiten wie viel?«, fragte die Frau Doktor.

Der Franz musste zugeben, dass es zehn Stunden die Woche waren. »Aber es ist ja nicht nur der Job.«

»Nicht?«

»Nein. Meine Ehe auch.«

Sie nickte kurz, nicht direkt verständnisvoll, eher so, als würde sie das nicht wundern.

Er drehte das Tablettenbriefchen in seiner Hand. *You could go unnoticed in such a place.* Sie würde ihn einweisen, ruhigstellen und ihn nie wieder entlassen.

»Haben Sie die Kopfschmerzen öfter?«

Der Franz stutzte. Die hatte er dauernd.

»Wie lange schon in etwa?«, wollte sie wissen.

Ja, wie lang, wie lang? Schon immer? Er lächelte überfragt.

»Übelkeit?«, wollte die Frau Doktor wissen.

Ein bisschen schlecht war ihm eigentlich schon.

»Veränderungen in der Wahrnehmung?«

»Nei–«, setzte er an und schwenkte dann um: »Was zum Beispiel?«

Sie blickte von der Akte zu ihm auf. »Je nachdem. Ein Klingeln im Ohr? Oder andere Geräusche. Bei manchen intensivieren sich auch Gerüche, oder sie sehen Sachen.«

»Halluzinationen?«, fragte der Franz alarmiert.

Sie nickte freundlich, Halluzinationen waren für sie so alltäglich, wie wenn ihm eine Saite riss oder kein Papier mehr im Kopierer war.

»Nein!«, der Franz wies dezidiert jegliche Wahrnehmungsstörung von sich, um dann, nach einer kleinen Pause, unauffällig nachzufragen: »Was wär, wenn ich so was hätt? Rein theoretisch?«

»Das weiß ich nicht.« Sie lehnte sich ganz entspannt in ihrem Chefsessel zurück. »Ich denke, wir schieben Sie erst einmal in die Röhre.«

»Ein Kernspin?«, fragte der Franz.

Sie nickte fröhlich und tippte etwas in ihren Laptop.

»Wieso?«

Sie erklärte ihm, dass monatelang anhaltende Kopfschmerzen und Erschöpfungszustände selbstverständlich auch körperliche Ursachen haben konnten. Um die auszuschließen, sei eine Magnetresonanztomographie die beste –

»Was denn für körperliche Ursachen?«, unterbrach er sie aufgeregt. »Was kann das schlimmstenfalls sein?«

Sie zeigte mit dem Finger in die Luft. Stopp. »Schlimmstenfalls ein Tumor, aber davon geh ich nicht aus. Es hat ja keinen Sinn, zu spekulieren, solange wir nicht die Ergebnisse haben.«

Der Franz spekulierte längst. Noch während sie sagte, dass es hier im Haus ein Röntgeninstitut gab und er sich dort einen Termin geben lassen sollte, spekulierte er wild drauflos. Und er spekulierte immer noch, als er aus der radiologischen Praxis kam, einen kleinen Zettel in der Hand – diesmal von einer ihm nicht bekannten Pharmafirma –, auf dem der Termin seiner Kernspintomographie stand. 22. 12., der Tag vom Wettbewerb. Da hatte er Glück gehabt, sonst wartete man monatelang auf einen Kernspin, aber angeblich hatte just einer abgesagt. Dem Franz gefiel das gar nicht. Seit wann wurden für ihn Ausnahmen gemacht?

Die Frau Doktor Metzger hatte ihn krankgeschrieben bis nach den Ferien. Danach würde man weitersehen, hatte sie gesagt, ihn mit einem warmen Händedruck verabschiedet und noch einmal froh gelächelt. Wahrscheinlich, weil er dann tot war.

Unter den vielen Gestalten auf der Straße wartete niemand auf ihn. Auf jeden Fall niemand, der nur einen braunen Anzug und zwei ungleich hohe Schuhe anhatte und nicht fror an diesem nebligen Wintermorgen. Der Franz hatte jedes Gewicht verloren. Er bewegte sich durch die zähflüssige Luft, über dieselbe Brücke wie auf seinem ersten Weg ins Seniorenheim, nur viel langsamer als damals. Viel langsamer. Das Salzachwasser stürzte sich unter ihm in Richtung Donau, Fahrradfahrer zischten an ihm vorbei, die Sonne kletterte hinter der Wolkendecke über den Himmel, und der Franz war sich sicher, dass er das alles zum letzten Mal sah.

Bei der Zusammenlegung von der Frau Meier und der Mali musste die Heimleitung im Sinn gehabt haben, dass, wenn schon kein von den Toten zurückgekehrter Egon und kein Jimi Hendrix sie aufwecken konnten, es der Frau Meier mit ihrem Fernseher vielleicht gelingen würde. Der Egon hob nicht einmal den Kopf, als der Franz ins Zimmer 318 kam.

»Muss ich sterben?«, fragte der Franz. Seine Stimme hallte in seinem Kopf nach.

Verwundert schaute der Egon zu ihm auf.

»Alle müssen wir sterben.«

Das sagte nicht der Egon, sondern die Frau Meier, aber der Egon gab ihr mit einer Handbewegung recht. »Was hat denn der Arzt gesagt?«, fragte er.

»Hab ich einen Tumor? Kann ich dich deswegen sehen?«, flüsterte der Franz eindringlich.

»Geh, wie kommst denn da drauf?«, die Frau Meier machte den Fernseher aus. Der Franz wollte sich nicht mit ihr über sein nahes Ende unterhalten. Er hatte keine Zeit dazu. »Ich hab geglaubt, Sie sind schwerhörig?«, schnauzte er sie an. »Wie bitte?« Sie schaute ihn entsetzt an und drehte mit ihren dicken Fingern an den Rädchen hinter ihren Ohren.

Per Kopfbewegung gab der Egon dem Franz zu verstehen, dass sie auf dem Gang ungestörter waren. Draußen gab er dem Egon eine wirre Zusammenfassung seines Termins, die damit endete, dass er noch einmal fragte: »Kann ich dich nur deswegen sehen, weil ich todkrank bin?«, aber wenn er auf ein alles erhellendes Geständnis oder gar auf Entwarnung gehofft hatte, wurde er enttäuscht.

»Das kann ich dir nicht sagen, Franz, du musst schon die Untersuchungsergebnisse abwarten«, und mit einem Blick, in dem fünfundsechzig Jahre Bedauern lagen, fügte er hinzu: »Ich kann dir nur sagen: Tu, was wichtig ist, solang's noch geht.«

»Aber was ist wichtig?«, rief der Franz verzweifelt. »Ich weiß doch gar nicht, was das ist!« Er verstummte, weil vor ihm die Tessa mit einem halben Dutzend frischer Urinflaschen im Arm aus einem Abstellkammerl kam.

»Hey, Franz«, grüßte sie ihn. Sie wartete auf die DGKS Angelika, die mit ihrem großen Schlüsselbund die Kammerltür zusperrte, »warst du schon beim Doc?«

»Was ist wichtig?«, wiederholte er erschöpft.

»Na – die Musik?« Sie ging mit der Stimme so nach oben wie die Julie, wenn ihr der Franz eine so absurd einfache Frage stellte, dass sie nicht sicher war, ob er wirklich eine Antwort darauf hören wollte.

Die DGKS schaute den Franz an, als wünschte sie sich,

einmal im Leben so viel Zeit zu haben wie er. Sie ging vor, ihre Flaschen auf die Zimmer verteilen, und die Tessa boxte ihn schnell mit den Knöcheln in den Oberarm, bevor sie ihr folgte. »Ich hab mir was überlegt für den Song, das tät ich dir gern zeigen. Am besten noch vor morgen?« Vor der nächsten Probe hieß das und ohne den Tobi. Sie wartete in der Tür auf eine Antwort.

»Sicher«, sagte der Franz, »komm vorbei.«

»Heut Nachmittag? Bei dir?«

»Sicher«, sagte er noch einmal. Sie lächelte und verschwand, und der Franz freute sich, dass wenigstens die Tessa wusste, was wichtig war, und der Keller ausgemistet.

18

Ausgemistet

Die Julie hatte selbstverständlich angenommen, dass ›Ich melde mich‹ bedeutete, dass der Johannes sie erst einmal nach ihrer Telefonnummer fragen würde, einen Termin verabreden und sie dann mit ihrer Gitarre zu ihm ins Schloss fahren würde. Sie hätte im Leben nicht damit gerechnet, dass er, nachdem sie drei Tage nichts von ihm gesehen und gehört hatte, am vierten Tag einfach vor dem Gartentürl stehen würde.

»Hast du jetzt Zeit?«

»Warte«, rief sie aus dem Fenster.

Ein Blick auf ihr Handy sagte, dass Mittwoch war, vierzehn Uhr siebenundfünfzig. Am Mittwoch unterrichtete der Franz bis kurz vor fünf. Vor halb sechs kam er nicht nach Hause. In letzter Zeit kam er auch manchmal gar nicht, weil die Linn und er sich dauernd stritten, aber darauf durfte man sich nicht verlassen.

An der Linn, die im Wohnzimmer mit Kopfhörern auf dem Boden saß und mit dem Fernseher redete, konnte sie den Johannes einfach vorbeischleusen, aber im Vorzimmer sah sie sich Hindernissen gegenüber. Hindernisse, die der Johannes erkennen und dem Franz zuordnen würde: seine Lederjacke, zwei Paar Schuhe und das alte Foto von ihm mit diesem Gitarristen von der einen Band, das ihm heilig war. Sie sammelte alles ein und stopfte es in den Wäschekorb im

Bad. Als sie die Tür öffnete, wartete der Johannes immer noch am Gartentor, was, wie ihr erst jetzt auffiel, ein Segen war, weil auf der alten Messingklingel kein Name stand.

»Eine Stunde?« Damit war sie wirklich auf der sicheren Seite.

Sie verstellte ihm den Blick auf den Briefkasten, auf dem deutlich der Name *Brandstätter* zu lesen war, und lotste ihn in ihr Zimmer. Sie räumte die Werkzeugkiste vom Bett und rannte noch einmal schnell in die Küche, und als sie mit dem Orangensaft zurückkam, sprang die Uhr auf ihrem Handy auf vierzehn Uhr achtundfünfzig.

»Sometimes the only thing we can do is just go on breathing«, sagte der Scott auf der DVD, die die Elisabeth der Linn großherzig geliehen hatte, und die Linn übersetzte es simultan: »Manchmal ist das Einzige, was wir tun können, einfach weiteratmen.«

Seit einer Woche hörte sie seine sanfte Stimme, wann immer es möglich war. Sie hatte sich seine CDs aufs Handy geladen, sie schlief damit ein und übersetzte sogar noch im Schlaf weiter. Einerseits, weil es für einen Simultanjob ratsam war, vorher in der Sprache zu baden, andererseits, weil es ihr dabei half, nicht von ihren eigenen Gedanken am Schlafen gehindert zu werden. Das rotierende Gefühl im Magen, das diese Gedanken für gewöhnlich begleitete, blieb trotzdem. Der Scott nannte das das Aufbäumen des Ego aus Angst vor Veränderung.

Am Dienstag vor einer Woche hatte er sie angerufen und gefragt, ob sie seinen Workshop in der Nähe von Luzern übersetzen wollte. Am Mittwoch war sie seinem Vorschlag gefolgt, für jeden negativen Gedanken zwei Euro in ein Weckglas zu schmeißen, am Freitag hatte sie auf einen Euro reduziert und schließlich am Montag wieder damit aufgehört, als sie zwar über fünfhundert Euro beisammenhatte, die unendliche Leichtigkeit sich in ihrem Leben aber immer noch nicht blicken ließ.

Bei ihrer ersten Begegnung mit dem Franz, im letzten Jahr des alten Jahrtausends, hatte sich sein weißes Hemd allmählich rot verfärbt, als wäre ihm bei ihrem Anblick das Herz gebrochen. Damals schrieb die Linn gerade ihre ausgezeichnete Diplomarbeit über *Don Quijote*, und der Franz war mit seiner Band ein vielversprechender Geheimtipp. Wenn sie ihn reden hörte, dachte sie damals oft, sie hörte sich selber, nur tiefer, so einig waren sie sich über alles, was vor ihnen lag. Die Welt wartete auf sie.

Das Hemd hatte sie noch. Der Blutfleck war nie ganz herausgegangen. Es passte dem Franz nur nicht mehr. Nichts passte ihm mehr. Sobald er die Augen aufschlug, das Radio aufdrehte oder die Zeitung las, fing er an, sich über die Dummheit und Niedertracht der Welt zu beschweren, aber sein Zorn ging nie so weit, dass er sich aufraffen konnte, etwas zu unternehmen. Weder gegen die Musik im Radio noch gegen die Weltpolitik noch gegen die schiefe Kastentür oder das große Schweigen von der Julie. Sein Unterricht und der halbe Abwasch erschöpften ihn komplett, und der Linn wurde es zu schwer, neben ihrer eigenen auch noch die böse Welt vom Franz auf den Schultern zu balancieren. Aber hier war die Lösung, der patentierte Rettungsknopf im Fahrstuhl zum Glück: Einfach nicht aufhören zu atmen.

Sie stoppte die DVD und spulte zurück zu der Stelle, an der ihre Gedanken abgeschweift waren, da hörte sie die Musik. Sie kam nicht aus den Kopfhörern. Es war Musik, die sie in diesem Haushalt schon lang nicht mehr vernommen hatte. Keine plärrigen mp3-Dateien oder Youtube-Clips vom Handy und auch kein staubiges Vinyl, das durch die Kellerdecke drang. Zwei Gitarren übten. Miteinander. Zuerst spielte die eine etwas flüssig und klangvoll vor, dann spielte es die andere wackelig und falsch nach. Die Linn kannte dieses Lied. Es kam aus einer vergangenen Zeit, in der dem Franz noch hin und wieder Sachen gepasst hatten, in der er mit der Julie Musik gemacht hatte und Pläne mit der Linn. Sie folgte dem Klang bis vor die Kinderzimmertür. Früher hatte sie ihnen oft und lange unbemerkt zugeschaut, weil die Julie und der Franz das beide konnten, versinken, ohne irgendetwas um sich herum wahrzunehmen. Sie beugte sich vor, drückte lautlos die Klinke herunter und öffnete die Tür. Nur einen winzigen Spalt. Im Gegensatz zu früher verstummte die Musik sofort, was möglicherweise daran lag, dass da auf dem Bett nicht der Franz saß.

Da saß ein Bursch. Es war auch nicht die Julie, die die kläglichen Töne produzierte, sondern dieser blonde Jüngling in seinem gebügelten Rugby-Shirt, der sie anstarrte, als wäre sie der ungebetene Eindringling und nicht vielleicht er.

Die Überraschung richtete die Linn auf. »Ah, hallo, 'tschuldigung, ich hab geglaubt, der Papa spielt mit dir.«

Das Gesicht von der Julie glühte, und sie redete hochdeutsch: »Wie kommst du denn darauf?« Und ohne eine Pause und der Linn damit die Gelegenheit für eine Antwort zu lassen, stellte sie den Johannes brav vor. Sie benahm sich wie die gut erzogene Tochter in einem Video für den Deutschunterricht, und die Linn stieg automatisch darauf ein. Sie lächelte das Videomutterlächeln und sagte ihren Text auf: »Hallo, Johannes. Ich bin die Linn. Wollts vielleicht was trinken?«

Beide schauten kurz zum Orangensaft, der vor ihnen auf dem Boden stand, und schüttelten die Köpfe.

»Sonst alles okay bei euch?«, fragte die Video-Linn. Jetzt nickten beide. Ein Nicken, das bedeutete: ›Es könnte alles noch viel okayer sein, wenn du nur schon wieder draußen wärst.‹ Da lächelte die Linn noch einmal großräumig ins Zimmer und machte die Tür wieder zu.

Sie würde packen. Ihren Trolley für den Schweizer Workshop packen und dabei zwangsläufig viel vorm Kinderzimmer hin und her gehen müssen. Wo war jetzt der Trolley?

»Entschuldige«, sagte die Julie.

»Klopfen ist nicht so angesagt?«, vermutete der Johannes.

Die Julie schüttelte nur den Kopf. Rot war sie sowieso noch von vorhin, wie sie seinen Ringfinger in die Hand genommen und näher an den siebten Bund geschoben hatte, damit sein H besser klang.

Sie musste es ihm sagen. Sie musste ihm sagen, dass der Franz ihr Vater war. Der Johannes lästerte nämlich ständig über ihn, während er mühsam versuchte, die Noten auf dem Papier mit den Fingern auf den Saiten in Einklang zu bringen.

»Das mit dem Konzert geht in Ordnung, übrigens«, sagte sie.

»Haben sie's erlaubt?« Er freute sich und schaute sie trotzdem besorgt an, weil er wusste, dass diese Erlaubnis für sie gleichzeitig etwas Gutes und etwas Schlechtes bedeutete.

Er war so nett, es drehte ihr den Magen um. Sie musste es ihm sagen. »Na ja. Jedenfalls so gut wie«, sagte sie.

»Okay. Cool.«

Jetzt kam auch noch der Eckzahn zum Vorschein. Morgen, vor der Schule, würde sie's ihm sagen. Jetzt, hier, beim Franz zu Hause, wäre der Schock für ihn zu groß. Das Handy zeigte fünfzehn Uhr zweiundvierzig. Am besten, er ging jetzt, und morgen würde sie es ihm gleich sagen. Gleich nach der Schule.

»Das ist viel besser«, sagte sie und meinte seine *Spanische Romanze*, »nach den Ferien kriegst du ein neues Stück.«

»Nach den Ferien krieg ich einen neuen Lehrer.«

Ihr Lächeln wich einem verwirrten Gesichtsausdruck, der den Johannes zum Lachen brachte.

»Sie haben ihn gefeuert.« Er hielt seine Hand in die Höhe.

»Was? Wieso? Seit wann?«, fragte sie und klatschte halbherzig ab, aber der Johannes wusste nur, dass es irgendeinen Vorfall gegeben hatte und seine Stunde gestern ausgefallen war. Da stand die Julie auf, ging zur Tür und sperrte zu.

Sie überlegte sich nicht, wie der Johannes das auffassen würde, für den sich ja der Zusammenhang zum gefeuerten Franz nicht ohne weiteres herstellte. Dazu gingen ihr zu viele Fragen durch den Kopf: Warum hatte ihr das keiner gesagt? Wo fuhr er denn dann jeden Tag hin? Aber ganz besonders eine: »Warum üben wir dann?«

Da war etwas dran. Der Johannes strich die Kerben in seinen Fingerkuppen glatt. Gestern wäre seine letzte Stunde vor den Weihnachtsferien gewesen. Er legte die Gitarre weg, ging zur Julie, räusperte sich und küsste sie.

Hoffentlich hat er nicht auch den Trolley zum Recyclinghof gebracht, dachte die Linn, als sie in den Keller hinunterging. Dass auch hier jemand Musik machte, wunderte sie erst, als sie die Tür öffnete. Es war ja Mittwoch, höchstens halb vier, aber da stand der Franz mit einer neuen Gitarre und ihm gegenüber eine platinblonde Frau. Sie spielte Bass und sang und strahlte ihn begeistert an. Die Frau war jung, sie hatte diese Ösen in den Ohrläppchen, und in ihrem Ausschnitt lenkte eine Tätowierung vom Auge des Horus den Blick auf ihren Busen. Der war ebenfalls jung. Als sie die Linn erblickte, hörte sie auf zu singen. Auch das Strahlen nahm deutlich ab.

»Hi«, sagte der Franz außer Atem, ein bisschen verlogen, »Hi, du bist schon daheim?«, so als hätte er auf sie nur noch gewartet, und die Linn sagte: »Ja, ich kann mich im Büro nicht konzentrieren. Und du?«

Auf diese Frage antwortete der Franz: »Das ist die Tessa, von der Band.«

Die Tessa von der Band nickte ein kurz angebundenes Hallo und machte insgesamt nicht den Eindruck, als interessierte sie sich sonderlich dafür, wer die Linn war und worauf sie sich konzentrierte. Sie brach einen kleinen Bissen von einem Kuchen aus dem Café Amadé, der auf einem alten Blumentischerl von der Oma stand, und schob ihn sich in den Mund.

Der Franz hatte einen Teppich auf dem Betonboden ausgerollt, neben dem Sofa verbreitete eine alte Stehlampe viel angenehmeres Licht als die Neonröhre an der Decke, und ein zweiter Radiator schaffte es sogar, die Temperatur so weit zu erhöhen, dass die tätowierte Frau nicht frieren musste in ihrem T-Shirt.

»Haben wir noch Koffer?«, fragte die Linn. Es klang verhärmt und schnippisch und alt. Der Franz schaute sich suchend um, als müsste er sich erst einmal orientieren in seinem gemütlichen Kellerstudio, dabei gab es nur einen einzigen Ort, wo alles war, was er nicht weggeschmissen hatte: hinter dem Plattenregal. Das hatte er zirka dreißig Zentimeter von der Wand abgerückt. Er machte sich schmal und hangelte nach einem großen Koffer, und wären dabei nicht vier Paar Ski und Stöcke umgefallen, es hätte eine recht unangenehme Stille entstehen können.

Die Tessa sagte nichts, und die Linn wartete einfach, bis der Franz ihren kleinen Koffer aus einem größeren Koffer herausgeholt hatte, und stieg damit wieder nach oben.

»Ja, gut«, der Franz rieb sich die Hände, »wirklich gut.« Er lächelte und spielte den Anfang von *Nothing Else Matters*, um den eigenartigen Moment zu überbrücken.

Die Tessa hatte eine kleine, einfache Melodie für das Stück vom Tobi mitgebracht, fünf Töne, die alle Probleme des Songs mit einem Schlag lösten. Sie verwandelten die Strophe in den Refrain, der Refrain wurde ersatzlos gestrichen, und der Franz änderte noch ein C-Dur-Arrangement in c-Moll. Es war eigentlich nicht viel anders als vorher, nur um Häuser besser.

»Ich geh dann.« Die Tessa schob sich noch ein kleines Stück Kuchen in den Mund und zog sich am Sofa ihre Jacke an.

Der Franz wollte, dass sie blieb, noch einen Kuchen aß oder ein Bier trank, ein anderes Tempo ausprobierte oder ein anderes Stück, damit er nicht wieder zurückdriftete in die Zähflüssigkeit vom Vormittag, aber sie ließ sich nicht aufhalten. Sie lächelte und schüttelte den Kopf, packte den Bass ein und die Platten, die der Franz ihr geschenkt hatte. Der Franz brachte sie hinaus und winkte ihr nach, wie sie auf ihrem Rennrad davonradelte, obwohl sie sich nicht mehr umdrehte.

»Ich hab geglaubt, es gibt keine Sängerin?«

Der Franz atmete tief ein und drehte sich um. An der Haustür stand die Linn. »Die Tessa ist die Bassistin«, sagte er.

Sängerin, Bassistin, Vibraphonistin, diese feinen Unterschiede konnte er sich in die gefärbten Haare schmieren, sagte ihr Blick. Die Linn selbst sagte: »Ich will nicht, dass sie herkommt. Schon gar nicht, während ich weg bin«, und ging hinein.

Diese neue Angewohnheit, Statements abzugeben und ihn dann stehenzulassen, stellte für das eh schon recht dünnmaschige Nervenkostüm vom Franz eine zusätzliche Zerreißprobe dar. Er ging ihr nach ins Haus, fand sie im Schlafzimmer, wo sie Hosen, Blusen und Socken aufs Bett warf, die locker vierzehn Tage gereicht hätten, dramatische Wetterumschwünge inklusive.

»Was ist dir wichtig?«, fragte er.

Sie schaute von ihrem Kleiderberg auf. »Was?«

»Der Tessa und mir geht's um Musik«, sagte der Franz ein bisschen zu dramatisch, als dass es sich dabei um die reine Wahrheit handeln konnte, »aber das verstehst du nicht.« Einen eindrucksvollen Abgang kriegte er auch hin. Er griff an der Garderobe nach seiner Jacke.

»Wo ist meine Jacke?«

Die Linn faltete das achtzehnte T-Shirt in den Trolley.

Der Franz schaute sich im Vorzimmer um. Die Jacke war da nicht, dafür neben der Garderobe ein leerer Nagel an der Wand, an dem der Franz sonst mit dem Lemmy hing.

»Wo ist mein Foto?«

Es ging ihr nicht schnell genug. Er war ihr so zuwider, dass sie seinen Anblick nicht einmal mehr auf einem Foto ertragen konnte. »Verräumst du meine Sachen? Werd ich jetzt ausquartiert?«

Die Linn hob nur ahnungslos die Hände, in denen sie auf der einen Seite eine Kniebandage und auf der anderen einen Bikini hielt. »Frag die Julie«, schlug sie vor.

Ja, genau. Der Franz klopfte nur bei der Julie, um der Linn zu beweisen, was für eine blöde Ausrede das war, doch als er die Klinke hinunterdrückte, ging die Tür nicht auf.

»Warum ist da zugesperrt?«, wollte er von der Linn wissen.

Die stopfte zerstreut den Bikini in den Trolley, weil sie sich nämlich fragte, wann eigentlich die Musik aus dem Kinderzimmer verstummt war. »Sie hat Besuch.«

Der Franz verstand nicht, was das eine mit dem anderen zu tun hatte. Er klopfte noch einmal und fragte durch die geschlossene Tür: »Julie, weißt du, wo meine Jacke ist?«

»Es ist ein Bursch«, flüsterte die Linn, was sich als überflüssig erwies, weil es der Franz sofort lautstark wiederholte: »Was denn für ein Bursch?«

»Johannes heißt er.« Mehr wusste sie ja auch nicht.

Aber der Franz. Der wusste es gleich. Es gab viele Johannes. Johannes war ein Modename seit zweitausend Jahren und hielt sich hartnäckig, aber dieser Johannes, der Metzger Johannes, war hinter ihm her. Zuerst schlich er sich in seine Klasse und dann in seine psychiatrische Praxis, und zu guter Letzt schlich er sich auch noch in sein Heim und machte sich an seine Tochter heran. Aber nicht mit dem Franz.

Er rannte die Stiege hinunter. »Egon!«, schrie er. »Du musst mir helfen!«

Der Egon schreckte von der Couch auf. Dafür, dass es ihm nichts half, sich auszuruhen, nickte er recht häufig ein in letzter Zeit.

»Du musst da hinein und nachschauen, was los ist.«

»Wo hinein?«

»In der Julie ihr Zimmer. Das ist bloß eine ganz dünne Tür.« Der Franz war schon wieder auf dem Hinaufweg, bevor er merkte, dass der Egon sich nicht vom Fleck rührte. »Was ist?«

»Das mach ich nicht.«

Jetzt ließen ihn also alle im Stich. »Gut!«, schrie der Franz beleidigt. Er zwängte sich hinter das Plattenregal, das gefährlich schwankte, und suchte nach der Werkzeugkiste, fand sie aber nicht. Wegen der umgefallenen Ski war das Einzige, was er auf die Schnelle erwischte, ein Skistecken von der Julie. Damit rannte er die Stiege wieder hinauf.

Er hätte gleich den Gartenschlauch nehmen können, so wenig eignete sich ein Skistock als Brecheisen. Weder passte das spitze Ende ins Schlüsselloch noch in den Türspalt, und davon abgesehen bremste der Plastikteller vorn jegliche Hebelwirkung, sodass der Franz ihn schließlich nur dazu benutzen konnte, mit dem rosaroten Griff an die Tür zu klopfen.

»Was ist denn bitte mit dir los?«, fragte die Linn. Sie hatte aufgehört zu packen, der Koffer war voll, das Bett aber auch.

»Nichts«, sagte der Franz, »was soll mit mir los sein?«

Seine Tage waren gezählt, er hatte Halluzinationen, dafür keinen Job mehr, und der Bursch da drinnen wusste vermutlich besser über seinen Gesundheitszustand Bescheid als der Franz selber. Das war mit ihm los.

»Herrgott, Franz, sie spielen Gitarre«, zischte die Linn ziemlich laut.

Der Franz unterbrach das rhythmische Klopfen kurz und sagte bockig: »Ich hör nix.«

In diesem Moment drehte sich innen der Schlüssel im Schloss, und die Julie stand in der Tür, bleich wie Gips. Hinter ihr schwang sich der Johannes Metzger seine Gitarre auf den Rücken.

»Wiederschaun«, begrüßte ihn der Franz.

Der Johannes ging wortlos an ihnen vorbei. Die Julie machte ihre Augen zu und erst wieder auf, als die Haustür ins Schloss gefallen war.

»Wir zwei reden noch miteinander«, kündigte der Franz an.

»Mit dir«, sie sprach mit einer Stimme, die der Franz noch nie bei ihr gehört hatte, »red ich nie mehr, nur dass du's weißt.«

Sie vergewisserte sich, ob er sie auch verstanden hatte, dann ging sie zurück ins Zimmer und sperrte die Tür wieder zu. Die Linn legte sich im Schlafzimmer zu ihren Kleidern aufs Bett. Und der Franz stand mit seinem rosa Skistecken im Vorzimmer, ohne Jacke, ohne Lemmy, ohne Egon.

»Franz? Ich geh jetzt.«

»Nein«, schnarchte der Franz.

Die Linn drehte das Licht auf. »Ich weiß nicht, ob die Julie in die Schule gehen kann. Es geht ihr nicht gut.«

Dem Franz ging es auch nicht gut. Er zog mit aller Kraft seine Augen nach oben, trotzdem gelang es ihm nur, sie gerade so weit zu öffnen, dass ihn das Neonlicht blendete. Die Linn stand in Schal und Mantel vor der Couch.

»Morgen wär halt die Schularbeit«, sie zuckte die Achseln.

Wenn das alles war, was die Linn zur Lateinschularbeit zu sagen hatte, ging es der Julie wirklich schlecht.

Beim ersten Liebeskummer glaubst du, du stirbst. Der erste Liebeskummer vom Franz hatte Claudia Eberl geheißen. Ihre Liebe hatte drei Tage gedauert, und dann war die Claudia zum Thomas zurück. Jeder Liebeskummer nachher, jeder, sogar der, den er aktuell hatte, war nur halb so schlimm wie der damals, weil er wusste, dass er den überlebt hatte. Aber die Julie hatte doch sicher schon einmal Liebeskummer gehabt!? Heute war doch alles viel früher, gerade bei den Mädchen.

Er setzte sich auf. »Fahr nicht.«

Die Linn senkte den Kopf, als hätte sie ihn nicht richtig verstanden. »Das Taxi wartet draußen.«

»Du kannst sie jetzt nicht allein lassen.«

»Ich lass sie nicht allein. Ich lass sie bei dir.«

»Mich kannst du auch nicht allein lassen.« Sie atmete tief durch, der Franz redete weiter: »Ich tu alles, was du willst«, sagte er, »du musst mir nur sagen, was.«

»Gut, Franz.« So, stellte sich der Franz vor, schaut einen der Henker an, wenn man zum Tode verurteilt ist. »Wie wär's für den Anfang damit: Du stehst auf und machst der Julie ein Frühstück? Und dann suchst du dir einen neuen Job.«

Sie wusste es. Er war schuld am ersten Liebeskummer seiner Tochter und hatte trotzdem nicht verhindert, dass der Johannes ihn verriet. Es gab kein Universum, nirgends, in dem die Linn nicht die Treppe hinauf und in ihr Taxi gestiegen wäre.

Er legte zwei Teller auf den Tisch und eine Scheibe Brot auf den, den er für die Julie bestimmt hatte. Er machte sich schnell einen Kaffee und für die Julie einen Kakao. Er klopfte nicht, sondern sagte nur vorsichtig zu ihrer Tür: »Julie? Ich hab dir ein Frühstück gemacht.«

Die Tür öffnete sich sofort. Sie ging mit roten Augen an ihm vorbei ins Bad, wo sie zwanzig Minuten verbrachte, anschließend mit schwarz umrandeten roten Augen wieder zurück in ihr Zimmer, wo eine weitere Viertelstunde verging, bis sie herauskam und ohne einen Ton, von der zugeknallten Tür einmal abgesehen, das Haus verließ.

»Das wird ihr noch leidtun, wenn ich tot bin«, sagte der Franz. Er ließ sich auf einen Sessel fallen.

Der Egon begutachtete den gedeckten Tisch. »Oder dir«, sagte er vorsichtig. Er schaute in die Tasse, die der Franz für die Julie auf den Tisch gestellt hatte. Oben auf dem Kakao schwamm eine graubraune Haut, die ein bisschen an ein großes Muttermal erinnerte.

»Sie trinkt immer Orangensaft zum Frühstück. Das weiß ja sogar ich«, sagte der Egon.

Der Franz tauschte schwungvoll seinen Teller mit dem von der Julie und fing an, Butter auf das Brot zu schmieren. Die Butter war hart, sie schmierte bloß Löcher ins Brot und blieb auf dem Teller kleben. »Brauchst gar nicht mit dem Kopf schütteln, sag mir lieber, was ich tun soll!« Er feuerte das Messer zurück auf den Tisch.

»Vielleicht solltest einfach der Reihe nach tun, was getan

werden muss, und dir das Wichtige aufheben, bis du weißt, was es ist«, schlug der Egon vor.

»Gute Idee«, der Franz zeigte mit seinem löchrigen Brot auf den Egon, »damit ich so end' wie du? Als leblose Hülle, die auf die Auferstehung von der großen Liebe hofft?« Er biss hinein, und mit vollem Mund sagte er: »Oder gleich auf ein besseres Universum.«

Der Egon straffte sich tief beleidigt und ging rückwärts durch die Bank und durch die Wand, extra, obwohl ihn das Kraft kostete, die er nicht hatte. »Wo ist der Unterschied, Franz?«, sagte er leise. »Wo ist eigentlich der Unterschied?«

Der Franz kaute und kaute an diesem trockenen Bissen und hielt dem Blick vom Egon trotzig stand, bis er ihn nicht mehr sah. Dann nahm er den Kakao von der Julie und trank ihn aus, mitsamt der Haut und den bitteren Bröseln am Schluss.

Die Tamara nahm jetzt immer den früheren Bus. Die Julie sah manchmal ihren blonden Pferdeschwanz vorbeifahren oder in der Schule am Buffet anstehen, dann schaute sie einfach in die andere Richtung, und die Tamara tat wahrscheinlich das Gleiche, wenn sie die Julie von weitem sah, zumindest waren sie sich seit letztem Freitag nicht begegnet. Aber heute musste die Julie auch den früheren Bus nehmen.

Sie stellte sich einfach hinten hin und wartete, bis die Tamara ausgestiegen war, aber jetzt blieb die an der Ecke vor der Schule stehen, und als sie sich umdrehte, schaute sie der Julie direkt ins Gesicht. Die Julie konnte nicht schnell an ihr vorbeigehen, sie musste hier auch irgendwo stehen bleiben, wenn sie dem Johannes begegnen wollte, und das wollte die Julie unbedingt. Ich schwör dir, wollte sie ihm sagen, spätestens heute Nachmittag hätte ich es dir gesagt. Und vielleicht würde er dann auch etwas sagen. Etwas Nettes, Kurzes. Keine große Sache. Darin war er ja besonders gut. Und vielleicht würde er sie dann wieder küssen.

Wahrscheinlich nicht.

Die Julie schaute in die Richtung, aus der der Johannes kommen musste, und die Tamara schaute zwei Meter von ihr entfernt in die gleiche Richtung, aber wegen dem Lukas. Zwischendurch spürte die Julie, dass die Tamara zu ihr schaute, und linste vorsichtig hinüber, um rauszufinden, ob sie sich das bloß einbildete, aber die Tamara schaute tatsächlich, und die Julie schaute wieder weg, und als sie das nach fünf Minuten noch einmal machte, schaute die Tamara immer noch. Jetzt bog der Lukas um die Ecke und küsste die Tamara, aber die drehte sich so weg, dass es bloß ein Bussi auf die Wange wurde. Das war wahrscheinlich nett gemeint, dabei war es der Julie total egal. Es interessierte sie gar nicht, dass sie da standen und glücklich waren. Sie sollten nur endlich abhauen. Es musste doch längst acht Uhr sein. Es war bestimmt schon kurz nach, als der Johannes über den Zebrastreifen kam. Er hatte es eilig, er war ja spät dran. Er ignorierte die Julie nicht, das kann man nicht sagen. Als er sie sah, machte er einen Schritt ein bisschen langsamer als die anderen. Aber eben nur diesen einen. Sein Gesicht wurde ernst, dann nickte er gleichgültig zu ihr hin und ging vorbei.

»Es tut mir leid«, sagte die Julie, aber so leise, das hörte sie nicht einmal selber.

Auf der anderen Straßenseite schickte die Tamara den Lukas weg und zog ihren Lipgloss nach. Das konnte sie blind. Dann kam sie zur Julie herüber.

»Bei so was: immer wasserfeste Mascara«, ermahnte sie sie und nahm sie in den Arm.

Zwei Volksschüler hüpften aus einem Auto und rannten mit klappernden Schultaschen an ihnen vorbei. »Habts ihr ein Taschentuch?«, rief ihnen die Tamara nach. Der mit der Spiderman-Schultasche drehte sich im Rennen um und hob bedauernd die Hände, aber die Tamara glaubte ihm nicht. »Kleine Streber«, sagte sie verächtlich. Sie kramte das Turnleiberl aus ihrem Rucksack heraus, damit die Julie sich damit die schwarzen Tränen abwischen konnte. Fürs Turnen in der ersten Stunde war es jetzt ohnehin zu spät.

19

Ohnehin zu spät

Es eskaliert eh, stand auf dem T-Shirt, das die Tessa anhatte, vielleicht nicht die allerglücklichste Wahl für die heutige Probe. Sie suchte, eingekeilt zwischen der Anlage und dem Schlagzeug, in ihrer Tasche nach dem Tabak. Der Tobi stand vor ihr, die Gipshand hielt er vor der Brust mit der gesunden fest. »Wann habts ihr das beschlossen?«

»Wir haben eigentlich nicht viel geändert«, sagte sie, »sing's halt einfach einmal.«

»Wo ist mein Refrain?«

Die Tessa schaute hilfesuchend zum Franz.

»Weg«, sagte er.

»Also, wir haben ihn halt einmal weggelassen.« Die Tessa verteilte den Tabak auf dem Papier.

»Nein, der ist weg«, sagte der Franz. Er hatte keine Zeit mehr, diplomatisch zu sein, und keine Lust. Frauen, Kinder, Geister – und jetzt auch noch Musiker. In drei Tagen war der Wettbewerb, vorher noch die Untersuchung. In fünf Weihnachten. Der Egon weg. Weder im Keller noch im Seniorenheim. Und auch nicht im Proberaum.

Der Tobi schaute von einem zum anderen und lachte durch die Nase. »Weißt du, wie lang ich da dran gearbeitet hab?«, fragte er den Franz. Er stellte sich näher zum David, um sich schon rein körperlich Unterstützung zu sichern.

»Der Song ist aber ohne besser«, sagte der Franz. »Das

hört eigentlich ein jeder. Sogar die Frau Meier«, schickte er zur Tessa in ihre Ecke hinüber und freute sich, weil ihr darüber ein unterdrücktes Lachen auskam. Den Tobi, der nicht wusste, wer die Frau Meier war, machte das bloß noch wütender. Er wollte den Song nicht singen, der übrigens gar kein Song mehr war ohne seinen Refrain.

»Es ist schwer, wenn man auf Sachen verzichten muss, an denen man lang gearbeitet hat«, der Franz fragte sich, woher er eigentlich die engelsgleiche Geduld nahm, dem Tobi die einfachsten Dinge zu erklären, »aber in deiner Version haut der Song nicht hin.«

»Aber in deiner?«, flog ihn der Tobi an.

Das war es also. »Ich hab doch damit überhaupt nichts zu tun. Es ist ihre Version«, er zeigte auf die Tessa, »und du solltest froh sein drum!«

»Geh, Tobi, wegen der drei Minuten«, sagte der David jetzt gutmütig. »Probieren wir's halt einmal.«

Warum konnten nicht alle Menschen sein wie der David? Mit seinen Pranken, in denen die Drumsticks ausschauten wie chinesische Essstäbchen, und seiner Ruhe, die sogar dem Tobi erlaubte, nicht wie ein Vollidiot dazustehen. Er zählte ein, und der Song tat genau das, was sich die Tessa und der Franz im Keller ohne das Schlagzeug und ohne die Stimme vom Tobi vorgestellt hatten, aber eben nur vorgestellt. Es wurde nicht ganz klar, wo die Strophe aufhörte und der Refrain anfing, aber der Song hatte einen am Haken, die ganzen drei Minuten lang.

Das merkte auch der Tobi, der sich plagte, das Mikro mit der Gipshand aus dem Ständer zu kriegen, nur damit er es fallen lassen konnte, bevor er den Proberaum verließ. Der David machte der Tessa und dem Franz Zeichen, dass wahrscheinlich ein ausgedehnter Besuch im Dirndlstüberl nötig sein würde, um ihm die Erkenntnis zu erleichtern, dass er nicht der Bandleader war, für den er sich hielt, aber *Perle* jetzt dafür ein guter Song.

Zufrieden fing der Franz an aufzuräumen.

»Wow, das war echt schlau«, sagte die Tessa. Sie kam aus ihrer Ecke heraus und schob den Deckel der Kühltasche auf die Seite. Es gab kein Bier mehr, nur noch eine halbe Flasche Eigenbrand ohne Etikett, die eine der anderen Bands stehengelassen hatte. Die Tessa roch daran und trank einen kräftigen Schluck.

»Ich hab mit der ganzen Sache nichts zu tun«, wiederholte sie amüsiert.

Der Franz schaute von seinen leeren Bierflaschen auf. »Hab ich ja auch nicht«, sagte er.

Er war mehr der Riff-Typ. An Melodien arbeitete er mindestens so schwer wie der Tobi und meistens genauso erfolglos. Die Tessa hielt ihm die Flasche hin. Obst, schmeckte der Franz, Marille, ziemlich scharf.

»Das ist dein Song.« Er tippte ihr mit dem Zeigefinger aufs Brustbein, ein bisschen über dem Horus-Auge, und gab ihr zur Bekräftigung seiner Worte die Flasche wieder zurück. »Aber wenn so was ist, dann musst du auch einstehen dafür, sonst ist ja, was du kannst, alles nur Verschwendung.«

Sie setzte sich auf eine Box, als hätte er sie umgehauen, und der Franz setzte sich zu ihr. Ein paarmal gaben sie sich die Flasche hin und her, und die Tessa sagte: »Der Song ist aber wirklich besser so, oder?«

»Ja, sicher«, antwortete der Franz aus tiefster Überzeugung und trank drauf. Er dachte, sie würde dagegen argumentieren und noch ein, zwei Mal hören wollen, warum der Song jetzt besser war und sie eine gute Musikerin und mehr als bloß ein hübsches Gesicht. Das wollte sie nicht sein, obwohl ihr Gesicht aus der Nähe so hübsch war, dass fünf bis sechs andere völlig damit zufrieden gewesen wären, wenn sie es unter sich aufteilen hätten dürfen. Deswegen die Hieroglyphen auf der Haut und die ausgestanzten Ohren, schoss es ihm ein. Aber die Tessa überlegte es sich, sie sagte nichts, sondern küsste ihn direkt.

»Wow«, der Franz wich zurück, aber nur mit dem Kopf, seine Füße und alles andere ließ er genau da, wo es war. »Was war jetzt das?«, fragte er, dabei hatte er schon eine recht genaue Vorstellung davon. Sein Kopf spielte einen Pulp-Song – wie hieß der geschwind? Er stand auf. »Ich kann das nicht tun.«

Die Tessa grinste ein ungläubiges Grinsen und schaute ihn von unten mit diesem Blick an, diesem langen, offenen, ganz Reh. »Warum?«

Auf diese Frage gab es viele Antworten. ›Ich bin verheiratet‹, wäre eine gewesen, ›Ich bin psychisch in keiner guten Verfassung‹ oder auch, sehr wirkungsvoll, ›Weil ich nicht will‹. Der Franz aber sagte: »Ich bin viel zu alt für dich.«

Das war sehr dumm. Oder auch sehr schlau, wie man es nimmt, denn auf jeden Fall nahm es die Entscheidung aus seinen Händen und legte sie allein in die von der Tessa.

»A geh«, sie stand auf, lächelte und sagte: »Du bist ein Rockstar.«

Gab es etwas Einladenderes, was einem eine Zweiundzwanzigjährige sagen konnte? Der Franz spielte ein bisschen Luftgitarre, hörte aber gleich wieder damit auf. Die Tessa schmeckte nach Marille und nach Rauch und nach Leben, und sie zog mit einer einzigen fließenden Handbewegung seinen Gürtel auf. *Help the Aged* hieß der Song. Der Egon würde jeden Augenblick auftauchen. Das tat er ja immer. Oder der Tobi oder der David.

»Sch-sch-sch«, machte die Tessa, »es ist alles cool. Von mir aus geht alles in Ordnung, und soweit ich das beurteilen kann, geht von deinem Freund aus auch alles in Ordnung.«

Der Franz schaute sich fahrig um, bevor er erkannte, dass sie nicht den Egon gemeint hatte. Er konnte nicht anders, als sich darüber freuen, weil mit achtundvierzig und Burnout und Verdacht auf weiß Gott was war das durchaus nicht selbstverständlich. Seine Hose hing irgendwo auf Kniehöhe, deshalb reichte eine kleine Delle im Teppich, dass er rückwärts auf dem Fernsehsessel landete. Die Gitarre vom Tobi fiel um und gab einen leisen Akkord von sich. Die Tessa lachte und küsste den Franz noch einmal. Jetzt wurde ihm auch klar, wozu so ein Piercing durch das Lippenbändchen gut ist, er musste nur aufpassen, dass er da nicht irgendwo hängenblieb. Ich sollte dagegen ankämpfen, dachte er. Einerseits. Andererseits war er wahrscheinlich bald tot.

Es eskaliert eh, las er noch einmal auf der Tessa ihrem T-Shirt, kurz bevor es auf dem Boden landete. Darunter hypnotisierte ihn das Auge des Horus, und der Franz lehnte sich zurück, wodurch die automatische Liegefunktion dieses praktischen Möbelstücks ausgelöst wurde. Irgendwo in der Ferne klingelte ein Handy. Das war dem Franz egal. Und spätestens ab dann konnte man das, was er tat, nicht ›dagegen ankämpfen‹ nennen, beim besten Willen nicht.

Amore, stand auf der Bass-Drum. Seit einer Stunde stand die Julie vor der Bühne. Die Tamara und der Lukas küssten sich alle zwei Minuten, aber heimlich, aus Rücksicht auf sie.

Die Tamara hatte Turnen geschwänzt und sich bei der Julie entschuldigt, die Julie Geographie und ihr verziehen. Ein wirklich gutes Gefühl hatte sie dabei nicht, aber unter den ganzen unguten Gefühlen, die die Julie im Moment hatte, war das, wenigstens wieder eine Freundin zu haben, noch das beste. Die Tamara fand, dass die Julie auf das Konzert gehen und den Johannes treffen musste. Manche Sachen kann man nur persönlich klären. »Und wenn er nicht kommt«, meinte sie noch, »der Basti ist doch wirklich fesch. Und er hat nach dir gefragt.«

Sie sagte nicht, was er gefragt hatte, und die Julie wollte es auch nicht wissen. Sie war immer noch ziemlich wackelig auf den Beinen und versuchte wenigstens hin und wieder zur Vorband auf die Bühne zu schauen und nicht immer nur zum Eingang, wo gerade der fesche Basti mit zwei Plastikbechern in den Saal kam. Er steuerte auf die Julie zu und brachte ihr einen. Sie trank einen Schluck und stellte den Becher auf den Boden, wo er im nächsten Augenblick von jemandem umgetreten wurde. Das bemerkte die Julie aber nicht einmal, denn in dem Moment, in dem sie nicht hingeschaut hatte, musste der Johannes hereingekommen sein – und mit ihm die Sonja aus seiner Klasse. Die Julie konnte nicht sagen, ob er sie wirklich nicht sah oder nur so tat. Jedenfalls sagte er der Sonja was ins Ohr, und die lachte sich darüber halb kaputt.

»Bleib doch wenigstens zum Konzert!«, schrie ihr die Tamara noch nach, aber die Julie hatte genug *Amore* gesehen für einen Abend.

Die Tessa rauchte auf dem Klappfauteuil eine Zigarette, während der Franz unter dem Sessel nach dem verdammten Handy suchte, das zum dritten Mal innerhalb der letzten zwanzig Minuten klingelte.

Als er es schließlich fand, stand auf dem Display: *Drei verpasste Anrufe von Linn.* Super. Das erste Mal seit Wochen, dass sie ihn anrief, die ersten drei Mal. Er suchte seine Sachen zusammen, schlüpfte in die Schuhe, zog den Gürtel zu und nahm seine Jacke mit.

»Ich muss nur telefonieren«, sagte er der Tessa so sanft wie möglich. Die schloss verständnisvoll die Augen und blies Rauch hinter ihm nach.

Die Linn war beim ersten Klingeln dran. »Warum erreich ich euch nicht?«, fragte sie, ohne ein Hallo oder sonst was.

Ja, warum?, überlegte der Franz.

»Wo bist du?«

»Daheim«, sagte er.

»Und die Julie?«

»Auch. Sie – sie – sie hört ziemlich laut Musik, ich glaub, sie tanzt«, behauptete er felsenfest.

»Sie tanzt?«

Der Felsen bröckelte. Schwachsinn. Die Julie tanzte höchstwahrscheinlich nicht. Sie war am Boden zerstört, aber wo? Und wieso ging sie nicht ans Handy?

»So hört es sich jedenfalls an, im Keller«, log er weiter.

»Du bist im Keller?«

Sie schrie irgendwo draußen im Freien ins Telefon und verstand ihn offenbar schlecht. Bisher beschränkte sich die Unterhaltung darauf, dass sie alle seine Antworten als Frage wiederholte. Hoffentlich lenkte sie das genügend von deren Unglaubwürdigkeit ab.

»Jetzt nicht mehr.« Genial, der Keller war ein einziges Funkloch. »Ich war im Keller, deswegen hab ich dich nicht gehört.«

»Wie geht es ihr?« Sie flehte förmlich um gute Nachrichten und wollte wissen, ob die zwei miteinander geredet hatten. Der Franz hatte die Julie seit der Früh nicht gesehen, aber sie war in die Schule gegangen, da konnte er wenigstens die Wahrheit sagen, zumindest soweit er sie kannte.

»Franz, sie soll besser schlafen gehen, morgen –«, der Rest ging in einem von Piepsen unterbrochenen Rauschen unter. Der Franz drehte sich auf der Stelle und raufte sich die blöden schwarzen Haare. Die Lateinschularbeit, die war morgen. Das bedeutete, heute war das Konzert.

Dann knackte es im Handy, und er hörte wieder die Stimme von der Linn.

»Die Julie«, sagte sie.

»Ja?«

»Du hast mich gefragt, was mir wichtig ist«, sagte sie, »die Julie. Sag ihr, ich weiß auch nicht, vielleicht sagst du ihr, es wird alles wieder gut.«

Er nickte ins Telefon. Die Tessa war eine wilde, junge Frau. Die machten so etwas ständig, wahrscheinlich mehrmals in der Woche. Es bedeutete ihnen gar nichts. Das würde er gleich mit ihr klären, und niemand würde jemals davon erfahren. Er musste die Julie finden und sicher heimbringen. »Mach dir keine Sorgen, Lini, es wird alles wieder gut, ich versprech's!«

»Na, da bin ich aber gespannt«, sagte nicht die Linn.

Der Franz drehte sich um.

Der Egon steckte die Hände in die Hosentaschen und musterte ihn kopfschüttelnd von oben bis unten.

Im Handy piepste es wieder, und eine Computerstimme sagte: »Ihre Verbindung wird gehalten«, aber der Franz wusste, dass das immer nur der schwache Trost der Telefongesellschaft war, bevor eine Verbindung endgültig zusammenbrach.

Die Linn streckte ihre Telefonhand weit aus dem Sessellift, der sie den Berg hinauftrug zu ihrem Chalet, um den letzten Rest Netz einzufangen.

»Can I ask you something?«, der Scott legte ihr leicht die Hand auf den Arm. »What can you change from here?« Er saß in einer dicken Daunenjacke neben ihr, eine Stirnlampe auf dem Kopf, und leuchtete damit in ihr Innerstes. Die Linn lächelte ertappt. Nichts konnte sie ändern. Nur sich selbst.

Das spirituelle Erwachen ist wie ein Fallschirmsprung. Mit diesen Worten hatte der Scott heute seinen Vortrag begonnen. Als Erstes merkst du, dass du keinen Fallschirm dabeihast. Aber dann, dass es den Boden, auf dem du aufschlagen wirst, nicht gibt. Und dann, kurz vor Schluss, auch niemanden, der gesprungen ist.

Die Linn und alle anderen hatte diese Eröffnung in einen erhabenen Zustand versetzt.

Sie hatte die viereinhalb Stunden über nur sehr wenig zu tun gehabt. Die gesamte Firmenbelegschaft sprach Englisch, hin und wieder übersetzte sie ein paar Worte auf Deutsch, Italienisch oder Französisch, ansonsten reichte sie das Mikro ins Publikum, erklärte den Leuten, was sie für die dazwischengestreuten Gruppenübungen brauchten oder wie sie sie machen sollten, und kam sich überflüssig vor. Die Zuhörer nahmen den Fearlessness-Vortrag mit viel Applaus und Gelächter auf, meditierten bereitwillig, und aus der oft so mühseligen Frage-und-Antwort-Gelegenheit am Ende entwickelte sich ein lebendiges Gespräch.

Neben dem Scott war es leicht, keine Angst zu haben. Sie konnte zuschauen, wie er das Klima im Raum veränderte. Die Menschen lächelten, servierten ihr phantastisches Essen und bezahlten sie großzügig. Sie warfen sogar mitten in der Nacht den Sessellift an, damit er sie in ihr Chalet auf dem Berg zurückbrachte, und der Scott veränderte auch das Klima im Sessellift. Doch während sie hier ohne Fallschirm mit ihm durch die Nacht schwebte, wusste die Linn ganz genau, wo sie ihre Angst gelassen hatte. Die war zu Hause. Wo alles zerbröckelte ohne sie.

»Would you work for me, if you could bring your daughter?« Für einen spirituellen Profi wie den Scott war es überhaupt kein Problem, ihre Gedanken zu lesen. Um ehrlich zu sein, war das für niemanden besonders schwer, außer für den Franz.

Der Linn fiel fast das Handy hinunter vor Schreck.

Er wollte, dass sie weiter für ihn arbeitete. Der Scott fand nämlich nicht, dass sie überflüssig gewesen war. Im Gegenteil, er nannte sie brillant, und er fragte sich, wozu sie erst fähig wäre, wenn sie sich wirklich fokussierte und nicht mehr abgelenkt wäre. Und während er ihr ein grobes Bild ihrer unmittelbaren Zukunft malte, begann die Linn sich dasselbe zu fragen. Zwei Monate war er noch in Europa unterwegs, praktisch nonstop. Italien, Frankreich, dann die skandinavischen Länder und im März Südamerika. Nein, sie musste weder Finnisch noch Estnisch sprechen. Schwedisch konnte die Linn, obwohl es nicht nötig sein würde. Es ging dem Scott gar nicht so sehr um Übersetzungen, er brauchte jemanden, der sein Reiseblog führte und seine Online-Präsenz verwaltete. Wenn sie sich das zutraute, bliebe daneben genügend Zeit, ihre eigenen Elevator-Skills zu verfeinern und ihre Tochter selbst zu unterrichten. Gab es eine bessere Schule als die Welt?

»Just think about it, Linn«, sagte er und richtete seine Stirnlampe in den Himmel. Tausend Sterne grüßten zurück.

Die Welt. Nichts weniger legte er ihr zu Füßen – wobei der Linn ziemlich wurscht war, ob es sie jetzt gab, die Welt und ihre Füße, oder nicht.

Die Tessa hatte sich mit dem alten Schlafsack zugedeckt, der sonst die Bass-Drum vom David dämpfte. Sie schlief.

Den Franz stellte das vor die Frage, ob er jetzt einfach so gehen sollte, ohne sich zu verabschieden. Morgen auf der Probe würden sie sich wiedersehen. Wie machte man so etwas heutzutage? Durch das Loch in ihrem Ohr konnte er das Muster des Möbelstoffs sehen. Was auch nicht direkt beim Nachdenken half, war, dass der Egon permanent auf ihn einredete: »Wie alt ist sie? Zwanzig? Einundzwanzig?«

Sie war schon zweiundzwanzig, aber das stimmte ihn auch nicht milder. »Hast du dir gedacht, du fängst lieber noch einmal ganz vorn an, mit einer, die sich noch was erzählen lässt von dir?«

»Schsch!«, machte der Franz. Davon wurde die Tessa wach und schaute verschlafen zu ihm auf.

»Ich muss weg«, sagte er. Er versuchte, so zu klingen, als würde er das sehr bedauern. Und das tat er auch, einerseits. Andererseits, zu zweit auf dem ausgeklappten Fernsehsessel schlafen, dafür war er wirklich zu alt.

»Tut's dir schon leid?«, fragte sie.

»Nein!«, widersprach der Franz ganz erstaunt. »Dir?«

Der Egon verzog grantig das Gesicht.

»Nein«, sagte die Tessa.

So klang das überzeugend.

»Ich muss mich um meine Tochter kümmern«, erklärte der Franz den einzigen und ausgesprochen edlen Sachverhalt, der ihn aus dem Klappfauteuil trieb.

»Okay, wir sehen uns ja morgen«, sagte sie müde und suchte sich eine bequemere Position. Sie winkte Adieu und wirkte weder am Boden zerstört noch benutzt. Er war entlassen und durfte sich entfernen.

Der Egon wartete schon auf der Treppe. Da erst sickerte dem Franz ins Hirn, dass unter ihrer winkenden Hand ein wollener Ärmel geschlackert hatte, blau und beige gestreift. Er schaute zu seiner Tasche. Die war leer, bis auf ein paar

Kabel. Die Tessa hatte sich zum Schlafen seinen Pullover ausgeliehen und mit ihrer Selbergedrehten noch ein Loch hineingebrannt, bevor die ausgegangen war.

»Was denkst du dir dabei?«

Der freie Tag hatte offensichtlich einen belebenden Effekt auf den Egon gehabt. Vielleicht war es aber auch nur die Wut auf den Franz, die ihn beinah mit ihm Schritt halten ließ auf dem Weg zum Auto.

»Ich sterb wahrscheinlich bald an einem Hirntumor!«, warf der Franz hinter sich in die Nacht und hoffte, den Egon damit ein bisschen nachsichtig zu stimmen, aber der keppelte bloß zurück: »Ja, hoffentlich! Aber was, wenn nicht?«

Am meisten ärgerte den Franz, dass er so ein schlechtes Gewissen hatte. Eine junge Frau schlief freiwillig mit ihm, während sich seine alte Frau von ihm scheiden lassen wollte. Wo war eigentlich das Problem?

»Was, wenn sie schwanger ist, willst du sie dann heiraten?«, ereiferte sich der Egon.

Jetzt musste der Franz doch lachen. »Ein bissl was hat sich schon verändert in den letzten hundert Jahren.«

Der Egon verzog skeptisch den Mund, aber er sagte nichts mehr, bis sie im Auto saßen und zum Konzert fuhren.

Da war es der Franz, der wieder anfing. »Du redest doch von mutigen Entscheidungen und anderen Welten. Und dass es im Grunde wurscht ist. Da zwingst du mich, mein ganzes Geld für eine Gitarre hinzulegen, und dann soll ich keinen Sex haben? Was ist denn das für eine komische Theorie?«

»Es ist nicht wurscht!«, der Egon wischte sich masselose Spucketröpfchen vom Kinn. »Deine Frau sollst du dir zurückholen. Willst du sie zurück oder nicht?«

Der Franz wusste es nicht mehr. Vielleicht war das ja auch Blödsinn, die Idee von der ewigen Liebe, wenn die Linn ihn nicht mehr wollte. Die Tessa war nicht nur neu und wild, sondern auch noch musikalisch, und an die Gucklöcher in ihren Ohren würde er sich auch gewöhnen, wahrscheinlich.

Er parkte das Auto und ging stumm den kurzen Fußweg zur ARGEkultur.

»Sie hat mich abgehakt«, sagte der Egon plötzlich. Er lächelte traurig. »Sie hat mich geliebt, und dann hat sie mich abgehakt und sich andere gesucht.«

Der Franz blieb stehen. Es ging um den Egon. Um seine Verschränkung mit dem Franz und darum, was mit ihm passierte, wenn der Franz die Linn abhakte. Daran hatte der Franz natürlich nicht gedacht auf dem Sessel mit der Tessa.

Jetzt hätte er dem Egon gut zureden können oder ihn auch anlügen, aber stattdessen fragte er ihn etwas, was er ihn schon seit Tagen fragen wollte, weil der Egon so schwächelte: »Hast du dir eigentlich schon einmal überlegt, was passiert, wenn's nicht hinhaut mit der Erlösung?«

Der Egon schaute ihn ernst und angsterfüllt an.

»Ich mein ja nur«, sagte der Franz, »gibt's einen Plan B?«

Der Egon schüttelte den Kopf. »Nein, Franz«, er machte den Knopf von seinem Sakko zu, schaute lächelnd an sich herunter und wischte mit dem Handrücken über die Aufschläge, »das ist der Plan B.«

20

Plan B

Am Eingang zum Veranstaltungssaal stand quer ein Tisch. Ein Mann und eine Frau saßen dahinter und kontrollierten die Karten und die Stempel derjenigen, die von der Bar oder vom Klo zurückkamen und wieder in den Saal wollten.

»Ausverkauft«, sagte der Mann, als der Franz dran war.

»Ich will nicht auf das Konzert«, sagte er, »es geht um meine vierzehnjährige Tochter. Sie ist da drin.«

Auf den Gesichtern der Kartenabreißer breitete sich wissende Langeweile aus. Sie schauten sich gegenseitig an und rangen mit der Entscheidung, ob sie dem Franz trauen konnten oder ob er sich gratis Zugang zum Event des Jahres verschaffen wollte.

»Können wir leider nicht machen«, sagte die Frau. Der Franz starrte sie fassungslos an, ebenso wie ihr Kollege, der ihn mit Sicherheit durchgelassen hätte, aber er war neu und kannte halt noch nicht alle Tricks.

»Aus feuerpolizeilichen Gründen«, erklärte die Frau.

»Soll ich ihr feuerpolizeiliche Gründe liefern?«, erbot sich der Egon, aber der Franz winkte ab. Der Egon sollte sich seine Kräfte lieber einteilen. Er drehte auf dem Absatz um, ging wieder hinaus in die kalte Winterluft und einmal ums Haus herum. Er zog sich die Skihaube tief in die Stirn und rüttelte an der Hintertür, bis ein Musiker von der Vorband aufmachte. »Was gibt's?«, sagte der.

»Hi«, sagte der Franz, hielt ihm seinen Kragen entgegen, an dem weder ein Backstagepass noch irgendwas Verwechselbares hing, aber schon waren sie drin.

Der Egon hinkte beeindruckt neben ihm durch den Gang, der Franz suchte den Weg zur Bühne. Er musste an das legendäre Konzert in der alten ARGEkultur denken, bei dem er das Plektrum verloren und einfach weitergespielt hatte, ohne zu merken, wie sich langsam ein Blutfleck auf seinem Hemd ausbreitete, weil im Publikum eine Frau stand, die ihn gebannt hatte mit ihrem Blick. Nach dem Konzert hatten sie die Nacht miteinander verbracht. Er konnte sich nicht mehr genau erinnern, wie es damals gewesen war – weniger performanceorientiert als heute, so viel war sicher –, aber er wusste noch, dass es das erste und einzige Mal gewesen war, dass er hatte bleiben wollen. Noch in der Nacht hatte er sie gefragt, ob sie ab jetzt jede Nacht mit ihm verbringen würde, und die Linn hatte ihr schönes Lachen gelacht und gesagt, schauen wir mal, was du morgen sagst.

Die Lautstärke des Konzerts nahm mit jedem Schritt zu. Sie hatten alles abgerissen und neu gebaut, vermutlich aus feuerpolizeilichen Gründen. Der Franz blieb vor einer metallenen Doppeltür stehen, der Bühnentür. Als er sie öffnete, schwappten ihm der Sound, die verbrauchte Luft und der Applaus eines überfüllten Saals entgegen. So groß war das Kulturzentrum zu seiner Zeit nicht gewesen. Auch nicht so gut besucht. Das Publikum bestand zum Großteil aus Leuten, die er im Lauf seiner Lehrerkarriere zumindest schon einmal gesehen hatte. Keinen Schritt konnte der Egon machen, ohne dass einer von ihnen durch ihn durchstieg. »Bleib da«, deutete ihm der Franz, der vorn an der Bühne die Tamara entdeckt hatte, die von einem Maturanten aus dem Sportzweig abgeschleckt wurde. Der war mindestens achtzehn, aber das ging den Franz ja nichts an.

»Wo ist die Julie?«, schrie er ihr ins Ohr. Die Tamara schreckte zusammen und gab vor, keine Ahnung zu haben, aber weil der Franz nicht nachgab und vor allem weil er nicht wegging, sagte sie ihm schließlich, dass sie glaubte, eigentlich müsste die Julie zu Hause sein.

»Da ist der Bursch«, machte ihn der Egon aufmerksam, als sich der Franz wieder zu ihm zurückgekämpft hatte. Hinten auf der Tribüne stand der Johannes Metzger, und neben ihm hüpfte die Sonja Jäger aus seiner Klasse vor Freude auf und ab und verschwendete keinen Blick an die Band.

»Ich will Schnaps«, seufzte der Sänger ins Mikrofon. Ein nicht ganz junger Typ, auch nicht wahnsinnig gut aussehend, stand ohne Hemd an der Bühnenkante. Die Menge johlte. Die Band spielte ein Intro, und er breitete die Arme aus und ließ sich fallen. Auf den Händen des Publikums schwebte er bis vor an die Bar, trank dort unter lautem Beifall einen kräftigen Schluck aus einer Whiskeyflasche und kehrte auf dem gleichen Weg wieder auf die Bühne zurück, damit der Song endlich anfangen konnte.

Der Egon verfolgte dieses Schauspiel mit offenem Mund. Das war es, was der Franz sich gewünscht hatte, damals, im Fahrstuhl zum Glück. Der schwammige Typ da oben konnte es jeden Abend haben. Und der Franz? Der hatte stattdessen den Egon gekriegt.

Sie gingen vorne hinaus, an den Kartenabreißern vorbei, denen der Franz zum Abschied freundlich zuwinkte.

Sie hatten eine Band gesehen, die alles tat, was sie wollte. Darin leistete sie wirklich ganze Arbeit. Die Songs waren watscheneinfach und trotzdem geheimnisvoll, pathetisch und witzig zugleich.

»Hast du die vorher schon einmal gehört?«, fragte der Egon. Der Franz konnte sich nicht erinnern, aber die Leute im Publikum, jedes Wort hatten sie mitgesungen, jedes Wort.

Die Julie fand er wirklich in ihre Polster vergraben im Bett. Ein Kopfhörer war ihr aus dem Ohr gerutscht. Von Zeit zu Zeit hob sich ihr Brustkorb und schnappte in drei Etappen nach Luft, wie früher, wenn sie als kleines Mädchen manchmal so geweint hatte, dass niemand sie beruhigen konnte, und irgendwann vor lauter Erschöpfung eingeschlafen war. Der Franz wollte wissen, was die Julie in ihrem Kummer trösten sollte. Sag ihr, dass alles gut wird, hatte die Linn gesagt. Er hielt sich den Kopfhörer ans Ohr, und zu seiner Verwunderung hörte er, wie jemand lateinische Verben konjugierte.

Es ging der Julie nicht um die Verben. Es ging ihr um die Stimme, die da sprach, die Stimme vom Johannes Metzger.

Am nächsten Morgen war der Franz um sieben beim Billa. Er kaufte Orangen und Milch und eine Packung Kopfwehtabletten, weil die im Sonderangebot waren. Bis die Julie aus dem Bad kam, hatte er bereits vier Orangen in ein Glas gepresst. Das hielt er ihr stolz entgegen.

Sie nahm es. Sie sagte immer noch nichts, aber sie trank wenigstens den Saft.

»Schau, Julie«, sagte der Franz, »manchmal kriegt man nicht das, was man sich wünscht –«

Die Julie drehte die Augen zur Decke, als würde sie irgendeinen himmlischen Beistand anrufen, die väterlichen Ratschläge zu stoppen.

»Aber du hast noch so viel Zeit.«

Sie stellte das leere Glas auf den Tisch, zog ihre Jacke an, hängte den Rucksack um und ging.

Hilflos schaute der Franz zum Egon.

»Vielleicht, wenn wir ihr etwas ganz Teures kaufen?«, schlug der vor.

»Schöner Geist«, seufzte der Franz. Er hatte noch zwei

Euro siebzig im Geldtascherl, aber etwas Besseres fiel ihm auch nicht ein. Er ging hinunter in den Keller, nahm die Martin und fuhr damit zum KeyWi.

Die Tessa erwähnte die Nacht mit keinem Wort. Es ist ja gut, Geschäft und privat zu trennen. Sie war aber auch sehr abgelenkt, weil der Franz statt der Martin auf einmal die Gibson dabeihatte. Zuerst hielt sie es für einen Scherz, aber gleich darauf für das Ende der Welt: »Was soll das werden? Das ist doch ein ganz anderer Sound?«

Es stimmte schon, die E-Gitarre hatte nicht dieselbe Strahlkraft wie die Western, aber die Martin war gewissermaßen weg. Verkauft. Um tausend Euro. »Bring s' dem Pühringer zurück, oder stell s' ins Internet«, riet ihm der Verkäufer, aber das wollte der Franz beides nicht. Er wusste, dass er ein schlechtes Geschäft machte, nur sofort musste es sein.

Die Tessa ging hinaus, frische Luft schnappen, und rauchte dann draußen fünf Zigaretten, um sich zu beruhigen. Bei den Stücken verspielte sie sich dauernd, musste wieder hinausgehen, und das Ganze fing von vorne an. In einer dieser Zwangspausen hatte der David die Idee, dass der Franz ja auch die Gitarre vom Tobi ausprobieren konnte, und dem Tobi gefiel diese Idee gar nicht schlecht. »Dann klingen wir vielleicht wieder mehr wie wir«, sagte er mit einem diffusen Lächeln. Er sehnte sich nach der Zeit, wenn er den Gips und den Franz los war und wieder ruhig schlafen konnte.

Die Gitarre vom Tobi spielte vom Sound her nicht in ganz der gleichen Liga wie die vom Elvis, den Franz erinnerte sie eher an einen Pappkarton, um den einer ein paar Gummiringerl geschnallt hatte.

»Na, jedenfalls besser als die«, kanzelte die Tessa die

Gibson ab. Langsam wurde der Franz ein bisschen beleidigt, dass ihr seine Gitarre anscheinend wichtiger war als seine ganze restliche Persönlichkeit.

Am Samstag fragte sich der Franz, ob er sich das mit dem Sex vielleicht bloß eingebildet hatte. Weder bei der Mali noch im Proberaum verzog die Tessa eine Miene, nicht einmal als er auf der Suche nach einem dünneren Plektrum die Ritzen vom Fernsehsessel absuchte.

Der Pullover allerdings, der war weg.

Nach der letzten Probe am Sonntag machten sich der Tobi und der David auf die Suche nach dem Verantwortlichen für den Schranken, damit sie morgen mit dem Auto aufs Gelände fahren konnten und die Instrumente einladen. Der Egon saß zwischen den verpackten Becken vom Schlagzeug und sah bestenfalls durchsichtig aus. Der Franz und die Tessa waren also quasi allein.

»Ah, wegen neulich«, fing der Franz an.

Sie schaute, als müsse er ihrer Erinnerung auf die Sprünge helfen.

Der Franz seufzte. »Das war wirklich –«

Sie wickelte andächtig ein Kabel auf und wartete, ob er noch konkretisieren würde, was das neulich wirklich war, aber als nichts mehr kam, sagte sie: »Ja, das war's wirklich.«

»Gut«, er lachte erleichtert auf, »weil ich hab schon geglaubt, das war's vielleicht nicht.«

Sie schickte einen schnellen Blick zum Klappsessel. »Vielleicht wird es ja wieder einmal was?«, und dann lächelte sie, dass das Piercing zum Vorschein kam.

Das Gespräch lief eindeutig in die falsche Richtung. Wenn er morgen Abend die Linn überzeugen wollte, sich nicht von ihm scheiden zu lassen, war es besser, der Tessa jetzt keine

Hoffnungen oder Ähnliches zu machen, noch dazu in Anwesenheit vom Egon.

»Ah, hast du meinen Pullover noch?«, fragte der Franz schnell, bevor er den womöglich wieder vergaß.

Sie verstaute mit zackigen Bewegungen ihren Bass in der Tasche.

»Der ist mein Glücksbringer, weißt?«, setzte er nach.

Sie runzelte die Stirn, stellte den Bass zu den anderen Sachen, und der Franz half ihr, damit sie ihn nicht in den Egon hineinstellte.

»Und? Hilft er?« Sie holte ihren Tabak aus der Jackentasche.

Der Franz lachte und zuckte die Schultern. »Werden wir sehen.«

Sie lachte nicht, lächelte nicht einmal, verteilte nur den Tabak auf dem Zigarettenpapier.

»Ich brauch ihn wirklich wieder«, sagte er.

Sie nickte leicht genervt und klebte ihre Zigarette zu. »Bring ich dir mit«, sagte sie. Zum Rauchen ging sie an die Luft, und im Hinaufgehen sagte sie noch gleichgültig: »Wenn ich ihn find.«

Mehr konnte er wohl nicht verlangen. Er schickte einen verlegenen Blick zum Egon, der eingepfercht zwischen den Instrumentenkoffern saß.

»So viel hat sich auch wieder nicht verändert in den letzten hundert Jahren«, meinte der.

Der Franz seufzte. Der Egon erwartete sich vom Magnetfeld im MRT einen Energieschub, aber was erwartete ihn dort morgen früh?

Zu Hause sagte er zur Tür von der Julie, dass sie das Licht ausmachen sollte, bevor er sich selber schlafen legte. Er wälzte sich hin und her, stand wieder auf, trank noch ein

Bier und hatte das Gefühl, die ganze Nacht kein Auge zuzumachen. Er schaute um eins auf den Vogelwecker und um Viertel vor drei – und als er um fünf wieder auf den Wecker schaute, lag neben ihm im Dunkeln plötzlich die Linn. Er hatte sie nicht heimkommen gehört.

»Wie hast du das gemeint, es wird alles wieder gut?«, flüsterte er.

Sie schmatzte leise im Schlaf und drehte sich weg.

»Sie können gern einen Termin mit mir vereinbaren, an dem die Frau Dr. Metzger das mit Ihnen bespricht.«

Der Franz hielt eine CD in der Hand, die sein Gehirn in Scheibchen enthielt, aber die Frau Dr. Metzger hatte keine Zeit für ihn. Angeblich war sie nicht einmal da.

»Aber Sie müssen sich das anschauen!«

»Ich mach nur die Termine«, sagte die Sprechstundenhilfe, »wie wär's mit dem 8. Jänner? Dann haben wir auch den Befund.«

»Ich will doch nur wissen, ob ich sterben muss. Wieso sagt mir das keiner?«

»Ist Ihnen der 8. zu spät?« Sie schaute ihn an, als ob er ihr leidtäte, aber der Franz war sich sicher, dass sie in Wirklichkeit im Kopf ihr Weihnachtsmenü durchging.

»Was tu ich denn, wenn's stimmt?«, fragte er den Egon. Er gab seine tausend Euro in Rekordzeit für Weihnachtsgeschenke aus, als könnte er damit seinem Schicksal entgehen oder auch dem, was ihn eventuell nach diesem Schicksal erwartete.

»Wenn's stimmt, erfährst du's am 8. Jänner auch noch bald genug«, meinte der Egon. Er sah nur wenig erholt aus, ein MRT war mit einem Kernkraftwerk eben nicht zu vergleichen, und nun dackelte er schon den ganzen Vormittag neben dem Franz durch die Geschäfte.

»Magst du dich hinsetzen?«

Der Egon schüttelte den Kopf. »Es ändert nichts, ob ich sitz oder steh. Wie oft soll ich's dir noch sagen?«

»Ja, ich weiß, aber tu mir halt den Gefallen.«

Die Bankerl am Elisabethkai waren nass und sahen nicht besonders einladend aus. Der Franz stellte seine Einkäufe auf einem ab. Der Egon setzte sich nicht.

»Schau, Franz, das ist das Dumme an dir«, erklärte er ihm. »Du willst, dass die Welt so funktioniert, wie du glaubst. Weißt du, wie der Einstein das nennt, wenn einer immer dasselbe tut und hofft, dass dabei etwas anderes herauskommt?«

»Beharrlichkeit?«, riet der Franz.

Der Egon schüttelte den Kopf. »Du musst heut dein Ding machen, das, was du schon immer wolltest, dieses Diving. Versprichst du mir das?«

Der Franz versprach es, wenn ihm der Egon dafür versprach, sich auszuruhen. Er musste weder beim Aufbau noch bei der ersten Band dabei sein. Es reichte völlig, wenn er um neun oder halb zehn im Rockhouse auftauchte. »Und jetzt setz dich nieder.«

»Franz?«, sagte jemand neben ihm.

Es war die Linn. Ihr Gesicht schimmerte vor Kälte und noch etwas anderem, von dem der Franz nicht genau sagen konnte, was es war. Auf jeden Fall sah sie nicht mehr so sauer aus wie sonst.

»Führst du Selbstgespräche?«

»Nein«, sagte der Franz, »ich red nur mit meinem Geist,

dem Physiker. Es geht ihm schlecht, und ich mach mir Sorgen, aber er lässt sich ja von mir nichts sagen.«

Der Egon setzte sich auf seine Bank, wie vom Blitz getroffen. Die Linn stutzte kurz, aber dann musste sie lachen.

»Gut schaust aus«, sagte der Franz.

»Du warst heute schon so früh weg«, stellte sie fest.

»Ja. Soundcheck«, murmelte er. Sie war lang genug mit ihm zusammen, um zu wissen, dass Soundchecks selten um sieben in der Früh stattfanden, deshalb schickte er noch nach: »Und du warst gestern erst so spät daheim«, worauf sie sich verlegen umschaute.

Er freute sich, sie zufällig zu treffen. »Hast du Zeit?«, fragte er. Vielleicht könnten sie einen Kaffee trinken gehen. Er würde ihr die Ohrringe, die er sich nach dem Handy für die Julie gerade noch hatte leisten können, einfach direkt geben. Warum bis Weihnachten warten? Noch war sie seine Frau. Noch war er am Leben. Heute war der Wettbewerb. Er nahm das kleine Papiersackerl von der Bank und holte eine blaue Samtschachtel heraus. »Ich hab ein Geschenk für dich, ein richtiges.« Stolz klappte er sie auf und präsentierte der Linn zwei kleine, antike Granattropfen.

»Just a moment«, sagte sie.

Der Franz fand es immer ein bisschen affig, wenn sie zwischendurch in einer anderen Sprache mit ihm redete, aber heute war es ihm egal. Bis er merkte, dass er gar nicht gemeint war, und sich umdrehte und in das pelzumrahmte, wettergegerbte Gesicht vom Scott schaute. Der Franz überflog den Weg, den sie gekommen waren. Es konnte das Kaffeehaus sein, genauso gut aber auch das Hotel.

»Tu jetzt nichts Unüberlegtes«, bat der Egon schwach.

Sie hatten gerade vier Tage miteinander verbracht. Was für einen Grund konnte es geben, dass er in Salzburg war? Und wieso war sie erst so spät nach Hause gekommen?

»Ich hab geglaubt, er ist so ausgebucht?« Der Franz schaute zwischen dem Scott und der Linn hin und her.

Der Egon saß auf seiner Bank und sagte nichts. Er war müde, und er kannte den Franz gut genug, um zu wissen, dass das keinen Sinn hatte.

Die Linn schaute zu Boden. Sie entschuldigte sich kurz beim Scott und schob den Franz ein paar Schritte von ihm weg.

»Die sind wirklich schön, gib sie mir doch zu Weihnachten«, sagte sie. Sie machte den Deckel der blauen Schachtel zu und gab sie ihm zurück. Und der Franz nahm sie und feuerte sie hinunter zur Salzach.

»Franz! Es geht um einen Job«, rief die Linn.

Er traf noch nicht einmal bis ins Wasser. Der Egon verdrehte die Augen. Der Scott schaute interessiert zu, wie das Schachterl einmal auf den großen Steinen aufploppte und in den Ritzen verschwand. Der Franz steckte die Hände in die Taschen. »Was denn für ein Job?«, fragte er spitz und versuchte, sich die Stelle einzuprägen, an der die Schachtel gelandet war.

»Ehrlich gesagt, ein ziemlicher Traumjob.« Sie schüttelte den Kopf, als könnte sie alles noch immer nicht recht glauben. »Er bietet mir an, ihn zu begleiten, als Assistentin. Sechs Monate durch die ganze Welt.«

»Und wann wolltest du mir das sagen?«

»Ich sag's dir jetzt.«

»Ja, zufällig! Weil ich dich zufällig treff.«

»Franz, können wir vielleicht heut am Abend darüber reden?«

Er schaute sie ungläubig an. »Nein, das können wir nicht.«

Sie hatte sein Konzert vergessen. Über den hohen Besuch. Wenn er sie nicht zufällig getroffen hätte, sie wäre womöglich gar nicht gekommen.

»Heute ist der Wettbewerb!«

»Stimmt. Na, dann reden wir morgen«, sagte sie. »Ich kann ihn jetzt nicht so stehenlassen.« Sie schaute noch einmal hinunter zum Wasser. »Die waren wirklich schön.« Dann straffte sie ihre Schultern, setzte ein Lächeln auf und ging mit dem Scott über die Staatsbrücke zu Mozarts Geburtshaus oder auf die Festung.

»Aber du kommst schon auf das Konzert?«, rief er ihr nach.

Sie drehte sich nicht um. Der Scott warf einen ebenso freundlichen wie verständnislosen Blick zurück. Mutlos ließ der Franz sich neben dem Egon auf die Bank fallen. Was, bitte, wollte er denn mit seiner Hobbyband ausrichten gegen die ganze Welt?

»Warum bin ich bloß so ein Arschloch?«, fragte er.

»Na ja«, meinte der Egon mild, »du kannst halt nicht aus deiner Haut.«

21

Aus deiner Haut

Im Zimmer von der Julie lief keine Musik. Sie hatte auch keine Kopfhörer auf. Trotzdem hörte sie nicht, dass die Linn an ihre Tür klopfte, weil sie an ihrem Schreibtisch stand und mit dem schweren Tischlerhammer auf etwas einhämmerte. Sie schaute erst auf, als ihr die Linn die Hand auf die Schulter legte. »Kann ich mit dir reden?«

Die Julie nickte, sie wartete seit Wochen auf diese Einleitung, und die Linn setzte sich aufs Bett und strich die Patchworkdecke glatt.

»Wie war das Wochenende?«

»Gut«, antwortete die Julie und haute mit dem Hammer auf ihre Bastelei.

Die Linn konnte nicht erkennen, was sie da machte, jedenfalls waren diesmal keine Federn im Spiel. Hellgrüne Metallteile lagen verbogen neben Kabeln und Plastiksplittern. Vielleicht trat sie ja in eine neue Phase der Schmuckgestaltung.

»Und mit dem Papa? Habts ihr euch versöhnt?«

»Nein«, sie betrachtete mit schiefgelegtem Kopf ihr Werk.

»Na ja, vielleicht heute, auf dem Konzert.«

Nicht nur ihr Gesicht, die ganze Julie wurde eine einzige Leidensmiene. Sie nahm ein DIN-A5-Briefkuvert, strich die einzelnen Teile mit der Handkante über den Tischrand hinein, klebte das Kuvert zu und schrieb eine Adresse drauf, was ihr wegen des unebenen Inhalts einige Mühe bereitete. Die Linn schaffte es, sich zusammenzureißen und nicht zu sagen, dass man so etwas doch besser vorher beschriftet. Sie war schließlich nicht gekommen, um der Julie Tipps hinsichtlich ihrer Korrespondenz zu erteilen.

»Ich wollte dir etwas vorschlagen, Julie«, begann sie und versuchte ihr dabei in die Augen zu schauen, aber die Julie suchte etwas in ihren Schubladen, also sprach sie ohne Blickkontakt weiter. »Es ist noch nichts entschieden, ich wollte nur generell von dir wissen, ob du dir vorstellen kannst, für eine gewisse Zeit zu verreisen?«

Zufrieden fischte die Julie eine staubige Briefmarke aus dem hintersten Winkel der Lade, leckte sie ab und klebte sie aufs Kuvert. »Sicher.«

Diese Art Antwort war die Linn von ihrer Tochter überhaupt nicht gewohnt. »Ich mein, für länger«, fügte sie deshalb hinzu, »drei Monate. Vielleicht auch sechs.«

»Okay«, sagte die Julie, »kann ich vorher noch schnell zum Postkasten?«

Und weg war sie. Die Linn zeichnete mit dem Zeigefinger die Karos auf der Bettdecke nach und überlegte, warum die Julie ihre komische kaputte Bastelei an den Johannes Metzger schickte.

Vor dem Rockhouse brannte Feuer in Feuerkörben, und ein verirrtes Taxi drohte in den Trauben von Leuten hängenzubleiben, die sich vor dem Regen unter das Vordach und die Zeltplanen am Kebap- und am Glühweinstand drängten. Sechs Bands und die Vorjahressieger hatten ihre erweiterten Familien und Freundeskreise eingeladen, auch drinnen kam der Schurli kaum nach mit dem Ausschenken. Er stellte dem

Franz ein Bier hin und nahm ihm den Chip, mit dem jedes Bandmitglied ein Getränk an der Bar ausgegeben kriegte, nicht ab. »Und wie fühlt man sich kurz vorm nationalen Durchbruch?«, fragte er dafür.

»Immer gleich«, antwortete der Franz gelassen, er spülte mit dem Bier eine Kopfwehtablette hinunter und ging an einen der Tische im Foyer, »immer gleich.« Er fühlte sich miserabel und rechnete auch nicht damit, dass sich daran noch einmal etwas ändern würde.

Er würde springen. Für den Egon. Der hatte sich brav auf die Couch gelegt und gesagt: »Ich will doch sehen, ob sie dich fangen.« Und der Franz musste daran denken, wie sich einmal der Schlagzeuger von einer Band in der Ektase von der Bühne gestürzt hatte, und alle im Publikum, einschließlich dem Franz, hatten bloß einen kleinen Schritt auf die Seite gemacht. Aber es war seine letzte Chance, der Saal war voll heute und die Bühne nicht besonders hoch.

Das verirrte Taxi steckte immer noch draußen fest, oder jemand brauchte mehrere Stunden zum Bezahlen und Aussteigen. Der Franz schaute durch die Glastür zu, wie der Taxler etwas aus dem Kofferraum holte und die Tür aufmachte, und als er wieder einstieg und den Blick freigab auf seinen Fahrgast, hob es den Franz von seinem Hocker.

Sie sah aus, als wäre sie auf einem fremden, feindlichen Planeten gelandet, die Frau Meier, wie sie ihren Rollator zum Eingang hereinschob. Gleich dahinter begegnete sie dem ersten Außerirdischen. Der Türsteher verwies sie zurück an die Kassa, sie sollte Eintritt bezahlen und sich einen Stempel geben lassen. Das lehnte die Frau Meier kategorisch ab, nicht nur wegen dem zeitraubenden Umweg, vor allem wegen dem Stempel. Den kriegst du ja nie wieder herunter.

Der Franz kämpfte sich durchs Gedränge zu ihr.

»Frau Meier, was machen S' denn? Kommen S'.« Dem Türsteher sagte er: »Wenn man schon so deppert ist, dann muss man wenigstens freundlich sein.«

»Franz!«, sie krallte sich erleichtert in seinen Arm. »Warst du heute schon bei der Frau Hirsch?«

Der Franz nickte irritiert, er hatte kurz mit dem Egon bei der Mali vorbeigeschaut, aber jetzt war er in erster Linie daran interessiert, den sichersten und zugleich kürzesten Weg zum nächsten Sessel zu finden.

Zwei junge Mädchen räumten sofort ihre Sitzplätze, als sie die zwei ankommen sahen. Die Frau Meier ließ sich rückwärts auf ihren plumpsen und fragte: »Ja, und?«

»Wollen Sie was trinken?«, fragte der Franz.

Da dämmerte der Frau Meier, dass er keine Ahnung hatte, warum sie hergekommen war. »Sie ist im Krankenhaus. Haben sie dich nicht verständigt?«

Niemand hatte ihn verständigt. Die Tessa hatte beim Soundcheck nichts gesagt, und jetzt waren sie und der Tobi und der David sich umziehen gegangen oder noch schnell irgendwo etwas essen, bevor die Cousinen den Wettbewerb eröffneten.

»Lungenentzündung!«, schrie die Frau Meier gegen den Lärm und ihre eigene Taubheit an. »Sie haben es heute bemerkt!«

Drüben im Saal brandete Applaus und Pfeifen auf. Niemand konnte hören, was der Franz fragte, aber die Frau Meier lebte lange genug im Pflegeheim, um zu wissen, was er wissen wollte: Stirbt sie heute noch? Sie presste ihre Lippen aufeinander und zog langsam ihre dicken Schultern nach oben.

Er musste es dem Egon sagen. Er durfte nicht zulassen, dass er auf der Couch im Keller auf den Auftritt vom Franz wartete und die Mali derweil einsam starb.

Die Frau Meier schaute interessiert dabei zu, wie die Leute

zügig austranken und in den Saal hinübergingen. »Sei so gut, bestell mir ein Mineral«, bat sie den Franz. Nachdem es ein bisschen leerer geworden war, fand sie langsam Gefallen an der neuen Umgebung.

Wie der Franz sich ratlos zur Bar umdrehte, sah er die Linn. Sie unterhielt sich gerade mit dem Schurli, wahrscheinlich darüber, wie groß die Julie in den letzten vierzehn Jahren geworden war. Die Julie stand unbeteiligt dabei, nippte an ihrem Cola und versuchte, ein bisschen kleiner auszusehen. Die Linn merkte, dass jemand sie ansah, und drehte sich um. Sie zögerte kurz, bevor sie zum Franz herüberkam.

»Na, hast es doch geschafft?«, sagte er.

Die Linn grüßte die alte Frau am Tisch, die sie ihrerseits ungeniert von Kopf bis Fuß musterte. Dann wartete sie, bis der Franz ihr in die Augen schaute, und sagte: »Ich hab abgesagt.«

Er nickte fahrig. Drinnen im Saal gingen die Cousinen auf die Bühne, das war unschwer daran zu erkennen, wie der Fanclub klatschte und pfiff.

»Ein Mineral bitte!«, schrie die Frau Meier dem erschrockenen Schurli zu.

»Die Julie braucht mich jetzt«, fuhr die Linn fort. »Uns. Sie braucht Stabilität.« Sie lächelte tapfer. Sogar der Franz musste sehen, wie wichtig ihr diese Entscheidung war und wie schwer sie ihr fiel.

»Was? Ja, super«, sagte er. Wenn die Leute jedes Mal so ausgiebig applaudierten, dann würden die Cousinen mit Sicherheit überziehen. Mit ein bisschen Glück konnte er es in einer halben Stunde nach Hause schaffen und wieder zurück.

Der Kopf von der Linn schüttelte sich ganz leicht. Sie hatte keinen roten Teppich erwartet, aber mit ein bisschen Dankbarkeit hatte sie ehrlich gesagt schon gerechnet. Sie versuchte in seinen Augen zu lesen, ob er sie vielleicht nicht verstanden hatte.

Der Schurli kam und servierte der Frau Meier galant ihr Mineralwasser, obwohl bei Veranstaltungen eigentlich Selbstbedienung war, aber sie wedelte ihn gleich beiseite, er sollte ihr nicht die Sicht versperren. Jetzt kamen die Tessa, der Tobi und der David herein, sie kauten noch an ihren letzten Bissen vom Thai-Imbiss und hatten es eigentlich schon eilig, aufs Konzert zu kommen, aber der Anblick von der Frau Meier in der Rockhouse-Bar stoppte die Tessa in ihrem Schwung. »Frau Meier?« Sie schaute den Franz mit offenem Mund an.

»Was ist mit der Mali?«, fragte der Franz vorwurfsvoll.

»Was soll mit ihr sein?«

»Sie stirbt!«

Die Tessa hielt sich die Hand vor den Mund. »Scheiße.« Dann schnaufte sie durch und zog sich den nassen Mantel aus.

Der Franz dachte rasend nach, fuhr sich über den Mund und sagte: »Ich muss ganz dringend weg, tut mir leid.«

»Spinnst? Das geht jetzt nicht mehr!«, der Tobi oder der David hatten das gesagt, vielleicht auch beide. Der Franz trank einen Schluck Mineralwasser von der Frau Meier und sagte: »Keine Sorge, ich bin rechtzeitig wieder da.«

Dann sah er, was die Linn sah.

Die Tessa hatte seinen Pullover an.

Die Linn zwinkerte zweimal, aber an der Aussicht änderte sich nichts. Die Tessa merkte, dass etwas nicht stimmte, war aber viel zu sehr davon abgelenkt, dass ihr Gitarrist zehn Minuten vor dem Auftritt eine Totenwache abhalten wollte. Dann erst sah sie das ungläubige Lächeln von der Linn und begriff, dass genau das der Grund dafür war, warum der Franz den Pullover unbedingt hatte zurückhaben wollen.

»Ich Idiot«, sagte die Linn.

Und ging.

»Linn!« Der Franz lief ihr nach. »Lini, wart! Es ist ganz anders, als du glaubst!«

Jeder im Saal, sogar die Frau Meier, die sonst wirklich nichts auf den Franz kommen ließ, wusste, dass das so nicht stimmen konnte.

»Es war nur, ich bin wahrscheinlich todkrank.«

Das machte es auch nicht besser. Die Linn wartete nicht nur nicht, sie war schon draußen.

Die Julie hoffte noch, die Szene unbemerkt verlassen zu können, aber jetzt wandte sich der Franz an sie, um aushilfsweise ihr alles zu erklären. Sie flüchtete zum Ausgang und hinaus auf die Straße. Der Franz rannte ihr nach. »Julie, bleib da. Es regnet doch!«

Sie blieb stehen. Glaubte er im Ernst, sie würde sich vom Wetter umstimmen lassen? »Weißt du eigentlich, wie sehr ich mich für dich genier?«, schrie sie ihn an.

»Franz?«, hinter ihm stand die Tessa. Sie fröstelte in fünf Kilo Wolle. »Wir sind die Nächsten. Wir gehen jetzt rein.«

Gleich. Er musste nur der Linn alles erklären, die Julie aus dem Regen holen, dem Egon Bescheid sagen, der Mali beistehen, das Konzert spielen, damit die Linn wieder zu ihm aufschauen konnte, einen Traum verwirklichen, in die Menge diven.

»Franz«, sagte die Tessa ein bisschen schrill, »wir gehen jetzt auf die Bühne.«

Er schüttelte den Kopf.

»Wir sind jetzt dran!«, kreischte sie.

»Ich brauch meinen Pullover wieder«, sagte der Franz.

»Vergiss es, du Arschloch!«

Der Tobi und der David kamen heraus und sahen den Franz nur noch im Regen davongehen.

Hinter ihm knallte Glas auf den Boden, das ihm einer nachgeschmissen hatte, der Tobi wahrscheinlich.

Die Julie war weg. Von der Linn weit und breit keine Spur.

Vermutlich hatte sie ein Taxi aufgehalten. Sie konnte das, aus dem Nichts tauchten Taxis auf, wenn sie wegwollte. Beim Franz klappte das nie. Er hätte aber auch nicht gewusst, wohin er fahren sollte mit einem Taxi aus dem Nichts. Er stolperte einfach die Straße hinunter, die nächste hinauf, über die Brücke, der verdammte Schnürlregen gab alles, die Leuchtsterne flackerten, in seinen Ohren wummerten die Glühbirnenglocken. Er hörte nichts anderes mehr. Er sah nichts. Er schaute nicht links noch rechts, als er die Straße überquerte. Deshalb konnte er sich auch nicht erklären, woher auf einmal der kleine Plastik-Christbaum kam, mit den bunten Lichtern, hinter Glas und Scheibenwischern, die eilig davor hin- und herwinkten. Fröhliche Weihnachten.

Es heißt, zum Zeitpunkt des Todes läuft das ganze Leben als Film vor einem ab. Der Franz sah aber nichts. Nur Weiß.

»Bin ich tot?«, fragte er sicherheitshalber.

»Erstaunlicherweise nicht«, bekam er zur Antwort. Der Arzt steckte die Kugelschreiberlampe, mit der er ihm ins Auge geleuchtet hatte, zurück in die Brusttasche von seinem Kittel. »Fragen S' mich nicht, wieso.«

Eine Halskrause aus Plastik hinderte den Franz daran, sich zu bewegen. Beim Versuch, es trotzdem zu tun, um etwas anderes zu sehen als die blaugestrichenen Deckenplatten, merkte er, warum.

»Mir tut alles weh.«

»Seien S' froh«, antwortete der Arzt grimmig. Er gehörte zu dem Schlag Mediziner, der sich mehr für die Krankheiten interessierte als für die Patienten, und da der Franz nichts anderes hatte als ein paar Prellungen und Schürfwunden, interessierte er sich für ihn nicht besonders.

»Ich geb Ihnen etwas Leichtes gegen die Schmerzen.« Er zog eine Spritze auf und jagte sie ihm ohne weitere Vorwarnung in den Handrücken, in dem bereits ein Röhrchen steckte für solche Gelegenheiten. Der Franz hätte gern geschrien, brachte aber nur ein leichtes Wimmern zustande. Der Arzt verzog seine schmalen Lippen zu einem Strich. Entweder er missbilligte die Wehleidigkeit vom Franz, oder es handelte sich um seine Version eines Lächelns.

Eine Krankenschwester kam ins Zimmer und fragte, ob das der unverletzte Autounfall war. Auf ein Nicken des Arztes wandte sie sich strahlend an den Franz: »Na, haben wir einen g'scheiten Schutzengel gehabt, ha?«

Sie nahm ihm die Halskrause ab. Der Franz wusste noch, wie er hieß, er wusste, wann er geboren war und was für ein Tag heute.

»Und können Sie sich erinnern, was passiert ist?«

Es wär ihm nur recht gewesen, wenn der Zusammenprall seine gesamte Erinnerung ausgelöscht hätte, aber dazu war er wohl nicht stark genug gewesen. »Zuerst hat mich meine Frau verlassen, meine Tochter, meine Band – und dann auch noch mein Geist.«

Der Arzt schaute irritiert zu der Krankenschwester, die mehr fürs Zwischenmenschliche zuständig war. »Der Herr Doktor meint den Lkw, der Sie erwischt hat«, half sie dem Franz auf die Sprünge.

Der Franz nickte schwach. Genau. Der blinkende Christbaum. Der dürfte in der Windschutzscheibe von einem Lkw gewesen sein. Er war geflogen, schwerelos, wie in einem

Traum. An die Landung konnte er sich nicht erinnern. Nur an den kalten Flug im Regen.

Die Krankenschwester lockerte mit zwei Handgriffen die Rollen an seiner Bahre. »Na, jedenfalls Glückwunsch. Sie sind heuer unser Weihnachtswunder.«

Sie machte es einem wirklich schwer, ihre Begeisterung nicht zu teilen, trotzdem versuchte der Franz wenigstens andeutungsweise nach der CD in seiner Jackentasche zu greifen. »Was ist mit meinem Tumor?«, fragte er mit ungeheurer Anstrengung, er drehte sich sogar einen halben Millimeter in ihre Richtung.

Die Schwester blieb stehen. Der Herr Doktor schaute verschnupft auf, er hatte auf seinem Computer doch schon den nächsten Patienten aufgerufen. »Wie meinen?«

Gerade hatte der Franz noch ganz genau gewusst, was er meinte. Es war ihm nur kurz entfallen. Alles wurde auf einmal so leicht. Nur seine Augen nicht. Die Augen nicht.

Die Linn stieg aus dem Taxi. Ein Jüngling, an dem seine Livree hing wie an einem Opernstatisten, sprang ihr mit einem Schirm entgegen, damit sie trocken in den Österreichischen Hof hineingehen konnte. Er selbst blieb tapfer im Regen zurück.

Der Scott öffnete eine Minute später mit einer ledergebundenen Ausgabe der *Bhagavad Gita* in der Hand die Tür zu seinem Zimmer und sah sie über den Rand seiner Lesebrille hinweg an. Man hätte ihn direkt filmen können und in eines seiner Videos hineinschneiden, solang man die Hotelhauspatschen aus dem Bild herausgehalten hätte.

»Falls das Angebot noch steht, nehm ich es an«, sagte die Linn.

Das war zu schnell für den Scott.

»The job«, erklärte sie und schüttelte sich eine nasse Strähne aus der Stirn, die immer wieder zurückfiel und ihr in die Augen tropfte.

»Of course«, sagte er ruhig, ging hinein und holte ihr aus dem Bad ein Handtuch.

»I take it«, sagte die Linn. Ihre Wimperntusche hinterließ zwei schwarze Flecken auf dem flauschigen Hotelmonogramm. Der Scott lächelte und faltete seine Lesebrille zusammen. »Perfect. You want a drink?«, sagte er.

Ja, wieso eigentlich nicht, dachte sich die Linn. Wieso sollte sie eigentlich nicht auf einen Sprung bleiben?

22

Auf einen Sprung bleiben

Das Mietnachthemd und die frisch gemangelte Bettwäsche lagen auf seinen 206 Knochen, von denen ihm jeder einzelne wehtat. Wie sie ihn von der Bahre ins Bett hinübergewuchtet hatten, hatte er verschlafen. Gott sei Dank. Als der Franz die Augen öffnete, leuchtete über seinem Bett eine kleine Neonröhre, gerade bis zu dem Triangel aus grauem Plastik, an dem man sich hochziehen konnte, falls man sich hochziehen konnte. Drum herum war ein Kabel geschlungen, das in einer Klingel endete. Mühselig hob er den Kopf und schaute sich um. Neben seinem stand noch einmal das gleiche Bett mit der gleichen Neonröhre und einem anderen, der darin schlief. Im vorderen Teil des Zimmers meinte er einen Schatten zu sehen, der auf ihn zugehumpelt kam.

»Dich darf man aber auch wirklich keinen Moment aus den Augen lassen«, sagte der.

Erschöpft ließ der Franz seinen Kopf auf den Polster sinken. »Weißt, was ich geglaubt hab?«, sagte er heiser. »Ich hab geglaubt, ich wär vielleicht in so einem Film, wo man aufwacht, und dann war alles nur ein Traum.«

Der Egon sah ihn bloß spöttisch an.

Der Franz hätte sich am liebsten wieder zurückfallen lassen ins Schwarz, aber er schaffte es, die Bettdecke zurückzuschlagen und sich am Triangel aufzuziehen. Er schnaufte wie ein Gewichtheber, und heiß wurde ihm dabei, obwohl er nichts anderes anhatte als ein Krankenhausnachthemd. Sein Gewand entdeckte er nirgends, nur einen braun-grün gestreiften Frotteemantel am Fußende vom Nachbarbett. Er würde einen kranken Mann nicht mitten in der Nacht aufwecken und ihn fragen, ob er sich seinen Morgenrock ausborgen durfte.

»Komm«, sagte er zum Egon, »wir haben nicht ewig Zeit.«

Der Weg in die Geriatrie war kurz. Dem Franz kam es allerdings vor, als läge sie mehrere Tagesmärsche von seiner Station entfernt. Nicht nur, dass ihm bei jedem Schritt alles wehtat, er durfte sich auch nicht von den Nachtschwestern erwischen lassen, und jeder Luftzug machte ihm peinlich bewusst, dass Winter war, kurz vor Weihnachten, und sein Ultimatum abgelaufen.

Die Mali sah eigentlich aus wie immer, das schlafende Dornröschen, an dem nur die letzten hundert Jahre nicht spurlos vorübergegangen waren. Sie atmete etwas schwerer als sonst. Der Egon starrte auf den kleinen Monitor, auf dem eine rote 80 leuchtete und ein kleines Lämpchen in viel zu langen Abständen blinkte.

»Aber es kann doch nicht sein, dass jetzt alles umsonst gewesen ist«, flüsterte der Franz verstört.

»Doch«, antwortete der Egon, »die Möglichkeit besteht immer.«

Es tat dem Franz so leid, wie er bloßfüßig auf dem kalten Fußboden stand, nackt quasi, bis auf einen unter zweifelhaften Umständen geliehenen Schlafmantel, im Krankenzimmer einer Sterbenden, die er nie gekannt hatte, dass er anfing zu weinen. Und er merkte es nicht einmal.

Der Egon sah ihn ganz verdattert an und schüttelte mit dem Kopf. »Aber nein, was denn?«

»Du hast wirklich Pech, dass du ausgerechnet so ein Arschloch wie mich treffen musst.«

»Man weiß es eben nicht vorher, Franz«, der Egon versuchte ein wackeliges Lächeln, »aber wir zwei, wir haben das beste Stück gespielt, das gegangen ist.«

Der Franz wollte lachen, aber es kam nur Wasser. Rotz und Wasser.

»Das Glück is a Vogerl«, sagte eine feine Stimme, und ein Paar wache blaue Augen schaute direkt in seine.

Der Franz vergaß das Atmen. Er schaute nur, groß und rund. Er hörte, wie der Egon »Mali?« sagte, ganz hoch, und dann, so sanft und liebevoll, wie der Franz ihn noch nie etwas sagen gehört hatte: »Da bist du ja.« Ohne sich von ihr abzuwenden, wies er den Franz an: »Sag ihr, dass ich da bin.«

Der Franz fand in den Taschen des geliehenen Morgenrocks ein zernudeltes Stofftaschentuch. »Schrecken Sie sich nicht, Mali«, sagte er und wischte sich damit über das Gesicht, »ich bin der Franz.«

Die Mali lächelte milde über seine Befürchtung.

»Ich bin ein Freund vom Egon«, sagte er. »Der Egon ist leider –«, er suchte nach dem richtigen Ausdruck und entschied schließlich, dass er in der gegebenen Situation durchaus bei der Wahrheit bleiben konnte, »der Egon ist tot.«

»Ah geh?« Ihre Stimme klang ganz klar, obwohl sie wochenlang kein Wort gesprochen hatte.

»Es tut mir so leid«, sagte der Egon.

»Es tut ihm so leid«, wiederholte der Franz.

»Dass er tot ist?«, wollte die Mali wissen.

»Was genau tut dir leid?«, wiederholte der Franz für den Egon, der natürlich auch die Mali schon fragen gehört hatte.

»Ja, dass ich sie nicht geholt hab«, erklärte er unwirsch.

»Dass er Sie nicht geholt hat, damals«, sagte der Franz zur Mali mit der gebotenen Würde.

»Dass ich zu feig war«, schluchzte der Egon.

»Na ja, du hast Kinderlähmung gekriegt«, warf der Franz ein, »das sollten wir vielleicht schon erwähnen«, und wieder an die Mali gerichtet: »Er hat Sie nicht holen können, er hat Kinderlähmung gekriegt.«

Die Mali nickte mitfühlend.

»Ja. Schon«, bekannte der Egon hinter zusammengebissenen Zähnen, »aber nicht gleich.«

Also, jetzt Geist hin, wundersames Erwachen aus dem Koma her – der Franz fand das unmöglich, jetzt, hier, auf einmal mit neuen Tatsachen konfrontiert zu werden. »Was soll das heißen? Nicht gleich?«, schnauzte er den Egon an.

Der traute sich weder ihm noch der Mali ins Gesicht zu schauen. »Wir waren so jung, ohne Geld, und wir wollten so weit. Ich hab nicht geglaubt, dass wir das schaffen«, nuschelte er in den Boden. »Zusammengefallen bin ich erst ein paar Tage später und nicht mehr aufgestanden.«

Dem Franz schien es das Beste, an der ursprünglichen Version festzuhalten, an der romantischen, die eine große Versöhnung am Sterbebett rechtfertigte. »Jedenfalls, er hat Kinderlähmung gekriegt.«

»Warum hat er mich denn so lang warten lassen?«, wollte die Mali wissen, aber darauf sagte der Egon nichts, weil er die Antwort nicht wusste.

»Vielleicht hat er geglaubt, er hat Sie nicht mehr verdient«, sagte der Franz und sah, wie der Egon schniefend nickte und die Mali leise in sich hineinlachte, als hätte er ihr einen Witz erzählt.

»Man kann einen anderen auch nicht verdienen. Nur geschenkt kriegen.«

»Ich hab dich mein ganzes Leben geliebt, Mali«, schluchzte der Egon, und der Franz wiederholte es ganz gerührt: »Er hat Sie geliebt, sein Leben lang.«

Die Mali nickte gut aufgelegt. »Danke, das ist nett«, sagte sie, und dabei drehte sie sich im Bett und wandte sich direkt an den Egon, »aber wieso wiederholt der Herr eigentlich alles, was du sagst?«

Damit hatte der Franz nicht gerechnet und der Egon noch weniger, aber der ließ sich nicht lang Zeit, sich zu wundern. »Weiß ich auch nicht«, stammelte er und schüttelte den Kopf.

Die Mali lächelte – ein verrunzeltes, backenzahnloses, verliebtes siebzehnjähriges Mädchen. Sie strich sich die verlegten Haare glatt. »Schön, dass du da bist«, sagte sie und streckte ihm die Hand entgegen.

Voller Angst suchte der Egon den Blick vom Franz, und nachher konnte der Franz auch nicht mehr genau sagen, wie es zugegangen war, aber wie der Egon ihn so anschaute, da warf sich der Franz in ihn hinein, um diese Hand für ihn zu ergreifen. Leicht wie ein Vogel landete sie in seiner. Ganz anders als der Egon, den der Franz auch spürte, aber nicht als Haut oder Gewicht. Er spürte eine Schwere, die ihm die Luft raubte, in der Erinnerungsklumpen schwammen, die viel weiter zurückgingen als seine eigenen. Sein linkes Bein wurde unsicher, wie ein Stecken, auf dem der Rest balancierte. Aber er sah auch die Mali vor sich liegen, gestochen scharf, ihre roten Wangen, ihr Lachen und ihre unbändigen Locken auf einer Almwiese, wie es sie heute gar nicht mehr gibt. Wie sie befreit darin aufatmete und die Augen schloss. Ein leiser, hoher Ton klirrte durch die Nacht.

Der Ton wurde lauter und höher, bis der Franz sich fragte, ob er wirklich aus dem kleinen Monitor neben dem Bett kam, der gar nichts mehr anzeigte. Ihn wunderte auch, wie eine Vier-Watt-Soffittenlampe eine derartige Helligkeit entwickelte, dass die Wand vor ihm weiß anfing zu glühen, das Fenster wegschmolz und die Fensterbank mitsamt dem Philodendron.

»Wo ist denn jetzt der Blumenstock hin?«, fragte er und wusste in einer anderen Abteilung seines Hirns die Antwort.

Vor ihm, vorm Franz Brandstätter und dem Egon Stachowiak, öffnete sich, ausgerechnet in der Nacht auf den 23. Dezember, ein Tunnel. Nachher konnte der Franz nicht einmal mehr sagen, wie der ausgeschaut hatte, aber in diesem einen langsamen Moment war er da. Hell, ja, aber der Tunnel, von dem immer alle reden, war es nicht.

Ihr Tunnel war ein Loch in der Zeit.

»Franz, das ist es!«, rief der Egon. »Wir können überallhin!«

Nichts wollte der Franz lieber als sich hinübersaugen lassen in ein anderes Universum. Wer weiß, vielleicht in eins, in dem der Egon nicht gestorben war, die Mali nicht ins Koma gefallen, sich seine Frau nicht von ihm trennte und seine Tochter noch mit ihm sprach. Womöglich eines, in dem *Yesterday* noch nicht geschrieben war.

Für die Linn und die Julie aus dieser Welt, die er vorhin zum letzten Mal gesehen hatte, wäre er tot. Das wusste der Franz, und es hatte durchaus Vorteile. Er würde sich nicht entschuldigen müssen, niemandem erklären, was ihn umgetrieben hatte. Er würde keine neue Wohnung suchen müssen, auch keinen neuen Job – und das auch in dem nicht ganz unwahrscheinlichen Fall, dass beim Eintritt in den Tunnel sein eigenes Gravitationsfeld den Tunnel zerstören und sie alle vernichten würde. Nicht einmal dafür würde er dann Rechenschaft ablegen müssen.

»Tut mir leid. Ich kann nicht«, sagte der Franz.

Der Egon zuckte bestürzt zusammen, und der Franz zuckte mit ihm mit. »Ich muss vorher noch ein bissl was in Ordnung bringen.«

Mit der einen Hand hielt der Egon im Franz immer noch die Mali fest. Mit der anderen klopfte er seine Anzugtaschen ab. »Ich würd dir gern was dalassen, Franz, wenigstens eine Kleinigkeit.«

»Nein danke, passt schon.« Der Franz winkte ab, mit derselben Hand, die gerade noch den Anzug abgesucht hatte. »Aber vielleicht gibst du mir ein Zeichen. Wenn du durch bist?«

»Das geht nicht, das hab ich dir doch erklärt«, raunzte der Egon, aber dann mischte sich eine klare, fröhliche Stimme ein. »Wir werden schauen, was sich machen lässt«, sagte die Mali, und dem Franz wurde direkt leichter, obwohl er nichts mehr sehen konnte. Das Strahlen wurde so hell, dass er glaubte, gleich würde das Zimmer explodieren und er mit, während parallel die fremde Schwere und die fremde Leichtigkeit aus seinen Knochen und aus seinem Herzen wichen und dort unheimlich viel Platz frei wurde.

»Herr Brandstätter?«, sagte eine Frauenstimme. »Schön, dass Sie noch bei uns sind.«

Der Franz lag im Bett. Draußen war es Tag. Die Neonröhren an den Kopfenden der Betten brannten wieder schummrig auf vier Watt. Neben ihm, eine Hand in der Tasche ihres Wintermantels, stand die Frau Dr. Susanne Metzger, seine Psychiaterin, die Mutter von seinem Schüler Johannes.

»Die Kollegen haben mich angerufen, Sie hätten gesagt, dass Sie einen Tumor haben?«

»Hab ich einen?«

»Nein.« Sie schüttelte den Kopf, als hätte sie niemals etwas in diese Richtung angedeutet.

»Gut.«

Das war alles, was dem Franz dazu einfiel.

»Wir können also körperliche Ursachen ausschließen für Ihr Burnout.«

»Gut«, sagte der Franz noch einmal. »Danke. Mir geht's auch schon viel besser.«

»Haben Sie sonst noch irgendwelche Fragen?«

Der Franz schüttelte den Kopf.

Wie bin ich zurück ins Zimmer gekommen? Was für ein Tag ist heute? Wo sind der Mann vom Nebenbett und sein Schlafmantel? Alles Fragen, die er hatte, aber der Frau Dr. Metzger lieber nicht stellte.

Sie lächelte skeptisch und schickte sich zum Gehen an. Jetzt fiel dem Franz doch noch eine Frage ein: »Wie geht's dem Johannes?«

Ein besorgter Ausdruck huschte über ihr Gesicht. Sie dachte nach. Anscheinend wollte ihr ein dahergeredetes ›Gut‹ nicht über die Lippen, schließlich sagte sie: »Er übt viel Gitarre.«

Der Franz nickte. Damit war eigentlich alles gesagt. Die Frau Dr. Metzger ging aber immer noch nicht, sondern legte die CD mit seinen Hirnaufnahmen auf seinen Nachttisch neben etwas, das aussah wie die Brille vom Egon. Wenigstens vom Gestell her. Von den Gläsern her sah sie aus, als wäre der Franz draufgefallen beim Unfall, oder der Lkw.

Sie nahm sie neugierig in die Hand. »Oje, ist das Ihre?« fragte sie.

Der Franz nahm ihr die Brille ab und setzte sie auf. Ein zersplittertes Bild der Wirklichkeit präsentierte sich ihm, mehrmals die Frau Doktor, die sagte: »Na ja, fürs Erste vielleicht besser als nichts.« Sie versuchte, nicht zu lachen, und ging durch mehrere Türen hinaus, hinter den Glasscherben näher am Franz dran, ohne sie weiter von ihm weg.

23

Weiter von ihm weg

Sie hätten ihn noch gern dabehalten im Krankenhaus. Zur Beobachtung. »Sollen wir jemanden anrufen?«, hatten sie gefragt, aber der Franz hatte es nicht mehr ausgehalten, tatenlos im Bett zu liegen, und unterschrieben, dass er die Verantwortung übernahm für sich selber. Es gibt Sachen, die muss man persönlich regeln. Und jetzt war niemand zu Hause.

»Wo sind sie denn?«, fragte er in die Stille. Niemand antwortete ihm. Daran würde er sich erst wieder gewöhnen müssen.

Er schaltete den Fernseher ein. Sofort erschien auf dem Bildschirm in Großaufnahme der Scott Acton und sagte: »Sometimes the only thing we can do is just go on breathing«,

Der Franz drückte auf Stopp.

Er atmete ein.

Und aus.

Dann wieder ein. Das machte er ein paar Stunden, und dann fiel ihm tatsächlich etwas ein.

»Na, Franz, schaust wieder einmal vorbei?« Der Schurli war allein. Er trocknete mit einem Geschirrtuch die Arbeitsfläche hinter der Bar. Am 25. Dezember herrschte im Rockhouse

nicht direkt Hochbetrieb, nicht um sechs am Abend. »Ist es nichts geworden mit der neuen Karriere?« Dabei faltete er das Geschirrtuch zusammen und strich es auf seinem Bauch glatt.

»Hab ich dir eigentlich jemals gesagt, dass mir leidtut, was damals mit der Patrizia passiert ist?«, fragte der Franz.

Der Schurli hörte mittendrin im Zusammenfalten auf.

»Es tut mir leid. Das hätte ich nicht tun sollen«, sagte der Franz.

»Was soll's? Es ist lang vorbei.« Der Schurli warf das akkurat gefaltete Geschirrhangerl in eine Ecke. Die Patrizia und er waren inzwischen Facebook-Freunde. Sie lebte auf La Gomera und war unheimlich auseinandergegangen in der letzten Zeit. Aber trotzdem, manchmal dachte der Schurli, ob er sie nicht einfach einmal besuchen sollte auf ihrer Finca.

Ja dann, dachte der Franz. Statt einem Gruß atmete er einmal geräuschvoll ein und drehte sich zum Gehen. Nach ein paar Schritten rief ihm der Schurli nach: »Weißt du überhaupt, dass deine Band den Contest gewonnen hat? Also, ohne dich.«

Das wusste der Franz nicht.

»Schöner Song. Der eine hat sich auf der Bühne seinen Gips heruntergerissen. So was macht immer Eindruck.« Er lachte. »Die waren so aufgeregt wegen ihrem ersten Preis, dass sie fast ihr ganzes Equipment liegen haben lassen.« Er tauchte ab unter die Bar.

Das gab dem Franz kurz die Gelegenheit, den Schmerz zuzulassen.

»Wahrscheinlich glauben s', sie kriegen jetzt alles neu«, maulte der Schurli unten in seine Kastln. Als er wieder auftauchte, stellte er ein Plastiksackerl vor sich hin. »Ich hab mir gedacht, den hättest vielleicht gern wieder.«

Der Franz kam zurück und sah, dass in dem Sackerl sein

Pullover war. Jetzt lächelte er dankbar, zog sich die Jacke aus und den Pullover an. Im Hintergrund sang der Chet Baker *My Funny Valentine*.

»Willst ein Bier?«, fragte der Schurli. »Auf die alten Zeiten?«

Der Franz wollte lieber einen Kaffee. Noch lieber wäre ihm sogar ein Tee gewesen, aber man durfte es auch nicht gleich übertreiben.

»Hast du eigentlich noch diese Gala-Band?«, fragte er.

»Logisch«, der Schurli zuckte die Achseln.

Logisch hatte er die Band noch. Im Leben vom Schurli hatte sich in den letzten zwei Wochen praktisch überhaupt nichts verändert.

Es war dunkel, als der Franz nach Hause kam, deshalb stolperte er im Vorzimmer über etwas, und als er sah, dass es die Stiefel von der Julie waren, kam sein Herz vor Aufregung ein bisschen aus dem Rhythmus. Er stand eine Weile vor ihrer Tür, bis er sich entscheiden konnte, vorsichtig zu klopfen.

»Herein«, sagte die Julie von drinnen. Sie saß in einem neuen Sweatshirt auf dem Bett und las in einem vermutlich ebenfalls neuen Buch.

»Hallo, Julie«, sagte der Franz, und die Julie sagte auch »Hallo«. Das war immerhin ein Anfang. Dem Franz kam es vor, als wär sie in den letzten zwei Tagen mindestens um fünf Zentimeter gewachsen.

Neben ihr leuchtete etwas. »Oh«, sagte der Franz enttäuscht. Das Smartphone, das die Linn ihr gekauft hatte, synchronisierte sich gerade mit ihrem Computer. Der Franz ging ins Schlafzimmer hinüber und holte sein Geschenk für sie. Die Julie musste es nicht auspacken. Sie erkannte auch so, dass es noch einmal genau das gleiche Smartphone war.

»Tut mir leid, Julie«, sagte er. »Es tut mir leid, dass du dich für mich genieren musst und ich dir nicht versprechen kann, dass alles wieder gut wird. Und es tut mir leid, dass ich dir das gleiche Handy schenk wie die Mama, aber auf dem«, er hielt ihr das Packerl noch einmal entgegen, »ist die Handynummer vom Johannes drauf.«

Jetzt zeigte sich Überraschung in ihrem Blick. Nicht direkt die strahlenden Teenageraugen aus der Werbung, die wieder anfingen ans Christkind zu glauben, wenn man nur bereit war, genügend Geld auszugeben, aber immerhin hatte er ihre Aufmerksamkeit. »Ich glaub, er freut sich, wenn du ihn anrufst.«

Sie lächelte so sarkastisch, dass der Franz glaubte, in einen Spiegel zu schauen. Seine Hand zuckte, nur mühsam konnte er dem Impuls widerstehen, ihr über die Wange zu streichen, deshalb riss er die Schachtel auf. »Julie, er übt Gitarre«, sagte er und knüllte die Plastikverpackung zusammen, »das tut er sicher nicht meinetwegen.« Er drückte ihr das Handy in die Hand. »Ruf ihn an.«

Sie hielt es ratlos wie ein unberechenbares Tier, einen Frosch oder einen fetten Regenwurm. »Und was ist mit: ›Man kann nicht alles haben, was man will‹?«

Der Franz winkte seine Weisheiten in den Wind. »Ach«, sagte er, und das erinnerte ihn wieder an die Linn. »Wo ist eigentlich die Mama, ist die bei dem –?« Er brachte den Namen nicht heraus und machte stattdessen eine wellige Kopfbewegung in Richtung Fernseher, die die Julie aber nicht verstand.

»Es ist Weihnachten?«, sagte sie. »Sie ist bei der Oma?«

Ein Gefühl wie heißer Tee breitete sich im Magen vom Franz aus. Die Sätze von der Julie endeten wieder auf Fragezeichen. Es war noch nicht alles verloren.

Die Autofahrer hatten kein Erbarmen mit dem einsamen Fußgänger, der im Schneeregen seinen Weg suchte. Der Franz hatte mehrere Stunden auf den Postbus gewartet, der dann an jeder Milchkanne stehen geblieben war. Draußen am Land war es kälter als in der Stadt. Am Straßenrand lagen alte Schneehaufen, vom Schneepflug zusammengeschoben und dann vereist und verdreckt. Er wich den vorbeifahrenden Autos aus, so gut er konnte. Als ihm sein eigenes entgegenkam, winkte er schon von weitem. Trotzdem erkannte ihn die Linn nicht gleich im Scheinwerferlicht, sondern fuhr noch ungefähr einen halben Kilometer weiter, bevor sie im Rückwärtsgang zurückkam.

Sie ließ das Fenster auf seiner Seite herunter und wartete, was er zu sagen hatte. Ihre Augen sahen ihn klar und ausgewaschen an. Er hatte sich alles zurechtgelegt, die ganze Fahrt hatte er leise vor sich hin geredet. »Linn, ich will nicht, dass du dich von mir trennst, aber ich versteh, wenn du's tust. Ich will nicht ohne dich leben. Aber ich kann's.« Es kam ihm alles aufgesagt und blöd vor.

»Es ist kalt«, sagte sie, »steig ein.«

Nachdem das Fenster wieder hinaufgefahren war, saßen sie eine Zeit lang ganz stumm nebeneinander.

»Wie geht's deiner Mama?«, fragte der Franz.

»Sie meint, ich soll mich zusammenreißen. Wegen der Julie. Die Gabi und die Simone sind da ganz anderer Ansicht.«

Die Schwestern, natürlich. »Weißt«, sagte der Franz, »ich glaub, sie haben recht.«

Soweit sich die Linn erinnern konnte, war das das erste Mal, dass der Franz einer Meinung war mit der Gabi und der Simone.

Er zog etwas aus der Jackentasche. »Ah, die Ohrringerl hab ich leider nicht mehr gefunden, aber ich hab dir einen Gutschein gemacht.« Es war der Terminzettel von seinem MRT. Die verdammte Schmuckschachtel hatte ein anderer gefunden, oder sie lag noch immer zwischen den großen Steinen am Kai. Die Linn sah den Zettel an, als würde sie ihn eigentlich lieber nicht nehmen.

»Er ist nicht sehr schön«, sagte der Franz.

Sie faltete ihn auseinander und stimmte ihm zu: »Und dabei trotzdem erstaunlich kitschig.«

Mit Kuli hatte er im holpernden Bus auf die Rückseite geschrieben: *Gutschein für ein Leben deiner Wahl.*

»Ja«, nickte der Franz, »schau, ich weiß, dass ich dir das nicht schenken brauch. Ich will nur, dass du weißt, dass ich mich um die Julie kümmer, wenn du deine Weltreise machst.«

Die Linn sagte nichts. Die Scheiben beschlugen langsam von innen. Der Franz malte ein Guckloch ans Fenster. »Sie redet jetzt auch wieder mit mir«, sagte er. »Das erscheint mir dabei ganz hilfreich.«

Die Linn sah ihn von der Seite an, steckte den Zettel in ihre Manteltasche und startete den Wagen.

Der Johannes hatte ein weißes Hemd an, wahrscheinlich hatte er das dazu passende Jackett schnell verschwinden lassen, dachte die Julie, als sie ihn angerufen hatte und gefragt, ob er ans Schlosstor kommen konnte.

»Willst du reinkommen?«, fragte er.

»Eigentlich wollt ich mich nur entschuldigen für den Brief mit dem iPod, der kaputtgegangen ist.«

Er hob kurz die Augenbrauen, wahrscheinlich wegen der Formulierung, die sie benutzte, ›kaputtgegangen‹.

»Das war echt beängstigend.«

Der Julie wurde eng ums Herz. Sie schluckte. Die Tamara hatte ihr erzählt, dass die Sophia in ihrer Klasse wegen einer Geschichte mit einem gemeinen Brief bei der Polizei angezeigt worden war und sich dem Burschen nicht mehr nähern durfte.

Die Julie holte das Smartphone aus der Tasche, das ihr die Linn geschenkt hatte, und polierte mit ihrem Fäustling drüber. »Du kannst das dafür haben.«

Er sah sie verständnislos an.

»Sie haben mir beide eins geschenkt«, sagte sie.

»Oh, shit.«

»Ja.« Sie zuckte die Achseln, obwohl es ihr überhaupt nicht egal war. »Und jetzt muss ich mit meiner Mutter nach Südamerika.«

Der Johannes riss Augen und Mund auf. »Südamerika?«

Er dachte angestrengt nach. Es machte ihm etwas aus. Das Herz von der Julie wurde etwas weiter. Er würde sie wahrscheinlich nicht anzeigen, und sie durfte sich ihm noch nähern.

»Kannst du nicht bei deinem Vater bleiben?« Ihn fröstelte. Einerseits weil ihm kalt war, nur im Hemd, andererseits jagte ihm auch der Gedanke an den Franz einen Schauer über den Rücken.

»Im Ernst?«, sagte sie. »Mein Vater ist total crazy.«

Wie der Johannes sie anschaute, sah ihm die Julie an, was er dachte: Das liegt vielleicht in der Familie?

Noch viele Jahre später, vielleicht ihr ganzes Leben lang, würde sich die Julie daran erinnern, wie der Johannes das Schlosstor für sie aufgemacht und gesagt hatte: »Ja, aber du wärst wenigstens nicht in Südamerika.«

24

Wenigstens nicht in Südamerika

Der Franz schaute abwechselnd durch seine neue Brille und unter der Brille durch. Draußen wurde es Frühling. Im einen Fall sah er die ersten Knospen am Birnbaum scharf und das weiße Flugzeug am Himmel unscharf, im andern Fall anders. Er musste sich erst wieder daran gewöhnen, dass er die Dinge genau erkennen konnte. Daran, dass die Kopfschmerzen verschwunden waren, seit er sich in die Brille vom Egon Gläser hatte machen lassen, musste er sich nicht erst gewöhnen.

Er hatte die Bohrmaschine in der Hand und drehte das Radio laut. Er wartete darauf, dass sie *Perle* spielten, was kurz nach dem Contest ein paarmal passiert war, aber mittlerweile redeten sie dort lieber die gesamte Sendezeit übers Wetter.

»Was ist jetzt mit der Aschewolke?«, fragte der Moderator die Meteorologin, die sich jedes Mal versprach, wenn sie den Namen von dem Vulkan sagen wollte, der kurz vorm Ausbruch stand. Der Franz schaltete die Bohrmaschine ein. Er befestigte seine Gitarren und Plattenregale wieder oben im Wohnzimmer. Wenn schon nie wer da war außer ihm, konnte er auch gleich drin wohnen. Die Linn flog seit drei Wochen mit dem Scott durch Europa, und die Julie war dauernd beim Johannes im Schloss und erzählte von den Fresken an der Wand und den Messingwasserhähnen im

Bad. Nur wenn er nicht damit rechnete, so wie jetzt, kam sie aus ihrem Zimmer und schrie über die Bohrgeräusche: »Was gibt's zum Essen?«

Scheiße, dachte der Franz, die Gitarrenhalter und die neu verkabelten Boxen machten das Kind nicht satt. Genauso wenig, wie dass er seinen Smoking gefunden hatte und das dazu passende Hemd gebügelt.

Er ging zu ihr in die Küche, wo sie ratlos vor dem leeren Kühlschrank stand.

»Wie wär's mit einer Pizza? Zur Feier des Tages.«

Heute spielte der Franz zum ersten Mal Gala. Der Gitarrist vom Schurli hatte mit einer der Backgroundsängerinnen eine neue Band gegründet, und da hatte der Schurli den Franz angerufen.

Die Julie zog die Oberlippe hoch. Mit Pizza feierten sie zirka zweimal die Woche, dass der Franz nicht zum Einkaufen gekommen war oder keine Lust zum Kochen hatte.

»Ich frag den Johannes?«, sagte sie und wischte auf ihrem Handy herum, mit dessen Hilfe sie ihr gesamtes Leben organisierte. Es spielte, bestellte und zeigte ihr alles, was sie wissen musste. Nur bezahlen musste noch der Franz.

In seinem Geldtascherl fand er die zwei Freikarten für den Tanzschul-Ball, die ihm der Schurli gegeben hatte. Aus denen bildete er einen Fächer und winkte der Julie damit.

Sie zupfte ihm eine aus der Hand.

»Da«, er zeigte auf die klitzekleine Ankündigung der Band, »*Schurli and The Fabulous Five*, das bin ich. Ich hab mir gedacht, vielleicht willst du hingehen, mit dem Johannes?«

»Auf einen Ball?« Sie legte die Karte mit spitzen Fingern auf den Tisch.

»Jetzt sei doch nicht so spießig«, sagte der Franz.

»Was bitte gibt's Spießigeres als einen Ball?«, fragte sie

zurück, herablassend und undankbar, eine Jugendliche, die rundherum mit sich im Reinen war.

»Dann halt nicht«, sagte der Franz. »Hast du was von der Mama gehört?«

»Die ist in Island, glaub ich.«

»Irland«, verbesserte er sie. So viel wusste er selber. Er informierte sich über die Blog-Einträge vom Scott, die, seit die Linn für ihn arbeitete, in drei Sprachen erschienen, und versuchte darin zu erkennen, ob sie eventuell von glühender Leidenschaft befeuert wurden oder einfach nur von einem übersteigerten Selbstbewusstsein. Den Unterschied auszumachen war nicht leicht, aber er war sicher, dass die nächste Station auf ihrer Reise Irland war und nicht Island, und er schüttelte den Kopf über die mangelnden Geographiekenntnisse seiner Tochter.

Die Linn und sie schrieben sich ständig Nachrichten, aber sie würde erst im März für zwei Wochen nach Hause kommen, um anschließend nach Südamerika aufzubrechen. In den Tagen vor ihrer Abreise war so viel zu tun gewesen, dass sich das Ultimatum quasi selbständig auf unbestimmte Zeit verlängert hatte, und der Franz empfand diesen Zustand als ganz angenehm. Er vermisste die Linn. Das ging natürlich nur, weil sie nicht da war. Vielleicht war das auch das Geheimnis einer beständigen Ehe: räumliche Trennung.

Aber wie hatte der Egon dieses Gefühl fünfundsechzig Jahre ausgehalten? Diese Vorstellung war so unbegreiflich für den Franz, dass er manchmal fast bereit war zu akzeptieren, was ihm der Psychologe sagte, den er einmal die Woche aufsuchen musste, damit er seinen Job behalten durfte. Es gibt alle möglichen Arten, wie Menschen ihre Bedürfnisse ausleben, die ihnen die gesellschaftlichen Konventionen verbieten, sagte der. Genau, zum Beispiel alten Frauen Strümpfe anziehen, hatte der Franz gedacht. Gesagt hatte er es nicht, sonst hätte er dieses Bedürfnis sicher die nächsten zehn Stunden mit dem Psychologen aufarbeiten müssen, das von ihm aus ruhig unterbewusst bleiben durfte. Lieber hätte er mit dem Egon darüber geredet, der ja, falls der Psychologe recht hatte, jederzeit wieder auftauchen konnte, aber sooft er auch in den Keller ging, um zu schauen, ob er es sich vielleicht auf dem Cordsofa gemütlich gemacht hatte, wurde er enttäuscht.

Manchmal redete er mit sich selber. »Tu, was wichtig ist«, sagte er und ließ dem Johannes seine Pizza über, damit der Smoking zuging.

Der Schurli und der Franz spielten zusammen, als hätten sie in den letzten fünfzehn Jahren nichts anderes getan. Das zweite Set lief noch besser als das erste. Die Leute jubelten. Dem Franz war völlig klar, dass sie nicht ihn meinten, und trotzdem ging er im Applaus, der auf *Jump* von Van Halen folgte, in die Mitte der Bühne und bat den Schurli ums Mikrofon.

»Ich muss euch was fragen«, sprach er hinein. Es gab eine kurze Rückkopplung. Der Schurli lächelte, ganz Profi, als wüsste er genau, was gerade vor sich ging, während seine Augen unauffällig zu den anderen Musikern wanderten, die ihm allerdings auch nicht weiterhelfen konnten.

»Ich tät so wahnsinnig gern einmal stagediven«, sagte der Franz ins Mikro, »es ist so: Ich hab's gewissermaßen wem versprochen.«

Diese Erklärung löste im Publikum so gut wie keine Reaktion aus. Die Bandkollegen schauten ihn teils befremdet, teils amüsiert an, wobei der befremdete Anteil überwog. Der Franz schnaufte tief durch. »Also«, er fuhr sich durch die Haare, »ich hüpf runter von der Bühne, und ihr müsstets mich dann auffangen. Wenn das ginge?« Er schaute sich um. Die Leute waren hier, um mühselig trainierte Tanzschritte anzuwenden und sich zu betrinken. Seine Bitte passte in keine der beiden Kategorien.

»Ich hab fünfundachtzig Kilo, also wär's vielleicht gescheit, wenn ihr euch ein bissl zusammenstellts?«

Die Bereitschaft im Publikum, einen in Wirklichkeit eher neunzig Kilo schweren Mann zu fangen, ließ zu wünschen übrig. Einige lachten verhalten. Sie vermuteten, dass es sich um eine Comedy-Einlage handelte, waren sich aber noch nicht sicher, ob sie auch lustig war. An einem Stehtisch am Eingang entdeckte der Franz die Sonja Jäger in einem roten Ballkleid. Neben ihr hielt der Schwimmer aus dem Sportzweig, der Sebastian Bruckner, ein Handy in die Höhe.

»Na ja, man muss es wenigstens probieren«, sagte der Franz in die Handykamera. Weiteratmen, dachte er. Nicht aufhören zu atmen. Er wäre dem Schurli wirklich dankbar gewesen, wenn er ihm jetzt das Mikro halbwegs elegant wieder abgenommen hätte, aber den Gefallen tat der ihm nicht. Die anderen vier von den Fabulous Five schauten auf den Boden, um nicht ins Publikum schauen zu müssen, wo sich jetzt jemand an der Sonja und dem Sebastian vorbei einen Weg vor die Bühne bahnte. Es war die Linn. Sie hatte ein Kleid an, das wippte bei jedem Schritt. Sie blieb unten stehen, hakte sich ihr Tascherl an die Schulter und streckte beide Hände in die Luft, bereit, den Franz aufzufangen.

So ein wippendes Kleid hatte die Linn doch gar nicht. Außerdem war sie in Irland. Hatte der Psychologe vielleicht recht? Bildete er sich das nur ein?

»Spring, Franz«, hörte er sie leise sagen.

Der Franz lächelte. Das war zur Abwechslung einmal wirklich nett von seinem Unterbewusstsein.

»Spring, Franz!«, schrie ein offensichtlich nicht mehr ganz nüchterner junger Mann.

Das wunderte den Franz jetzt. Für gewöhnlich hörten andere Leute seine Phantasiegestalten nämlich nicht und wiederholten daher auch nicht, was die sagten. Ein kräftiger Bursch stellte sich neben die Linn und streckte die Arme in die Luft, genau wie sie.

»Spring, Franz«, sagte er in einem gutmütigen Bass.

Neben ihn stellten sich seine Freunde und Freundinnen, und auf einmal war die Sache eine Riesengaudi.

»Spring, Franz! Spring, Franz!«, schrie der ganze Saal und klatschte rhythmisch, und der Schlagzeuger nahm den Rhythmus auf und wurde langsam immer schneller. Der Franz drehte sich zu ihm um und sah, wie er mit dem Kinn nach vorn deutete: Da hinein.

Spring, Franz!

Der Franz schluckte.

Spring, Franz!

Er faltete die Brille zusammen – Spring, Franz! – und steckte sie in die Smokingtasche – Spring, Franz! –, nahm die Gitarre ab – Spring, Franz! – und gab sie dem Schurli – Spring, Franz! –, ging drei Schritte zurück für den Anlauf – Spring, Franz! – und sprang.

Es heißt, im Zeitpunkt des Todes läuft das ganze Leben als Film vor einem ab. Der Franz starb aber nicht. Im Gegenteil. Für den Franz dehnte dieser Sprung die Zeit. Er hörte die erste Gitarre, die er mit zehn zu Weihnachten gekriegt hatte, seine erste Probe mit EXIT und dem langhaarigen, bartlosen Schurli. Er sah die Linn vor der Bühne stehen damals und klatschen und pfeifen und ihm das blutige Hemd ausziehen, und er hörte ein Baby, die Julie, blau und zerdrückt und winzig klein. Der Jimi Hendrix spielte, und noch weiter entfernt tanzten der Egon und die Mali auf einem Berg, den der Franz noch nie gesehen hatte.

Die Julie und der Johannes bekamen zeitgleich Nachrichten von verschiedenen Leuten. Das Video, das der Basti ins Netz gestellt hatte, dauerte keine dreißig Sekunden. Sie schauten sich mehrmals hintereinander an, wie der Franz über die Tanzfläche des Ballhauses getragen wurde und die Leute jubelten, als sie ihn auf dem Boden absetzten.

Sie jubelten, weniger über ihn, mehr über sich selber. Aber der Franz dachte sich: Wurscht, das Geräusch ist das gleiche.

Als er die Augen öffnete, sah er das Gesicht von der Linn. Sie überlegte ein bisschen, bis sie die Hand ausstreckte und ihm mit einem festen Griff auf die Füße half.

»Der Flieger darf nicht starten«, sagte sie, »wegen dem Eyjafjallajökull.«

Jetzt gab es keinen Zweifel mehr. Niemand, nicht einmal eine Linn aus seiner Phantasie, konnte diesen isländischen Vulkan einfach so aussprechen, als hieße er Untersberg.

»Schön, dass du da bist«, sagte er.

»Ich war gerade in der Nähe. Da hab ich mir gedacht, ich komm heim.«

Der Franz setzte die Brille auf. Er fragte nicht, ob sie für immer meinte oder nur für die Dauer der Aschewolke.

Die Band spielte *Close to You* von den Carpenters. Die Leute stürzten sich in den Slowfox oder auf die nächsten Drinks.

Der große Moment, auf den der Franz Brandstätter ein Leben lang hingefiebert hatte, von dem er erwartet hatte, dass er ihn glücklich machen, und gefürchtet, dass er nie kommen würde, war vorbei.

»Danke«, sagte er.

Die Linn zuckte mit den Achseln. »War ganz leicht.« Sie lachte. Der Franz nahm dieses Lachen behutsam in seine Hände und küsste es. Wie schon oft. Wie noch nie. Wie noch oft. Wie nie mehr.

Der Rest würde sich ergeben. Das tut er immer, der Rest.

Danke

Sebastian Richter vom Verlag der Autoren, Philipp Werner
von Hoffmann und Campe und Nina Gaube, ohne die
das Vogerl nichts wäre als ein paar Seiten Altpapier im
Keller, ein paar tausend.

Eduard Flemmer von lekkerwissen für die physikalische
und Dirk Berger von thekrauts für die ausdauernde musikalische Beratung.

Dawid Stemplin, Philipp Köbele, Dr. Bianca Baumann,
Rita Brötzner, Prof. Dr. Günther Nimtz, Annika Hohl,
Cory Ponow, Didi Neidhardt, Wolfgang Descho,
Susanne Kaltenegger-Müller, Fritz Lungenschmid,
Doris Dexl, Claudia Mischke, Bernhard Bauer,
Bert Oberdorfer, Dennis Fechtelpeter, Kristin Raabe,
Jana Schmidt, Mirjam Blümlein, Lucas Seeberger,
Susanne Viegener, Niko Hagemeister, Kerstin Viehbach

1 Sehr früh 7
2 Hoffnungsvolle junge Menschen 13
3 Voyage 23
4 Der Fahrstuhl zum Glück 43
5 Egon 63
6 Der Einzige, der mich sieht 68
7 Ein Stück begleiten 79
8 Blumen 89
9 Die Mali 96
10 Die Liebe und die Ewigkeit 109
11 Du und dein Geist 117
12 Was vorher kommt 133
13 Weihnachts-Modul-Angebot 147
14 Audition 161
15 Einsame Spur 176
16 Das Glück is a Vogerl 198
17 Aus einer anderen Dimension 214
18 Ausgemistet 225
19 Ohnehin zu spät 241
20 Plan B 254
21 Aus deiner Haut 266
22 Auf einen Sprung bleiben 277
23 Weiter von ihm weg 285
24 Wenigstens nicht in Südamerika 292

Danke 301

1 Sehr früh 7
2 Hoffnungsvolle junge Menschen 13
3 Voyage 23
4 Der Fahrstuhl zum Glück 43
5 Egon 63
6 Der Einzige, der mich sieht 68
7 Ein Stück begleiten 79
8 Blumen 89
9 Die Mali 96
10 Die Liebe und die Ewigkeit 109
11 Du und dein Geist 117
12 Was vorher kommt 133
13 Weihnachts-Modul-Angebot 147
14 Audition 161
15 Einsame Spur 176
16 Das Glück is a Vogerl 198
17 Aus einer anderen Dimension 214
18 Ausgemistet 225
19 Ohnehin zu spät 241
20 Plan B 254
21 Aus deiner Haut 266
22 Auf einen Sprung bleiben 277
23 Weiter von ihm weg 285
24 Wenigstens nicht in Südamerika 292

Danke 301